HEYNE
BÜCHER

# DÄMON

Der Roman zum Film
von DEWEY GRAM
nach dem Drehbuch von
NICHOLAS KAZAN

Aus dem Amerikanischen von
H. Roberts

Deutsche Erstausgabe

WILHELM HEYNE VERLAG
MÜNCHEN

HEYNE ALLGEMEINE REIHE
Nr. 01/20026

Titel der Originalausgabe
FALLEN

Besuchen Sie uns im Internet
http://www.heyne.de

*Umwelthinweis:*
Dieses Buch wurde auf
chlor- und säurefreiem Papier gedruckt.

Redaktion: Christiane Gsänger


Printed in Germany 1998
Umschlagillustration: Copyright © 1998
Warner Bros., A Time Warner Entertainment Company
Umschlaggestaltung: Atelier Ingrid Schütz, München
Satz: Buch-Werkstatt GmbH, Bad Aibling
Druck und Bindung: Elsnerdruck, Berlin

ISBN 3-453-14473-2

# PROLOG

Einen paradiesischeren Ort als diesen still und abseits gelegenen See, den ringsum alte Hickory-, Ahorn- und Pinienwälder umgaben, hätte man sich kaum vorstellen können. Es handelte sich wirklich um ein ungewöhnlich beschauliches Fleckchen Erde, das der liebe Gott irgendwo im Osten der Vereinigten Staaten fernab allen hektischen Treibens geschaffen hatte. Am Ufer des Sees hatte sich ein Glückspilz zwischen den Bäumen und dem lilafarbenen Dickicht ein Blockhaus erbaut: einen gemütlichen Zufluchtsort, der Meilen von der nächsten Siedlung entfernt lag.

*Ich werde dir die Geschichte erzählen, wie es dazu kam, daß es mich um Haaresbreite erwischt hätte.*

Das zweigeschossige Haus war aus grob behauenen Fichtenstämmen errichtet worden und verfügte über ein steiles Dach, das hier in den Appalachen den heftigen winterlichen Schneefällen trotzen sollte. Genauso rustikal wirkten die altmodischen, aber sorgfältig abgedichteten Fenster mit den kleinen Scheiben. Das einzige Zugeständnis an modernen Komfort bildete die zusätzliche Fliegengittertür, die im Sommer das Eindringen von lästigen Stechmücken verhindern sollte. Alles in allem war die Hütte ein echtes Schmuckstück, auf das der Besitzer zu Recht stolz sein konnte.

*Ich hätte nie gedacht, daß so etwas geschehen könnte. Jedenfalls nicht mir. Nicht nach all der unendlich langen Zeit.*

Dieses einst liebevoll errichtete Kleinod war nun nicht viel mehr als ein Trümmerhaufen aus zersplitterten Bohlen und Brettern sowie zerschlagenen Scheiben, an deren Stelle dichte Spinnweben getreten waren. Es war kaum vorstellbar, aus welchen Gründen jemand diesen idyllischen Ort in ein solches Trümmerfeld verwandelt hatte.

*Wenn man so lange existiert hat, denkt man gewöhnlich nicht daran, daß es eines Tages plötzlich vorbei sein könnte und man sterben muß – tatsächlich sterben muß.*

Unter dem klaren Nachthimmel war es frostig kalt geworden. Bei jedem Schritt zwischen den kahlen Bäumen knirschte der Schnee unter den Stiefeln.

Trotz der Verwüstung schien die Hütte bewohnt, denn hier und da war durch die zerstörten Fenster das vereinzelte Flackern auf und ab züngelnder Flammen zu erkennen. Wie zur Bestätigung wurde plötzlich die Tür aufgestoßen, woraufhin weithin sichtbar der rötlich-gelbe Schein des Feuers, das jemand im Kamin entzündet hatte, auf die verschneite Zufahrt fiel. Zusammen mit dem silbrigen Mondlicht tauchten die lodernden Flammen das Blockhaus in eine unwirkliche Beleuchtung.

*Ausgetrickst hatte er mich … fertiggemacht … dieser verfluchte Hundesohn!*

Ein Mann stürzte aus dem Haus hervor, hinaus aus dessen Lichtkegel und vorbei an zwei im Schnee liegenden Leichen, fort in die ringsum herrschende Finsternis. Es handelte sich um einen großgewachsenen, schlanken Farbigen, einen Mann in der Blüte seiner Jahre, dessen Gesicht allerdings schweißbedeckt war und dessen Augen vor unaussprechlichem Entsetzen weit aufgerissen waren. Er taumelte über die vereiste Zufahrt, die Hände vor der Brust in seine Kleidung gekrallt. Er stolperte, stürzte auf die Knie, kämpfte sich wieder hoch und wankte weiter in Richtung eines Schneefeldes, das an den geschotterten Zufahrtsweg grenzte.

*Der Name ist Hobbes. John Hobbes. Der höchst dekorierte Detective der Mordkommission.*

Verzweifelt nach etwas suchend, blickte er gehetzt um sich. Dann änderte er seine Richtung und strebte auf einen umgestürzten Baum zu, aus dessen himmelwärts zeigender Seite niedrige Büsche emporwuchsen. Mit dem Kopf voran stürzte sich der Mann in das Geäst und zerwühlte den verschneiten und gefrorenen Boden mit bloßen Händen, als hinge sein Leben vom Erfolg seines Suchens ab. Immer panischer wurde sein krampfhaftes Bemühen, während seine Lungen mühsam darum kämpften, den lebensnotwendigen Sauerstoff in den geschundenen Körper zu pumpen.

Endlich erblickte er sie – die Autoschlüssel. Mit letzter Kraft griff er mit seiner rechten Hand nach ihnen und umklammerte sie so fest, als ob ihr erneuter Verlust seinen Untergang endgültig besiegeln würde.

Er versuchte, seinen Atem zu beruhigen, aber es wollte ihm nicht gelingen. Dann bemühte er sich, wieder auf die Beine zu kommen, doch ihm fehlte die Kraft. Ermattet sank er zurück in den zerwühlten Schnee.

*Die ganze harte Arbeit all die Jahre lang, die ganzen Ehrenmedaillen und sonstigen Auszeichnungen ... all das war in diesem Augenblick keinen Pfifferling mehr wert.*

Hobbes' verrenkte Gliedmaßen zeichneten sich deutlich vor dem Hintergrund der hell erleuchteten Fenster und der offenstehenden Tür ab. In der in der entgegengesetzten Richtung, etwa dreißig Meter entfernt und halb unter Bäumen verborgen, war der Wagen nur schemenhaft zu erkennen. Noch immer hielt Hobbes die Schlüssel fest umschlossen und unternahm einen letzten, entschlossenen Versuch, sich hochzustemmen. Vergebens. Nach Luft hechelnd, stürzte er rücklings wieder auf den Boden und preßte die zu Fäusten geballten Hände in stummer Verzweiflung gegen die Brust. Seine ansonsten wohlgeschnittenen Gesichtszüge waren vor Schmerz zu einer Grimasse verzerrt.

*Wie bin ich nur in diese ausweglose Situation geraten? Wie konnte es dazu kommen?*

Langsam verebbten die rasselnden Atemzüge des vom Tode Gezeichneten, bis nur noch das Geräusch des Windes zu hören war, der Hobbes' Fußspuren und seine sterblichen Überreste langsam mit einem weißen Leichentuch aus Schnee zudeckte. Dasselbe Schicksal ereilte auch die übrigen leblosen Körper, die als Opfer eines gräßlichen Geschehens dicht vor der Hütte gekrümmt am Boden lagen.

Schließlich erstarb auch der Wind, so daß der schaurige Ort im gleißenden Mondlicht wie auf einem Foto zu einer leblosen Momentaufnahme erstarrte. Wäre ein Beobachter zugegen gewesen, hätte er nicht mehr sagen können, was an der sich ihm bietenden Szenerie von fester, gegenständlicher Substanz war und was nur leere Form, ein flüchtiges Spiel von Licht und Schatten. Von unmißverständlicher Eindeutigkeit war lediglich das, was sich dann ereignete!

*Ich werde dir sagen, was sich ereignete ... aber ich will nicht einfach vorgreifen, sondern dir erst die ganze verdammte Geschichte erzählen. Und zwar genau so, wie sich alles abgespielt hat.*

*Würde ich allerdings damit beginnen, wie alles seinen Anfang nahm, dann wäre meine Geschichte unendlich lang. Also muß ich einen anderen Einstieg wählen: irgendwo … irgendwann …*

# 1

Es war die Nacht, in der Edgar Reese seinen großen Auftritt hatte.

Die handverlesenen Zuschauer des anstehenden Spektakels nahmen ihre vorbestimmten Plätze mit einer Zielstrebigkeit ein, als würden sie wie Metallspäne von einem Magneten angezogen. Oder besser, als würden sie wie Marionetten von der Hand eines professionellen Puppenspielers bewegt. Dieser Vergleich hätte Reese eher gefallen, ja, er hätte sich sogar vor Lachen geschüttelt.

Ort des Geschehens war der Hochsicherheitstrakt des Staatsgefängnisses, dessen hohe, graue Steinmauern in den vom Mond gleißend hell erleuchteten Nachthimmel aufragten. In einem Gang, der vom restlichen Flügel des Gebäudes isoliert war, hockte der Hauptakteur des Abends – wartend gegen die grün gestrichene Zellenwand gelehnt – auf seinem Bett. Mit kahlgeschorenem Kopf und nur mit einem T-Shirt sowie der für Gefängnisinsassen typischen Baumwollhose bekleidet, rauchte Edgar Reese, der mehrerer sadistischer Morde überführt worden war, scheinbar gelassen seine letzte Zigarette. Allenfalls die nicht abreißenden Qualmwolken, die er durch seine heftigen Lungenzüge beständig ausstieß, deuteten auf so etwas wie Nervosität hin.

Nicht weniger als vier Wachen beobachteten Reese pausenlos durch die Gitterstäbe, aus denen seine käfigartige und von grellem Neonlicht durchflutete Zelle an drei Seiten bestand. Schließlich sollte der Delinquent auf gar keinen Fall die Chance erhalten, das Unmögliche zu versuchen und durch einen noch so abstrus scheinenden Selbstmord- oder Selbstverstümmelungsversuch den

Staat um sein gesetzlich festgelegtes Vorrecht des Tötens zu bringen. Doch Reese rauchte lediglich mit ausdruckslosem Gesicht seine Zigarette, reglos wie eine Statue und hatte dabei seine an schwarze Oliven erinnernden Augen auf die Uhr im Gang geheftet. Niemand hegte angesichts der Taten, die Reese begangen hatte, Zweifel daran, daß er verrückt sein mußte. Deshalb traute man dem Mann, dessen helle Haut in dem gleißenden Licht auf unheimliche Weise beinahe durchsichtig wirkte, auch jetzt noch irgendeine verrückte Kurzschlußhandlung zu.

Draußen vor dem Tor des Gefängnisses fuhr der kalte Wind den knapp drei Dutzend dort wartenden Zaungästen in die Knochen und ließ sie frösteln. Dennoch waren alle Augen fasziniert auf die Wachtürme und Mauern gerichtet, deren Konturen sich scharf vor der glänzenden Scheibe des Mondes abzeichneten.

Hinter jenen Mauern wurde der Abschaum der Menschheit gefangengehalten. Es war ein Ort der Verlorenen und Verdammten, die durch ihre unmenschlichen Taten jeden Anspruch auf Gnade und Vergebung verwirkt hatten. Kaum gelang es jemals einem der Insassen, die in Ketten zur Verbüßung ihrer Strafen eingeliefert wurden, das Gefängnis auf freiem Fuß wieder zu verlassen. Die meisten waren dazu verurteilt, den Rest ihres Lebens hinter Gittern zu verbringen: Mochte dieser Zeitraum noch kurz oder lang sein.

Auf dem betonierten Gefängnisvorplatz hatten sich neben der Schar von Demonstranten, die gegen die Todesstrafe protestierten, vor allem Fernsehteams versammelt. Sie waren jedoch nicht angerückt, um die auf Mitternacht festgelegte Hinrichtung von Edgar Reese oder Interviews mit den unmittelbaren Augenzeugen aufzunehmen. Sie sollten vielmehr nur die emotionalen Reaktionen aufzeichnen, die allein die *Vorstellung* vom Geschehen der Hinrichtung bei den Umstehenden auslöste. Die vom Gesetz geforderte gewaltsame Erlösung einer sündigen Seele faszinierte die Menschen augenscheinlich auf mysteriöse, gleichzeitig aber auch höchst unterschiedliche Weise.

Für die Gegner der Todesstrafe war die Hinrichtung eines Gefangenen – und mochte es sich bei ihm um eine noch so inhumane Kreatur handeln – ein barbarischer Akt, der sich in nichts von der brutalen Tat des Verurteilten unterschied. Erst eine Woche zuvor war bekannt geworden, daß in Florida bei einer Hinrichtung mit dem elektrischen Stuhl Flammen aus der schwarzen Gesichtsmaske des Delinquenten geschlagen waren. War so etwas ›im Namen des Volkes‹ zu rechtfertigen?

Aber es waren die unterschiedlichsten Beweggründe, die all diese Demonstranten dazu bewegten, in der Dunkelheit vor dem Gefängnis auszuharren, in dem Edgar Reese sein unrühmliches Ende finden sollte. Neben einem Lehrer, einem Geiger und einem Bankangestellten froren in der Kälte auch eine Frau, deren Mutter ein Jahr zuvor gestorben war, ein Mann, der tragischerweise seinen eigenen, kleinen Sohn überfahren hatte, sowie ein homosexueller Mann, der seinen Geliebten durch den AIDS-Virus verloren hatte. Hinzu kam ein Quartett betender Theologiestudenten, eine Gruppe von lärmenden und Bier trinkenden Halbstarken und ein arbeitsloser Schauspieler, der die Gesichter der übrigen studierte. Sie alle stampften vor Kälte mit den Füßen auf den Boden, skandierten Parolen gegen die Todesstrafe, hielten Transparente in die Luft und stimmten Lieder an, um sich das allgegenwärtige Grauen, das allein der Gedanke an das bevorstehende Ereignis hervorrief, von der Seele zu singen.

Ihnen gegenüber hatte etwa ein halbes Dutzend Befürworter der Todestrafe Position bezogen. Sie waren gekommen, um den Vollzug des Urteils als ebenso notwendigen wie moralisch gerechtfertigten Akt der Vergeltung und Sühne zu feiern. Sei es aus Sympathie für die Opfer des Verurteilten oder aus reiner Blutrünstigkeit: Für sie stand jedenfalls fest, daß das Krebsgeschwür krimineller Gewalttaten mit unerbittlicher Staatsgewalt herausgeschnitten und vernichtet werden mußte, damit der restliche Organismus gesunden konnte.

Aber konnte ein menschliches Geschöpf wirklich so verdorben sein, daß es gerechtfertigt war, ihm sein Grundrecht auf Leben per Gesetz zu entziehen? War der Mann, der um Mitternacht eines gewaltsamen Todes sterben sollte, ein so verdammenswertes Monstrum, daß er ein solch barbarisches Ende verdient hatte?

Die Antwort der Staatsgewalt auf diese Frage bestand in einem grüngestrichenen, massiven Metallstuhl, der fest mit dem Boden der Gaskammer verschraubt war. Hier – in einem unterirdischen und hermetisch abgeschlossenen Trakt des Gefängnisses, der nur über endlose, schwach beleuchtete Gänge zu erreichen war – sollte Edgar Reese zur Hölle fahren.

Wie in den Wochen, die der Vollstreckung des Urteils vorausgegangen waren, würde der Delinquent auch auf seinem letzten Weg keine Gelegenheit erhalten, noch einmal einen Blick auf den Himmel und die Sterne zu werfen. Selbst dieses Recht hatte er verwirkt.

Unter dem Stuhl befand sich ein sauber polierter Metallbehälter. In ihn ließ der Henker durch einen Hebeldruck Schwefelsäure einlaufen, in die dann in einem zweiten Schritt Natriumzyanid-Kapseln fielen. Als Ergebnis der chemischen Reaktion entstand Blausäuregas, das in Schwaden aufstieg und beim Eindringen in die Atemwege jedes Lebewesen tötete.

Die Tatsache, daß Menschen andere Menschen hinrichten, ist so alt wie die Welt. Zutreffenderweise beschrieb daher bereits ein Philosoph des siebzehnten Jahrhunderts die wesentlichen Merkmale des menschlichen Lebens mit »einsam, arm, hoffnungslos, brutal und kurz«: eine Bestimmung, die noch dreihundert Jahre später durch das staatlich sanktionierte Töten bestätigt wurde.

Das einzige, was sich im Laufe der Menschheitsgeschichte geändert hatte, war die Technik des Hinrichtens. Früher waren die Verurteilten in aller Öffentlichkeit auf primitive Art gesteinigt, durch das Schwert und später die Guillotine enthauptet oder auch einfach aufgehängt worden: Verfahren, für die die Kriminellen oder deren Hinterbliebene zynischerweise meist auch noch zur Kasse gebeten wurden. Im römischen Weltreich hatte man bevorzugt Christen ans Kreuz geschlagen, im Mittelalter Hexen und Ketzer bei lebendigem Leib der reinigenden Kraft des Feuers überlassen. Am blutrünstigsten war man jedoch in England verfahren, wo die Delinquenten gevierteilt und ihre aus den zerrissenen Leibern quellenden Gedärme verbrannt worden waren.

Heutzutage ging man natürlich sehr viel zivilisierter vor. Hinrichtungen fanden ohne jeden Unterhaltungswert und ohne jeden religiös überhöhten Firlefanz nüchtern und sachlich an einem geradezu klinisch sauberen Ort statt. Das Ganze war nicht viel mehr als ein technischer Vorgang, eine Art juristischer Verwaltungsakt, der zudem nicht mehr in aller Öffentlichkeit abgehalten wurde, sondern auf diskrete Weise hinter verschlossenen Türen. Auf diese Weise sollten die Empfindungen der Bürger geschont werden, deren Augen durch den Anblick des durch Strom verbrannten oder durch Gas vergifteten Fleisches hätten beleidigt werden können. Selbst der Henker tat das Nötige nur noch aus sicherer Entfernung, ohne selbst Hand an den Verurteilten legen zu müssen.

Kein Zweifel: Wir können auf die Früchte unserer Zivilisation wirklich stolz sein!

## 2

Der Sekundenzeiger auf der Uhr in der blaßgrünen Gaskammer drehte eine Runde nach der nächsten und sorgte so dafür, daß auch der Minutenzeiger unerbittlich auf die Zwölf vorrückte und somit die restliche Lebenszeit des Verurteilten immer mehr zusammenschrumpfte.

Direkt gegenüber der Beobachtungszelle, in der sich Edgar Reese bequem auf seinem Bett ausgestreckt hatte, hing ebenfalls eine Uhr. Wieder nahm er einen tiefen Zug aus seiner Zigarette und verfolgte durch den Rauch, den er durch Mund und Nase ausstieß, wie seine Zeit ablief. Sein Herz würde nur noch wenige hundert Male schlagen, dann war es vorbei.

Aber der Ausdruck in den Augen des Mannes mit dem kahlrasierten Schädel deutete auf alles andere, als auf so etwas wie Verzweiflung, dumpfes Grübeln oder Selbstaufgabe hin. Sein Geist arbeitete auf Hochtouren und schmiedete trotz des heranrückenden Endes Pläne, wie er seiner Wut und seinem Bestreben nach Rache und Vergeltung Luft machen konnte. Nein, für die Vorstellung, sich demütig in sein Schicksal zu fügen und im Frieden mit sich und der Welt dahinzuscheiden, hätte Reese nur ein höhnisches Lachen übriggehabt.

Als ein uniformierter Aufseher vorbeikam, sprang Reese auf und krallte sich an die Metallstäbe.

»He, du Wichser«, zischte er. »Wo steckt Hobbes?«

Der Aufseher warf ihm nur einen stummen Blick zu und setzte dann seinen Weg fort. Reese starrte ihm mit einem verächtlichen Grinsen nach.

Er war noch jung, gerade mal dreißig und hatte einen schlanken und durchtrainierten Körper. Außerdem verfügte Reese über einen messerscharfen Verstand und über einen Lebenshunger, der noch längst nicht gestillt war. Wäre er in Freiheit gewesen, dann hätte er seine besten Tage erst noch vor sich gehabt.

*Scheiß drauf,* verriet der trotzige Ausdruck in seinen Augen. *Scheiß auf alles Gejammere über vertane Chancen und ein verpfuschtes Leben.* Damit würde er seine Energie nicht verschwenden. Er war nicht bereit, die ihm verbleibenden Minuten mit scheinheiliger Reue und sinnlosem Flehen um Gnade zu vergeuden. Statt dessen brüllte er dem Aufseher noch einmal hinterher, daß man Hobbes zu ihm schicken solle.

Bei einigen Leuten äußert sich deren Nervosität dadurch, daß sie an den Fingernägeln kauen, eine Zigarette nach der anderen rauchen oder ständig ihre Haare um den Zeigefinger wickeln. Hobbes hingegen spielte gewöhnlich – ohne daß er sich dessen bewußt war – mit einer Vierteldollarmünze, wenn er seine Nerven beruhigen wollte oder konzentriert nachdachte.

Auch jetzt drehte er die Münze beständig zwischen seinen Fingern, um gegen die in ihm aufsteigende Übelkeit anzukämpfen, die ihn stets in dieser Phase einer bevorstehenden Exekution befiel. Es war ein Gefühl der Beklemmung, das erst abklingen würde, wenn alles vorüber war und er mehrere Tage Abstand zu dem grausigen Geschehen gefunden hatte.

Hobbes stand wartend im Innenhof des Gefängnisses, während die Suchscheinwerfer über ihm beständig die hohen Steinmauern ringsum abtasteten. Hinter ihm schob sich ein Mann mit zwei Kaffeebechern durch eine Meute wartender Journalisten und trat auf ihn zu.

William Stanton war Hobbes' Vorgesetzter und wirkte mit dem harten Ausdruck in seinem Gesicht und den auf Streichholzlänge gestutzten, hellgrauen Haaren wie ein Offizier der Marineinfanterie. Auf den zweiten Blick wurde man jedoch durch den intelligenten und geradezu freundlichen Ausdruck in seinen Augen überrascht, der sich nur schwer mit der Vorstellung eines eisenfressenden Haudegens in Einklang bringen ließ. Gerade aber diese widersprüchliche Wirkung machte sich Stanton ganz bewußt zunutze, indem er die Leute stets darüber im unklaren ließ, was sie von ihm zu erwarten hatten.

Er stellte sich neben Hobbes und reichte ihm einen der Becher, als eine dunkle Limousine vorfuhr. Hobbes dankte ihm mit einem stummen Nicken, während beider Blikke auf dem finster dreinblickenden Mann in dem teuren Kaschmirmantel ruhten, der in selbstbewußter Pose aus dem Wagen stieg.

»Was will denn der Gouverneur hier?« wunderte sich Hobbes. »Ich dachte, er hat für Hinrichtungen nichts übrig.«

»Je weniger sie dafür übrig haben, desto versessener sind sie darauf, welche zu sehen«, erwiderte Stanton und lenkte seinen Blick dann auf Hobbes. »Die wie vielte Kerbe schneidest du dir denn heute nacht in den Gürtel? Die sechste?«

Stanton kannte die Antwort bereits, aber die Frage war so etwas wie ein Ritual zwischen den beiden.

»Die achte.«

Stanton verzog sein Gesicht zu ironischer Anerkennung. »Donnerwetter. Meinen herzlichen Glückwunsch.«

»Blöder Hund«, knurrte Hobbes mit einem breiten Grinsen. Schließlich bedeutete der rauhe, aber herzliche Ton zwischen den beiden Männern, die bereits mehr als zehn Jahre zusammen für die Mordkommission arbeiteten, nur einen Ausdruck gegenseitiger Wertschätzung. Zudem diente der Galgenhumor der beiden Beamten dazu, den Gedanken an das zu verdrängen, was bald folgen sollte und worauf sich keiner von beiden freute.

Eine Tür öffnete sich und ein Wärter trat heraus. Er ließ suchend seine Blicke schweifen, bis er Hobbes erspähte. »Er verlangt Sie zu sehen«, rief er dem Detective mit nervöser Stimme zu, denn selbst das abgebrühteste Gefängnispersonal ließ es keineswegs kalt, wenn eine Exekution unmittelbar bevorstand.

Hobbes blickte Stanton an und verdrehte die Augen. Dann machte er sich wortlos auf den Weg in das Gebäudeinnere.

## 3

Hobbes schritt durch den nur matt erleuchteten Zellenblock, wobei die Schatten der Gitterstäbe auf sein Gesicht fielen. Schließlich hallten seine Schritte durch einen leeren Gang, der als Pufferzone zwischen dem normalen Gefängnisbetrieb und dem Hinrichtungstrakt freigehalten wurde. Auf diese Weise sollte verhindert werden, daß die nicht selten auftretende Hysterie eines Delinquenten auf die übrigen Insassen übergriff.

Der Detective verlangsamte seinen Schritt und blieb – in tiefem Schatten verborgen – neben einem jungen Kamera-Assistenten stehen, der mit einigem technischem Gerät hantierte. Von hier aus spähte Hobbes in den grell ausgeleuchteten Korridor, in dem sich die Zelle befand, in der Reese auf seine Exekution wartete. Zwei junge Filmemacher, die ihre Baseballmützen verkehrt herum auf dem Kopf trugen, waren damit beschäftigt, den Verurteilten dabei zu filmen, wie er seine letzte Zigarette rauchte.

Als Hobbes aus dem Schatten trat und sich der Zelle näherte, setzte Reese ein breites Grinsen auf und wies die beiden Filmemacher wild gestikulierend auf den Besucher hin.

»Sieh mal einer an«, rief er. »Da kommt der geniale Detective, der mein grausames Ende besiegelt hat.« Er starrte Hobbes gerade in die Augen.

»Ich dachte schon, du wärest zu feige, dich hier blicken zu lassen.«

Hobbes gab dem Wärter ein Zeichen, ihn in das abgesperrte Teilstück des Ganges einzulassen und musterte dann das Aufnahmeteam.

»Was soll das hier werden?« fragte er. »Willst du noch Karriere beim Film machen?«

»Klar doch!« erwiderte Reese und erhob sich von seinem Bett. »Die beiden bringen mich ganz groß raus, mein Freund. Eine besondere Aufmerksamkeit der amerikanischen Bürgerrechtsvereinigung. Sie drehen einen Dokumentarfilm darüber, wie ich nachher geräuchert werde.«

Reese imitierte die Haltung eines Erstickenden, indem er röchelnd nach Luft schnappte, dann die Zunge weit herausstreckte und schließlich den Kopf mit verdrehten Augen zur Seite fallen ließ.

»Könnte glatt in jeder Videothek zum Renner werden, vor allem bei feinen Damen, die noch was Ausgefallenes für ihre nächste Dinner-Party suchen.« Er sprach mit lächerlich hoher Stimme weiter. »Schauen Sie mal, meine Liebe. Die anderen meinen, das dort auf der Hose sei ein Urinfleck ...«

Er grinste und nahm wieder seine normale Tonlage an. »Tut jedenfalls gut, dich zu sehen, Hobbes.«

Der Detective zog sich lächelnd einen Stuhl heran und setzte sich direkt vor die Zelle des Verurteilten.

Plötzlich steckte Reese seine rechte Hand durch die Gitterstäbe. »Wie wär's, alter Freund? Schüttest du mir zum Abschied noch mal die Hand?«

Hobbes zögerte. Sollte das ein mieser Trick sein? Der letzte Versuch einer gefangenen Bestie, seinem Jäger eins auszuwischen? Doch falls Reese tatsächlich etwas Derartiges im Schilde führen sollte, war Hobbes auf der Hut. Er beugte sich vor und faßte die Hand, seinen Blick auf die Augen des Todeskandidaten geheftet.

Reese erwiderte den Blick und neigte dann seinen Kopf ein wenig zur Seite, als sei ihm plötzlich etwas aufgefallen. »Du bist doch wirklich ein guter Junge«, murmelte Reese und begann, Hobbes' Hand erst fest zu drücken und dann geradezu zärtlich zu betasten, so, als erhoffe er sich etwas von ihr. Vielleicht Trost? Oder Kraft?

Der Detective zog seine Rechte zurück. »Hey, nun mach mal halblang. Schließlich bin ich nicht dein Priester.«

Reese verzog sein Gesicht zu einer Grimasse.

»Und ob du das bist«, widersprach er grimmig und verfiel dann in tanzende Bewegungen und in einen seltsam klagenden Singsang, der aus rasch aufeinanderfolgenden, aber völlig unverständlichen und scheinbar sinnlosen Silben bestand.

Hobbes folgte dem Treiben eine Zeit lang wortlos, wobei seine Geduld allerdings auf eine harte Probe gestellt wurde. »Ich hoffe, daß wenigstens du deinen Spaß an dem Affentheater hast«, sagte der Detective nach einer Weile.

Daraufhin vollführte Reese eine Art Pantomime, wobei er mit den Händen durch die Luft strich, dann mehrmals seinen rechten Zeigefinger in die linke Faust bohrte und schließlich beide Handflächen gegeneinanderrieb. Das Ganze schien keineswegs als eine Provokation für Hobbes gedacht zu sein, wirkte allerdings ausgesprochen seltsam und fremdartig.

Der Detective schüttelte den Kopf, doch bevor er etwas sagen konnte, ließ sich Reese wieder in verständlichen Worten vernehmen: »Du erinnerst mich an jemanden, Hobbes. Wirklich! Hast du eigentlich was für Rätsel übrig?«

»Nein«, gestand der Detective mit einem gequälten Ausdruck in den Augen.

»Ich habe trotzdem ein schönes Rätsel für dich«, sagte Reese.

»Warum gibt es eine Lücke zwischen Lyons und Spakowsky?«

»Keine Ahnung«, sagte Hobbes gelangweilt.

»Du solltest die Antwort aber kennen«, fauchte Reese

mit einem hinterhältigen Grinsen auf den Lippen. »Und du solltest nicht immer nur mit geschlossenen Augen durch die Welt laufen, sondern sie ab und zu auch mal offenhalten.«

Noch immer surrten die im Hintergrund aufgestellten Kameras und zeichneten das mysteriöse Frage- und Antwortspiel auf, das Reese kurz vor seinem Tod offensichtlich noch unbedingt inszenieren wollte.

Hobbes wurde des Ganzen jedoch überdrüssig und schüttelte nur den Kopf. Als er sich vor seinem Stuhl erhob und gehen wollte, trat Reese plötzlich dicht an die Gitterstäbe. »Denk daran, Hobbes!« brüllte er ihm voller Entschlossenheit nach. »Vielleicht schon in einem Tag oder in einem Monat oder auch erst in einem Jahr: Wie wind zaait, zal storm oogsten.«

»Was soll dieser Unsinn nun wieder?« fragte Hobbes, der noch einmal stehengeblieben war.

»Das ist Niederländisch«, erklärte Reese in gönnerhaftem Ton.

»Und was bedeutet es?«

»Wer Wind sät, wird Sturm ernten«, erklärte er mit Nachdruck.

Hobbes zuckte die Achseln. »Ich wünsche dir jedenfalls eine gute Reise, Reese.« Dann verschwand er aus dem Blickfeld des Delinquenten.

»Ich werde nach dir Ausschau halten, Hobbes«, brüllte Reese ihm nach, um dann erneut wieder seltsame rhythmische Bewegungen auszuführen und unverständliche Zeilen vor sich hin zu murmeln.

Auf dem Rückweg durch den leeren Zellenblock hing Hobbes seinen Gedanken nach. Er hatte jedenfalls seine Pflicht getan und dem Verurteilten noch einmal die Chance gegeben, ein letztes Wort mit ihm zu wechseln, was immer Reese auch mit seinem seltsamen Verhalten bezwecken wollte.

Hobbes hatte für jeden der Männer, die von ihm geschnappt und dann in die Gaskammer geschickt worden waren, Mitgefühl empfunden. Und bei jeder Exekution wurde er auch erneut von unbestimmten Gewissensbissen geplagt, was seine Rolle bei dem schaurigen Treiben betraf. Sicher hatte er jedesmal nur seine Pflicht als Polizeibeamter getan. Und natürlich war ihm auch bewußt, daß Reese und seinesgleichen lediglich die Suppe auslöffeln mußten, die sie sich selbst eingebrockt hatten. Aber unleugbar spürte der Detective bei jeder Hinrichtung eine schwere Last auf seinen Schultern.

Für Reese hatte er allerdings nie so etwas wie Mitgefühl übrig gehabt und empfand auch jetzt keine Gewissensbisse. Dennoch plagte ihn ein ungutes Gefühl. Dieser Reese war einfach ein überaus seltsamer und mysteriöser Bursche, der selbst jetzt noch – den Tod unmittelbar vor Augen – ausgesprochen gefaßt wirkte. Ja, mehr als das. Reese hatte ihn auf eine unbeschreibliche Weise tief beeindruckt.

Es war soweit.

Mehrere Gefängniswärter traten in die Zelle und veranlaßten Reese dazu, sein T-Shirt und die Baumwollhose abzulegen und einen gelblich-orangefarbenen Overall anzuziehen, den jeder Delinquent vor seinem Gang in die Gaskammer erhielt. Dann legten sie seine Füße ebenso wie seine Hände in Ketten, bevor sie die Zelle aufschlossen und ihn in ihrer Mitte durch scheinbar endlos lange und immer wieder durch Zwischentüren unterbrochene Gänge zur letzten Station seines Lebensweges geleiteten.

Die ganze Zeit über sang Reese laut und lebhaft seine nur ihm verständlichen Zeilen und tanzte dazu, so gut es ihm seine Fesseln erlaubten. Er wirkte – anders läßt es sich wirklich nicht beschreiben – ausgesprochen heiter und ausgelassen.

# 4

Die Gaskammer war ein nur wenige Quadratmeter umfassender, hermetisch abgeschlossener, achteckiger Raum mit großen Fenstern. Direkt neben ihr befand sich der Kontrollraum, in dem sich während der Exekution einige Wärter, der Gefängnisarzt, der für den Bezirk zuständige Leichenbeschauer sowie einige Techniker aufhielten. Ansonsten waren auf der gegenüberliegenden Seite der Gaskammer mehrere Stuhlreihen für geladene Gäste aufgestellt worden. Zu ihnen zählten Politiker, ausgewählte Pressevertreter sowie Familienangehörige und Freunde der Opfer des Verurteilten. Sofern sie die Nerven dazu besaßen, konnten alle Zeugen aus nächster Nähe und in allen grausamen Details miterleben, wie für den Delinquenten der Augenblick kam, für seine Taten zu büßen.

Unterdessen wurden die letzten Vorbereitungen für die Hinrichtung getroffen. Mehrere Männer des Gefängnispersonals gingen unter der Leitung von Jimmy Rourke, eines rothaarigen und athletisch aussehenden Beamten, eine Checkliste durch, in der jeder einzelne Handgriff aufgeführt war.

Die Gaskammer selbst kontrollierte Rourke höchstpersönlich: den aus Metall gefertigten Stuhl, an den der Delinquent mit Armen und Beinen gefesselt wurde, die hierzu erforderlichen Lederriemen, den Säurebehälter, die Leitung für die Säurezuführung sowie den Beutel mit den Natriumzyanid-Kapseln.

Ein weiterer Beamter war damit beschäftigt, die Gummidichtungen der Fenster mit Vaseline einzustreichen, um auf diese Weise zu gewährleisten, daß kein Gas nach außen drang, während ein anderer die Vorräte an Ätznatron und Ammoniak überprüfte, die zum Reinigen der Kammer nach Beendigung der Exekution benötigt wurden.

Einer von Rourkes Leuten stellte noch weitere Stühle

im Zuschauerbereich auf und überprüfte zum wiederholten Male die Funktionsfähigkeit des Telefons. Damit sollte sichergestellt werden, daß bis zur letzten Sekunde ein Gespräch durchgestellt werden konnte, falls das Appellationsgericht doch noch eine Verschiebung der Exekution oder sogar eine Begnadigung des Delinquenten anordnete.

Daß Vollstreckungen von Todesurteilen noch im letzten Augenblick ausgesetzt werden, geschieht keineswegs so selten, wie man vielleicht zunächst annimmt. In den achtziger und frühen neunziger Jahren war dies sogar eher die Regel gewesen, da der Bundesgerichtshof die in den einzelnen Bundesstaaten praktizierte Todesstrafe 1972 in einem Grundsatzentscheid angefochten hatte. Mittlerweile aber waren die höchsten Richter der Vereinigten Staaten zu der Erkenntnis gelangt, daß die Todesstrafe durchaus verfassungskonform sei. Seither war die vielerorts geübte Zurückhaltung, verhängte Todesurteile auch tatsächlich zu vollstrecken, immer mehr geschwunden. Als Folge dieses harten Kurses wurden schließlich Mitte der neunziger Jahre pro Jahr durchschnittlich mehr als fünfzig Delinquenten hingerichtet.

Diese Zahl mag einem Außenstehenden hoch erscheinen, genügte aber nicht einmal annäherungsweise, um Platz in den überfüllten Todestrakten der Gefängnisse zu schaffen. Immerhin warteten dort nicht weniger als dreitausend rechtskräftig verurteilte – meist männliche – Straftäter auf ihre Hinrichtung, und in jedem Jahr kamen etwa dreihundert hinzu.

Edgar Reese hatte insgesamt sechs Jahre im Todestrakt gesessen und in dieser Zeit mehrere erfolglose Berufungsanträge und Gnadengesuche gestellt. Das war nicht einmal besonders lang, wenn man berücksichtigte, daß einige der Männer mehr als zwanzig Jahre auf ihre Exekution warteten. Aber Reese hatte angesichts seiner Taten von vornherein praktisch keine Chance gehabt, bei einem Gericht Gnade zu finden. Deshalb würde in seinem Fall das Telefon bestimmt nicht noch im letzten Augenblick klingeln.

Rourke füllte den Versorgungstank mit der notwendigen Menge an Schwefelsäure. Dann befestigte er den Beutel mit den Natriumzyanid-Kapseln an einer Kette über dem Behälter, in den die Säure später fließen würde. Damit waren alle Vorbereitungen abgeschlossen. Die tödliche Show konnte beginnen.

Der rotblonde Aufseher warf einen Blick auf seine Armbanduhr und kehrte dann in den Kontrollraum zurück, um dort die Bedienungshebel zu entriegeln, die er, der Henker, in wenigen Minuten umlegen würde. Allmählich füllten sich auch die Stuhlreihen im Zuschauerraum, bis jeder der ungefähr dreißig Plätze besetzt war.

Bei den meisten der Anwesenden, die mit versteinerten Gesichtern auf die bevorstehende Exekution warteten, handelte es sich um Angehörige der Opfer, die Reese auf dem Gewissen hatte. Die größte Gruppe bildeten die Familien der jungen Araber, die der Verurteilte getötet hatte. Es hatte Reese nichts genutzt, daß er versucht hatte, seine Untaten als politisch motivierte Attentate militanter Zionisten zu tarnen.

Die Familie des einen Opfers hatte all ihre Ersparnisse geopfert, damit die Eltern und die beiden Brüder des Getöteten von Jordanien in die Vereinigten Staaten reisen konnten, um der Hinrichtung beizuwohnen. Auch sechs Jahre nach dem Mord an ihrem Sohn war ihr Verlangen nach Vergeltung noch nicht gestillt. Dabei mochte es sicherlich eine wichtige Rolle spielen, daß der von Reese getötete Achtzehnjährige ein Mathematikgenie und somit der große Hoffnungsträger der Familie gewesen war. Als Kopf eines jordanischen Teams hatte der junge Mann in Rumänien an der Internationalen Mathematik-Olympiade teilgenommen und dabei ein hochdotiertes Stipendium an einer amerikanischen Universität gewonnen. Er hatte gerade sein dortiges Studium aufgenommen und erste Erfolge verbuchen können, als sein Mörder auf ihn aufmerksam wurde.

Reese war überlegt, methodisch und geduldig vorgegangen. Zuerst hatte er sein Opfer mehrere Tage lang auf dem Universitätsgelände beobachtet und verfolgt, um auf diese Weise herauszubekommen, wie er das Vertrauen des gutaussehenden jungen Mannes gewinnen könne. Dann hatte er den Schlüssel zu dem Problem gefunden, die Tierliebe des Studenten. Offensichtlich war der junge Jordanier in Hunde vernarrt. Daraufhin hatte sich Reese einen Schäferhundwelpen besorgt und sich mit ihm an einer Straße auf die Lauer gelegt, an der sein Opfer regelmäßig vorbeikam. Als sich der Student näherte, brach Reese dem Welpen ein Bein, täuschte jedoch einen Unfall vor. Es bedurfte keiner großen Überredungskunst, damit der junge Mann den verletzten Welpen auf den Arm nahm und zu Reese ins Auto stieg, um gemeinsam »in eine Tierklinik« zu fahren.

Acht Tage später wurde die Leiche des jordanischen Studenten mit einem in seine Brust geschnittenen Davidstern in einem Müllbehälter gefunden. Kurz darauf tauchte, ebenfalls in einer Abfalltonne, der Kadaver des Schäferhundwelpen auf, dem – wie die kriminaltechnische Untersuchung ergab – bei lebendigem Leib das Fell abgezogen worden war. Ironischerweise war es gerade der Hund gewesen, der Hobbes auf die Spur des Mörders gebracht hatte.

Der Detective war zum Universitätsgelände gefahren, um dort Zeugen zu suchen, die Angaben zum Verschwinden des jungen Mannes machen konnten. Dabei hatte der dreiundsiebzigste der von Hobbes befragten Studenten einen Mann mit einem Hund erwähnt. Zufällig bekam der Polizist noch am selben Tag das Gespräch zweier Kollegen mit, die sich über den gräßlichen Fund eines Hundekadavers unterhielten. Hobbes versuchte sein Glück und klapperte alle Zoohandlungen der Stadt ab. Im siebzehnten Geschäft identifizierte der Händler schließlich den Welpen und konnte genaue Angaben über den Käufer machen. Daraufhin gelang es dem Detective, Reese ausfindig zu machen und schließlich auch zu überführen. Denn in dessen Wohnung konnten Folterwerkzeuge sichergestellt werden, an denen im Labor eindeutig Blut- und DNA-Spuren des jordanischen Studenten nachgewiesen wurden.

Familienangehörige von Edgar Reese waren nicht erschienen. Zu seinem drogenabhängigen Vater, der ihn als Kind wegen seiner Faulheit verprügelt und ihm wegen seines Bettnässens die Genitalien mit Zigaretten versengt hatte, unterhielt Reese schon lange keinen Kontakt mehr. Und er war erst sechs Jahre alt gewesen, als seine Mutter an Alkoholvergiftung gestorben war. Von da an hatte sein Vater ihm nur unregelmäßig etwas zu essen gegeben, um ihn abzuhärten und um zu vermeiden, daß er »zu fett« wurde. Außerdem hatte der Alte seinen Sohn dazu gezwungen, vor Freunden zu masturbieren, um zu beweisen, was für ein männliches Kerlchen er doch war. Wann immer sich der Junge einmal ein Herz nahm, seinem Vater zu widersprechen, kniete dieser sich über die Kehle seines Sohnes und urinierte in dessen Mund, um so jeden Protest zu ersticken.

Im Alter von siebzehn Jahren hatte sich Edgar Reese zur Marineinfanterie gemeldet, in der Absicht, sich zu einer Tötungsmaschine ausbilden zu lassen und gleichzeitig seinem Vater zu entfliehen. Innerhalb seines ersten Jahres wurde er jedoch wegen Vergewaltigung und Köperverletzung angeklagt, eingesperrt und schließlich unehrenhaft entlassen.

Nachdem er wegen versuchten Raubüberfalls erneut ins Gefängnis gesteckt worden war, bekam er nach Verbüßung seiner Strafe eine Stelle als Busfahrer. Fortan führte er zumindest nach außen hin ein normales Leben und schien sich gefangen zu haben, denn er verbrachte jede freie Minute in der Bibliothek und holte seinen High-School-Abschluß nach. Allerdings stand er im Verdacht, gelegentlich Hunde und Katzen »aus Spaß« zu überfahren. Ihm konnte jedoch nie etwas nachgewiesen werden.

Bereits vier Jahre vor seiner Festnahme wegen des Mordes an dem jordanischen Studenten hatte Edgar Reese damit begonnen, nicht nur Tiere, sondern auch Menschen zu töten. Sein erstes Opfer war ein Strichjunge gewesen, der den Fehler begangen hatte, sich Reese für zwanzig Dollar anzubieten und dann zu viele Fragen über die vielen Narben an den Genitalien seines Freiers zu stellen. Bei der späteren Obduktion der Leiche wurde festgestellt, daß dem Jungen ein glühendes Eisen in den After gerammt worden war, bevor Reese ihm das Genick gebrochen und ihn dann von einer Brücke in einen Fluß geworfen hatte.

Die drei jungen Araber waren am Ende Opfer Nummer sechs, sieben und acht gewesen. Doch wenn John Hobbes nicht so unbeirrbar seine Ermittlungen vorangetrieben hätte, ohne sich von Reese' falscher Fährte mit dem Davidstern täuschen zu lassen, dann wären dem Mann, der jetzt auf dem Weg zu seiner Hinrichtung war, sicherlich noch ein Dutzend weitere junge Männer zum Opfer gefallen.

Der Gouverneur trat in den Zuschauerraum. Seine nach wie vor grimmige Miene ließ keinen Zweifel an seiner Abneigung gegen das bevorstehende Schauspiel aufkommen. Er befand sich in Begleitung des Gefängnisdirektors: eines schroffen, untersetzten Mannes von Mitte fünfzig, der einen zweireihigen, grauen Anzug trug und offensichtlich als einziger Gefallen an dem geschäftigen Treiben fand, da es die Bedeutung und Macht seines Amtes unterstrich. Deshalb nahm er auch unmittelbar vor einem der Fenster Platz, denn er würde dem Henker das Zeichen geben, mit der Exekution zu beginnen.

Ebenfalls direkt vor einem der Fenster wurden drei Pressevertreter plaziert, die allerdings weder fotografieren noch filmen durften. Neben ihnen saß auch der Geistliche, der durch die Trennscheibe hinweg der erlösten Seele des Hingerichteten seinen Segen erteilen würde.

Als schließlich auch Hobbes und Stanton eintraten – die Hände tief in ihren Manteltaschen vergraben und die Schultern hochgezogen, als finde die Exekution draußen in der klirrenden Kälte statt –, bezog auch das Filmteam, das Reese' letzte Minuten dokumentieren sollte, seine Position.

Die Wanduhr zeigte 11.57 Uhr.

## 5

Plötzlich schien alles sehr schnell zu gehen.

Reese wurde – so rasch es seine bei jeder Bewegung klirrenden Ketten erlaubten – von den Wärtern in die Gaskammer geführt, dicht gefolgt von Jimmy Rourke, der den Delinquenten nicht aus den Augen ließ. Mochte der Himmel wissen, zu welchen Verzweiflungstaten der in den orangefarbenen Overall gekleidete Mann mit dem kahlrasierten und vor Schweiß glänzenden Schädel noch fähig war, jetzt, da er den Tod buchstäblich vor Augen hatte!

Im selben Augenblick, in dem die Wärter wie auf Kommando gleichzeitig die Sichtblenden an den Fenstern der Kammer öffneten, breitete Reese, so gut es ging, seine Arme aus und winkte den Zuschauern zu.

»Herzlich willkommen, meine Damen und Herren, meine hochverehrten Schwanzlutscher und Päderasten«, rief er laut. »Ich hoffe, Sie alle kommen bei der nun folgenden Show voll und ganz auf Ihre Kosten.« Er warf den Anwesenden häßlich grinsend eine Kußhand zu. »Vor allem auch Sie, Herr Gouverneur. Schließlich bin ich Ihnen zu ganz besonderem Dank verpflichtet.«

»Es sieht ja fast so aus, als ob dem Kerl die ganze Sache Spaß machen würde«, raunte der Gouverneur dem neben ihm stehenden Gefängnisdirektor irritiert zu, ohne seine Augen von Reese lösen zu können.

»Diesen Eindruck hat er die ganze Zeit über erweckt«, knurrte der Angesprochene grimmig. »Deshalb sind wir hier alle heilfroh, daß Reese heute heute nun seinen endgültigen Abschied nimmt.«

Die in der Gaskammer befindlichen Wärter packten den Delinquenten bei den Armen, um dem makabren Schauspiel ein Ende zu bereiten, und manövrierten ihn energisch zu dem Metallstuhl. Doch selbst, als seine Arme und Beine bereits festgeschnallt wurden, trug Reese ungerührt sein überhebliches, unbeugsames Grinsen zur Schau.

Officer Rourke verfolgte die Arbeit seiner Kollegen von der Tür aus. Erst als diese die Gaskammer verließen, trat er ein, um aus nächster Nähe in Augenschein zu nehmen, ob alle Vorkehrungen planmäßig und zufriedenstellend getroffen worden waren. Also kontrollierte er den Sitz der Lederriemen an Reese' Hand- und Fußgelenken, während der Gefängnisarzt Elektroden auf der Brust des Hinrichtungskandidaten befestigte, um später per EKG den Eintritt des Todes feststellen zu können. Dabei gelang es Reese, mit seiner linken Hand den Arm seines Henkers zu umklammern. Der rothaarige Aufseher zeigte keinerlei Verblüffung, sondern starrte lediglich schweigend auf die Hand, die seinen Arm so fest gepackt hielt, als sei er in einen Schraubstock gespannt.

»Du darfst mir einen blasen, wenn du mir hilfst, unauffällig von hier zu verduften«, flüsterte Reese mit kehliger Stimme und halbernst aufgesetzter Verschwörermiene.

»Fahr zur Hölle!« stieß Rourke angewidert hervor und versuchte erfolglos, sich von Reese' Griff zu befreien. Als Aufseher und Henker hatte er schon viele verrückte und völlig durchgeknallte Typen erlebt. Aber Reese übertraf sie alle.

Der Delinquent lachte nur aus vollem Hals und gab dann Rourkes Arm frei.

Der Aufseher eilte daraufhin aus der Gaskammer und begab sich an das Schaltpult, von dem aus er – der Henker – das weitere Geschehen in die Wege leiten würde, sobald der Gefängnisdirektor ihm das Zeichen dazu gab. Rourke hatte unter den anderen Gefängnisaufsehern, die sich ebenfalls freiwillig dazu gemeldet hatten, Reese »räuchern« zu dürfen, das große Los gezogen. Nun war es an ihm, den nervenzerfetzenden Job zu Ende zu bringen und sich seine Fünfhundert-Dollar-Prämie zu verdienen.

Nachdem ein Wärter die Tür der Gaskammer verschlossen hatte, drehte Rourke an einem Rad, woraufhin der Luftdruck innerhalb der Kammer so weit abgesenkt wurde, daß nichts von dem später ausströmenden Gas nach außen dringen konnte.

Als sich dann der Gefängnisarzt zu dem Monitor begab, der Reese' Herzfrequenz anzeigte, blickte Rourke auf die Wanduhr. Es war 11.59 Uhr.

Noch sechzig Sekunden. Der Countdown lief bereits.

Vom Besucherraum aus konnten die Anwesenden beobachten, wie sich die Lippen des zum Tode Verurteilten bewegten. Dann drang ein seltsamer, anschwellender Laut an die Ohren der angespannten Hinrichtungszeugen.

Der Gouverneur runzelte seine Stirn. »Was macht er jetzt schon wieder?« fragte er erneut den Gefängnisdirektor, dessen Assistent die Antwort gab.

»Ich glaube ... ich glaube, er singt, Sir«, antwortete der etwas eingeschüchtert aussehende junge Mann, der von seinem Chef angewiesen worden war, den Delinquenten während der letzten Wochen genau zu beobachten. Nachdem er miterlebt hatte, daß Reese – je näher der Tag der Hinrichtung gekommen war – immer unverständlichere und absurdere Verhaltensweisen gezeigt hatte, konnte ihn praktisch gar nichts mehr in Erstaunen versetzen.

»Time … is on my side … Yes, it is«, sang Reese den alten Rollings-Stones-Titel laut und notengetreu nach, wobei seine Stimme für einen Menschen, der sehr wohl wußte, daß er nur noch wenige Sekunden zu leben hatte, eine bemerkenswerte Selbstsicherheit verriet.

»Time … is on my side … You know it is«, wiederholte er, während er mit offensichtlich großem Vergnügen die Gesichter der erstaunten Zuschauer musterte, die nicht recht wußten, welchen Reim sie sich auf das alles machen sollten.

Voller Nervosität blickte der Gouverneur auf die Wanduhr, deren Sekundenzeiger immer näher auf die Zwölf zueilte, um diesmal nicht allein das Ende des alten Tages zu besiegeln. Dann suchte der Gouverneur Blickkontakt mit seinem Sekretär, der die ganze Zeit über die offene Leitung zum Appellationsgericht überwacht hatte.

Nichts. Kein Hinrichtungsaufschub und keine Begnadigung.

Reese grinste nur und sang weiter: »You always said you wanna be free …!« Er mußte wirklich wahnsinnig geworden sein. Und er starrte die ganze Zeit unverwandt auf Hobbes.

Dieser schüttelte nur den Kopf und mußte angesichts der absurden Situation unwillkürlich lächeln, während die Vierteldollarmünze in seiner rechten Hand immer schneller rotierte.

»I'll come runnin' back … I'll come runnin' back … Like I have so many times before …«, gab Reese mit schmalziger Stimme von sich.

Der Gouverneur stieß den Gefängnisdirektor mit seinem Ellbogen an. »Lassen Sie das Urteil vollstrecken.«

Der Direktor nickte zur Bestätigung nur knapp, blickte jedoch weiterhin auf die Wanduhr, da er erst abwarten mußte, bis es auf die Sekunde genau Mitternacht war. Vorher durfte er nichts unternehmen.

Währenddessen sang Reese ungerührt immer weiter: »Go ahead! Light up my life!«

## 6

Der Minutenzeiger rückte das letzte noch fehlende Stück auf die Zwölf vor. Mitternacht. Der Gefängnisdirektor nickte dem Henker zu.

Mit ausdruckslosem Gesicht streckte Rourke seine rechte Hand aus und drückte, ohne zu zögern, den Hebel herunter. *Denk nicht darüber nach, was du da tust,* war ihm von Kollegen geraten worden, die bereits vor ihm das Amt des Henkers ausgeübt hatten. *Denk an irgend etwas anderes, zum Beispiel an Baseball, an deine Freundin, daran, was die letzte Autoreparatur gekostet hat. Und wenn du dann das Zeichen bekommst, drück einfach den Hebel runter. Je schneller, desto besser.*

Durch die Fenster war zu sehen, wie sich die Kette, an der der Gazebeutel mit den gelblichen Natriumzyanid-Kapseln befestigt war, in den Säurebehälter absenkte. Im selben Augenblick stiegen zunächst noch kaum sichtbare, dann aber dichter werdende, grünlich-weiße Blausäuregase aus dem Behälter auf.

Die Zuschauer konnten ebenfalls beobachten, daß Reese mit aufgeblähten Wangen den Atem anhielt, als ihn die tödlichen Schwaden einhüllten. Fünfzehn, vielleicht auch dreißig Sekunden mochten bereits vergangen sein, in denen er seinen Kopf – soweit ihm dies möglich war – herumdrehte und den Zeugen des grausamen Schauspiels mit einem entsetzlichen Grinsen in die Augen starrte, – so, als wolle er sich die Gesichter der Anwesenden unauslöschlich einprägen, um sich später aus dem Jenseits an ihnen rächen zu können.

Fünfzig Sekunden waren herum, dann eine Minute: eine wahre Ewigkeit für die Zeugen. Sollte dieser Alptraum denn niemals ein Ende haben?

Noch immer schien der satanisch um sich blickende Reese es zu genießen, daß er die in der Luft liegende, nervenzerfetzende Spannung bis zu jenem letzten Moment hinauszuzögern verstand, in dem seine Seele zur Hölle fahren sollte. Auch wenn es ihn den eigenen Kopf kostete, so bescherte ihm die Situation denselben außergewöhnlichen Genuß, den er dabei empfunden hatte, seine Opfer langsam zu Tode zu quälen.

Die Gesichter von einigen der anwesenden Frauen begannen aufgrund der unerträglichen Anspannung unkontrolliert zu zucken. Tränen traten ihnen in die Augen.

Als steigere dies nur noch seinen Triumph, brach Reese in lauten Jubel aus. Dadurch jedoch hatte er seine letzten Sauerstoffreserven aufgebraucht und somit die letzten Sekunden seiner Lebenszeit. Die Adern in seinem Kopf traten überdeutlich hervor, und er verzog sein Gesicht zu einer entstellenden Grimasse. Dann sog er in einem tiefen, beinahe lustvoll wirkenden Atemzug das Gift in seine Lungen.

Sein Körper bäumte sich ein oder zweimal auf, während sich sein Brustkorb die ganze Zeit über krampfartig hob und senkte. Zunächst zuckte sein Kopf zurück und gab sekundenlang den Blick frei auf Reese' weit aufgerissene Augen und seine zuckende Gesichtsmuskulatur. Doch schließlich sackte sein Körper in sich zusammen und hing reglos in den Gurten, mit denen Arme und Hände festgeschnallt worden waren. Aus seinem linken Mundwinkel rann Speichel.

Unterdessen verrieten die Gesichter der Zeugen höchst unterschiedliche Reaktionen auf das alptraumhafte Geschehen: Während einige nur erleichtert wirkten, daß es vorbei war, starrten andere angewidert oder aufs Höchste erregt wie hypnotisiert auf die Leiche des Delinquenten.

*Der Tod ist etwas, das einen meist plötzlich und ziemlich unerwartet erwischt. Natürlich wissen wir, daß er uns hinter jeder Ecke auflauern kann. Aber wir wissen eben nicht, hinter welcher.*

Auch wenn es sich nur um ein paar Sekunden handelte, so schien doch eine Ewigkeit zu vergehen, bis sich die Mienen der Zuschauer veränderten. Ob Mann oder Frau: Der Ausdruck in den zuvor noch erwartungsvoll blickenden, auf Rache sinnenden oder durch Trauer verhangenen Augen wich bei allen einem Ausdruck der Leere.

Sie standen offenkundig unter Schock. Es war, als hätte Reese mit seinem letzten, mächtigen Atemzug auch dem Zuschauerraum alle Luft entzogen.

Stantons Gesicht wirkte aschfahl, und sein gewöhnlich klarer und scharfer Blick schien in die Ewigkeit gerichtet. Er atmete tief durch und sah Hobbes von der Seite an.

Dieser starrte noch immer durch das Sichtfenster der Gaskammer auf den leblosen, in sich zusammengesunkenen Körper, der noch vor wenigen Sekunden ein unbändiges Energiebündel gewesen war. Und noch immer schien ein letztes Fünkchen Leben in ihm zu glimmen. Denn eine der anwesenden Frauen, deren Tochter von Reese ermordet worden war, bemerkte, daß sich der kleine Finger an seiner zusammengeballten linken Hand bewegte. Ja, kein Zweifel, er bewegte sich tatsächlich, stellte die Frau – einer Ohnmacht nahe – auch beim zweiten, ungläubigen Hinsehen fest. Sie bekämpfte die in ihr aufkeimende Panik allerdings mit der Überzeugung, daß es sich hierbei nur um einen Reflex, ein letztes Nervenzucken handeln konnte.

Rourkes Gesicht zeigte noch immer keine Regung. Ausdruckslos hatte er das Sterben des von ihm hingerichteten Mannes und die immer flacher verlaufende Herzkurve auf dem EKG-Bildschirm verfolgt. Innerlich war er jedoch in ausgesprochener Hochstimmung. Er hatte es tatsächlich getan! Mit ruhiger Hand hatte er den Hebel umgelegt, der Reese den Tod gebracht hatte! Und er hatte die ganze Zeit über die Nerven behalten und gezeigt, daß er ein ganzer Kerl war!

Das Gesicht des Toten war nach unten auf den Boden gerichtet und deshalb glücklicherweise für die meisten der Anwesenden nicht mehr sichtbar – außer für Hobbes. Dem Detective lief ein kalter Schauer über den Rücken, da er sich des Eindrucks nicht erwehren konnte, daß die aufgerissenen Augen des Delinquenten geradewegs auf ihn gerichtet waren: auf den Mann, der dafür gesorgt hatte, ihn in die Gaskammer zu bringen. Reese schien ihm einen überaus lebendig wirkenden, ebenso durchtriebenen wie drohenden Blick zuzuwerfen.

*Dir geht wohl die Phantasie durch,* sagte Hobbes zu sich selbst, riß sich vom Anblick der Leiche los und richtete seine Aufmerksamkeit auf die übrigen Zeugen der Hinrichtung. Dabei machte er eine höchst seltsame Erfahrung. Er hatte plötzlich den Eindruck, als würden die Geräusche im Raum nur gedämpft und wie aus großer Entfernung an seine Ohren dringen: das Husten eines Mannes, das Scharren eines Stuhles auf dem Boden, das Schniefen einer Frau, die mit ihren Tränen kämpfte. All das schien sich in einer anderen Wirklichkeitsebene zu ereignen, in einer anderen Realität, die neben derjenigen existierte, in der Hobbes sich zur Zeit befand. So als ob er das Geschehen rings um ihn her nur wie ein außenstehender Zuschauer betrachtete.

*Gibt es wohl so etwas wie eine Seelenwanderung?*
*Setzt der Tod wirklich allem ein Ende, oder folgt ihm der Übergang in eine andere Daseinsform?*
*Die meisten Menschen können sich nicht mit dem Gedanken abfinden, daß sie durch ihren Tod ein für allemal ausgelöscht werden. Aber wenn es tatsächlich eine Seelenwanderung oder eine wie auch immer geartete jenseitige Existenz gibt, wie sieht sie aus? Es ist ebenfalls typisch für die meisten Menschen, daß sie nicht daran glauben, jemals eine Antwort auf Fragen wie diese zu erhalten.*
*Aber warte nur ab und lies weiter …*

Hobbes richtete seinen Blick auf den Gefängnisdirektor, ließ ihn von dort zum Gouverneur wandern und lenkte ihn schließlich auf Stanton, der unmittelbar neben ihm stand. Doch alles wirkte seltsam fremd und andersartig auf ihn.

Verwirrt schaute Hobbes hinüber zum Kontrollraum für die Gaskammer, in dem sich der rothaarige Henker und das übrige Gefängnispersonal zu schaffen machten. Hobbes hoffte darauf, daß es sein aufgewühltes Innenleben beruhigen würde, wenn er sich auf die routinemäßige Prozedur der Männer konzentrierte.

Doch als er Rourkes Gesicht musterte, fiel ihm auf, wie einen Moment lang ein triumphaler Ausdruck über die Züge des Mannes huschte, der Reese in die Hölle befördert hatte. Dieser Eindruck verflüchtigte sich jedoch ebenso rasch wieder, wie er sich eingestellt hatte.

*Was ist nur los mit dir?* bemühte Hobbes sich zusammenzureißen. *Hör endlich auf, Gespenster zu sehen.*

Während Rourke einige Eintragungen in das Hinrichtungsprotokoll vornahm, öffnete sich die Tür des Kontrollraumes, und der Gefängnisdirektor steckte seinen Kopf herein.

»Sind Sie in Ordnung, Jimmy?« fragte er Rourke.

»Sicher«, bestätigte dieser. »Ich habe allerdings noch nie zuvor einen Delinquenten während seiner Hinrichtung singen hören«, fügte er mit einem halb bewunderungsvollen Unterton in der Stimme hinzu.

»Ich auch nicht«, gestand der Gefängnisdirektor und schloß die Tür wieder.

Aus der Ferne verfolgte Hobbes den kurzen Dialog zwischen den beiden, und wieder hätte er schwören können, daß für einen Sekundenbruchteil dieses seltsame Lächeln auf Rourkes Zügen geruht hatte.

Der Detective schüttelte sich und stampfte ungeduldig mit den Füßen auf den Boden, während er darauf wartete, daß das tödliche Gas über Auslaßventile nach draußen gepumpt wurde, damit die Gaskammer geöffnet und der Arzt den hingerichteten Mann offiziell für tot erklären konnte. Jenen Mann, der sein Recht auf Leben durch sein erklärtes Ziel verwirkt hatte, Angst und Schrecken zu verbreiten, wo immer er sich aufhielt.

## 7

Hobbes und Stanton verließen gemeinsam mit den anderen Zeugen den Hinrichtungstrakt des Gefängnisses. Auf den Weg zu ihren Wagen verharrten die beiden Männer, deren Gesichter müde und aschfahl wirkten, in Schweigen. Keine Spur mehr von dem Galgenhumor, den sie noch vor kurzem gezeigt hatten. Aber so war es nach jeder Hinrichtung: Man brauchte erst eine ganze Weile, bevor sich die innere Anspannung wieder gelegt hatte.

Plötzlich fiel ein Schwarm Reporter über sie her, die per Handy direkt mit ihren Redaktionen verbunden waren oder von Kameraleuten mit kompakten Camcordern begleitet wurden. Ihnen allen ging es nur darum, aus den Augenzeugen nähere Details über die Höllenfahrt des

Edgar Reese herauszuquetschen. Überall waren Gesprächsfetzen zu hören, die in den nächtlichen Nachrichtensendungen ausgestrahlt werden sollten: »... amtliche Todeszeit 0.18 ...«. »... einunddreißig Augenzeugen ...«, »... einer der brutalsten Mörder in der Geschichte des gesamten Bundesstaates ...«.

Die blonde Korrespondentin einer lokalen Fernsehstation posierte vor einer Kamera und gab sich Mühe, ihr hübsches Gesicht – dem Anlaß angemessen – möglichst ernst und betroffen wirken zu lassen: »Noch während seiner Haftzeit gab sich Reese Mühe, die Atmosphäre im Gefängnis zu vergiften, indem er einen Gefangenenaufstand anzettelte und eine rassistische Ku-Klux-Klan-Zelle gründete ...«

Als Harvey Rosenstein, ein populärer TV-Reporter, Detective Hobbes erkannte, gab er seinem Aufnahmetroß ein Zeichen und stürzte auf den Polizisten zu. »Warum haben Sie an der Hinrichtung teilgenommen, Detective?« wurde Hobbes gefragt, während ihm Rosenstein in seiner aufdringlichen und provokativen Art ein Mikrofon unter die Nase hielt. »Warum tun Sie sich so etwas an? Lieutenant Stanton hat keine Wahl, er muß hier Gesichtspflege betreiben und dem Gouverneur das Händchen halten. Aber Sie? Bereitet es Ihnen etwa Vergnügen, dabei zuzuschauen?«

Hobbes ließ sich durch diese Unterstellung keineswegs zu einer unüberlegten Äußerung verleiten. »Gewalttäter sind gewöhnlich nicht bereit oder nicht in der Lage, die Konsequenzen ihrer Taten zu akzeptieren«, erklärte er mit ruhiger Stimme. »Sie töten jemanden, machen sich aber vor, daß sie dafür irgendwie nicht verantwortlich sind. Die Hinrichtung eines solchen Täters ist nun mal die zwangsläufige Konsequenz *meiner* Arbeit. Nur deshalb bin ich hier. Denn *ich* stehe zu meiner Verantwortung.«

Hobbes verschwieg mit dieser Antwort eine ganze Reihe weiterer Gründe, die ihn immer wieder an den schaurigen Ort einer Exekution trieben. Er wußte allerdings aus Erfahrung, daß die Medien mit einer solchen kurzen und plausiblen Aussage zufrieden waren und gar kein Interesse daran hegten, kompliziertere Zusammenhänge aufzudecken.

Und Hobbes' tiefere Motive näher darzulegen wäre ungleich schwieriger, wenn nicht gar unmöglich gewesen: zum einen seine eigene, innere Zwiespältigkeit, was die Todesstrafe betraf, zum anderen sein geradezu zwanghaftes Bedürfnis, sich das Bild des von den Todesqualen gezeichneten Delinquenten in sein Gedächtnis einzubrennen, um sich stets vor Augen zu führen, daß bei seiner kriminalistischen Ermittlungstätigkeit die Schuld eines Täters hundertprozentig erwiesen werden mußte, um auf keinen Fall einen Unschuldigen in die Gaskammer zu schicken. Darüber hinaus empfand Hobbes die Pflicht, seinen Anteil daran zu leisten, daß die Hinrichtung eines Menschen trotz und gerade wegen ihrer Grausamkeit in möglichst würdevoller Weise stattfand, und nicht als vom Mob bejubeltes Medienspektakel.

Hinzu kam noch ein weiterer Punkt, der sein Privatleben betraf: Die Erfahrung als Augenzeuge einer Exekution, bei der ein menschliches Wesen von den unerbittlichen Mühlen der Justiz zermalmt wurde, hielt ihn davon ab, in Selbstmitleid mit sich selbst und seinem oft harten, freudlosen Dasein zu verfallen.

Hobbes' Bemühen, sich Rosenstein vom Hals zu schaffen, wurde dadurch erleichtert, daß der Gouverneur das Gefängnisgebäude verließ und damit die Aufmerksamkeit aller Reporter auf sich zog.

Stanton warf seinem Untergebenen einen ernsten Blick zu. »Es ist wirklich nicht *deine* Schuld, daß diese Burschen schließlich in der Gaskammer landen«, sagte er mit seiner trockenen, aber herzlichen Art.

Der Detective lächelte dankbar für die moralische Unterstützung und gab Stanton einen freundschaftlichen Klaps auf die Schulter.

»Soll ich dich nach Hause fahren?« bot der Lieutenant an.

»Danke für das Angebot. Aber die Jungs vom Revier warten noch auf mich, damit ich ihnen bei ein paar Drinks von der Hinrichtung erzähle. Und ich könnte jetzt wahrhaftig einen Schluck vertragen.« Hobbes schüttelte sich, als wolle er sich so von dem Grauen befreien, das ihn erneut bei dem Gedanken an die vergangenen Minuten überfiel.

In dem Augenblick fuhr Jimmy Rourke im Schrittempo in seinem alten, roten Cadillac-Cabriolet an den beiden Polizisten vorbei. Der mittlerweile in Zivil gekleidete Henker, der Hobbes und Stanton einen flüchtigen Blick zuwarf, wirkte entspannt und geradezu heiter. Er wäre den beiden Männern jedoch wahrscheinlich kaum aufgefallen, wenn er nicht laut gesungen hätte: »Always ... Not for just an hour ... Not for just a day ... not for just a year, but always ...«

Rourke – stolz darauf, seinen Job erfolgreich erledigt zu haben – war allem Anschein nach mit sich und der Welt im reinen.

Hobbes und Stanton starrten ihm verblüfft nach.

»... but always ... All the time ...«, sang der Henker den alten Rolling-Stones-Song weiter, den Edgar Reese bis zu seinem grauenhaften Ende auf den Lippen gehabt hatte.

## 8

Das Vergnügungsviertel rund um die Castle Street bestand in erster Linie aus Rock-Schuppen, Striptease-Bars, Steakhäusern und Videotheken, die rund um die Uhr geöffnet waren. Hierher ergoß sich ein endloser Strom von Menschen, die sich entweder in die verschiedenen Lokale zwängten oder einfach auf der Straße herumhingen.

Jimmy Rourke parkte seinen Wagen vor einem mit grellem Neonlicht beleuchteten Häuserblock und stieg aus. Bevor er sich in die Scharen unternehmungslustiger Nachtschwärmer einreihte, streckte er sich genüßlich und erfreute sich an dem Anblick des lebendigen Treibens, das in so scharfem Kontrast zu der erst vor wenigen Minuten vollzogenen Hinrichtung stand.

Er trat an einen Imbißstand, kaufte sich einen Hamburger und setzte dann kauend seinen Weg fort, wobei er die an ihm vorbeiströmenden Passanten neugierig musterte. Dabei geschah es. Es war nur ein kurzer Moment, ein Sekundenbruchteil. Jimmy Rourke hätte nicht einmal sagen können, was genau es gewesen war. Doch er hatte es gespürt. *Es* war da gewesen …

*Es geschieht immerzu. Aber wenn es geschieht, sind manche Leute nicht in der Lage, es wahrzunehmen oder sie wollen es einfach nicht wahrhaben.*
*Sie verschließen ihre Augen vor der Wahrheit.*
*Aber warum? Warum sperren sie sich nur dagegen? Die meisten Menschen sind allerdings nicht so dumm, sondern fügen sich in ihr Schicksal.*

Als Jimmy Rourke seinen rechten Arm hob, um sich einen Bissen von seinem Hamburger zu genehmigen, stieß er mit dem Ellbogen gegen einen japanischen Geschäftsmann, der ihm entgegenkam. Rourke setzte seinen Weg zunächst unbeirrt fort, verlangsamte jedoch seinen Schritt und blieb dann abrupt stehen. Verdutzt drehte er sich um und spähte nachdenklich die Straße entlang.

Schließlich ging Rourke weiter, allerdings langsamer als zuvor. Tief grub er seine Zähne in den Hamburger und genoß den Geschmack. Er gewann seine Hochstimmung zurück und ließ sich erneut von dem pulsierenden Leben rings um ihn her umfangen.

Und doch ...! Dieser japanische Geschäftsmann ...

Auf den ersten Blick war er nichts weiter als einer der vielen gutgekleideten Asiaten mittleren Alters gewesen, die mit ausdruckslosem Gesicht und einem Aktenkoffer unter dem Arm zielstrebig durch die Straßen eilten.

Aber komisch! Als sich die beiden berührt hatten ...

Das Gesicht des Mannes hatte sich plötzlich verändert ... nur wenig, kaum sichtbar, aber es hatte doch anders ausgesehen. Die Veränderung war schwer zu beschreiben, aber es hatte so ausgesehen, als ob mit einem Mal ein scharfes, gleißendes Licht aus seinen Augen hervorgelodert wäre, wenn auch nur für einen Sekundenbruchteil.

Der japanische Geschäftsmann überholte ein junges Pärchen und berührte dabei mit seiner Schulter die eines etwa neunzehnjährigen, gutaussehenden und modisch frisierten College-Schülers, der mit seiner hübschen, langbeinigen Freundin die Vergnügungsmeile entlangflanierte. Die jungen Leute amüsierten sich offensichtlich und brachen in lautes Gelächter aus.

Nachdem sie die Straße überquert hatten, ohne auf den Verkehr zu achten, standen sie plötzlich drei Bodybuildern gegenüber, die mit braunroten Muscle-Shirts bekleidet waren und in die Gegenrichtung strebten. Das Mädchen stieß versehentlich mit dem größten der drei Männer zusammen, setzte ihren Weg jedoch fort, ohne dem Vorfall irgendwelche Beachtung zu schenken.

Der junge Muskelprotz drehte sich zu ihr um und folgte seinen Kumpanen ein paar Schritte lang rückwärts auf die andere Straßenseite, bevor er wieder in seine Laufrichtung blickte und seine Aufmerksamkeit einem schwindsüchtig wirkenden Laufburschen mit einem sanften Gesichtsausdruck zuwandte, der mit einer Fast-food-

Tüte in der Hand aus einem Imbiß trat und einer Minigolfanlage zustrebte.

Es bestand kein Zweifel daran, daß der Bodybuilder absichtlich seine Hand ausstreckte, um den ausgemergelten Arm des jungen Mannes zu berühren. Ohne daß der Schwindsüchtige auch nur einen Blick auf den Muskelprotz geworfen hätte, schritt er mit einem Mal kräftiger aus und hielt sich aufrechter als zuvor. Der Anflug eines Lächelns trat auf seine Züge.

Beschwingt trat er durch das Eingangstor auf das Gelände der Minigolfanlage und schleuderte die Tüte mit dem Essen auf den Tresen des Besitzers.

Harry Moohr war ein ehemaliger Berufssoldat, der die Anlage gekauft hatte, in der Annahme, sich auf diese Weise eine bequeme Altersversorgung zu verschaffen, indem die Leute ihre Dollars im Überfluß bei ihm ließen. Aber anstatt sich eine goldene Nase zu verdienen, mußte Harry den Großteil seiner spärlichen Einnahmen in Form von Gebühren und Steuern an die Stadt abführen und sich zudem ständig der Überfälle von gewalttätigen Jugendlichen erwehren. Deshalb haßte er jede Minute, die er auf seiner gottverdammten Minigolfanlage verbringen mußte.

Aber trotz aller Enttäuschungen und Schwierigkeiten war Harry Moohr ein großzügiger Mensch und wohlmeinender Chef geblieben, der dem jungen Charles einen Job gegeben hatte, obwohl alle anderen der Meinung gewesen waren, er sei zu kränklich, um richtig arbeiten zu können. Doch Charles hatte sich erstaunlicherweise als zuverlässiger und treuer Mitarbeiter erwiesen.

»Verdammt nochmal, Charles! Wo hast du nur die ganze Zeit gesteckt?« rief Harry, der sich den Abend über mit den unablässigen, wenngleich auch tölpelhaften Attacken einer Jugendbande herumgeärgert hatte. »Das Mädchen dort drüben am dreizehnten Loch hat einen Ohrring in das Wasserad fallen lassen und wartet schon seit einiger Zeit darauf, daß du …«

»Weißt du eigentlich, woran du halbe Portion mich erinnerst?« erwiderte der schmächtige Junge aus heiterem Himmel und griff in die Tüte.

»Charles, ich höre wohl nicht recht …?« begann Harry, wurde aber sofort von dem Jungen unterbrochen.

»Du erinnerst mich an dieses Würstchen hier«, rief Charles und lachte laut über seinen eigenen Witz.

Harry Moohr hätte beinahe seinen Kaugummi verschluckt. Dieser Lümmel vor ihm war nicht der sanfte Junge mit den guten Manieren, der bisher immer so dankbar gewesen war, für ihn arbeiten zu dürfen. »Charles, ich weiß nicht, was mit dir los ist, aber …«

Der Junge schnitt ihm erneut das Wort ab. »Aber ich sag dir jetzt, was los ist. Du kannst dir den Job genauso in den Hintern schieben wie dieses Würstchen«, knurrte er sarkastisch und stolzierte mit einem Selbstbewußtsein davon, das Harry Moohr noch nie zuvor an dem Jungen bemerkt hatte.

## 9

Die Bar *Dugout* war ein Polizistentreff, der unweit des Stadtzentrums in einem Viertel lag, das gleichermaßen von Schwarzen und Weißen, Mexikanern und Armeniern bewohnt wurde. Betrieben wurde die Bar von einem Ex-Cop irischer Abstammung namens Dick Boyd.

Boyd hatte vorzeitig aus dem Dienst ausscheiden müssen, nachdem ihm ein Kollege bei einer Schießerei versehentlich eine Kugel in den linken Arm gejagt hatte, die ihm den Ellbogen zerschmetterte. Der Arm war zwar steif geblieben und Dick Boyd hatte die Uniform ausziehen müssen, aber seit dem Unfall waren seine Golfschläge sehr viel präziser und sein Bankkonto sehr viel ansehnlicher geworden.

Eine Zeit lang hatte er als Zwischenhändler für Autolacke gearbeitet. Aber dieser Job war ihm schnell langweilig geworden, nicht zuletzt, weil ihm der Kontakt zu seinen ehemaligen Kollegen gefehlt hatte. Deswegen faßte Boyd eines Tages gegen den Widerstand seiner Frau Sheila den Entschluß, seine ansehnliche Abfindung in eine Bar zu investieren und so auf seine Weise die Arbeit der Polizei weiterhin zu unterstützen. Das *Dugout* erwies sich bald als Goldgrube. Sheila mußte seither auf nichts mehr verzichten: nur auf ihren Mann, der nun praktisch gar nicht mehr zu Hause auftauchte. Denn Dick Boyd nahm seine Aufgabe ernst, stets für seine ehemaligen Kollegen da zu sein, die allabendlich mit ihrem Kummer und ihren Sorgen zu ihm kamen.

Einer der von Boyd am meisten geschätzten Männer trat weit nach Mitternacht durch die Tür: John Hobbes. Da Boyd wie jeder andere Polizist wußte, was der Detective in diesem Augenblick innerlich durchmachte, verwunderte ihn dessen mitgenommene Miene nicht. Er hatte ihn bereits erwartet und begrüßte ihn als alten Bekannten, indem er ihm beinahe unmerklich zunickte und mit den Augen andeutete, an einen der hinteren Tische zu gehen. Zugleich schien Boyds Blick Trost spenden zu wollen, da er ohne Worte zum Ausdruck brachte, daß auch das Los eines Wirtes, der die ganze Zeit über nur Biergläser spülte, alles andere als ein Zuckerlecken war. All das vermittelte Boyd während des kurzen Blickkontaktes, der einem Außenstehenden nicht aufgefallen wäre.

Hobbes erwiderte das Nicken und strebte dann in den hinteren Teil der Bar, ohne den eingeschalteten Fernseher zu beachten, der über der Theke stand und Bilder von Reese bei dessen lang zurückliegender Gerichtsverhandlung zeigte. Dann folgte eine Einstellung mit Demonstranten, die ein Transparent mit der Aufschrift ›FAHR ZUR HÖLLE, REESE‹ vor sich hertrugen.

Der Detective trat auf einen mit leeren Bierflaschen übersäten Tisch zu, an dem Lou, Tiffany, Lawrence und Jonesy saßen. Lawrence und Tiffany waren gerade im Begriff, sich ihre Mäntel anzuziehen und zu gehen, als sie Hobbes bemerkten und ihre Gläser hoben, um ihm zuzuprosten.

»Da ist ja endlich unser Held«, rief Lou LaCava, ein dickbäuchiger Veteran mit einem mächtigen, schwarzen Schnauzbart. Er führte immer das große Wort, vor allem wenn er – wie in diesem Augenblick – betrunken war.

»Ah, Mr. ›Verantwortung‹ gibt sich die Ehre«, stichelte auch Tiffany in Anspielung auf Hobbes' Fernsehinterview. Sie war eine etwa dreißig Jahre alte, eher kleingewachsene Frau, deren gelocktes, schwarzes Haar ihre italienische Abstammung verriet. Bereits seit neun Jahren arbeitete Tiffany als Polizistin und stand ihren männlichen Kollegen in keiner Weise nach, was ihr physisches und psychisches Durchhaltevermögen anging.

»Schon gut, schon gut. Schenkt euch eure Witze«, winkte Hobbes ab und wandte sich an Tiffany und Lawrence. »Wohin wollt ihr denn schon?«

»Wir haben lange genug auf dich gewartet und bereits ein paar Runden auf dein Wohl getrunken«, antwortete die Polizistin. »Und ich werde jetzt das Gesetz brechen, indem ich in mein Auto steige und nach Hause fahre.«

»Vergiß es, Tiffany«, ließ sich Lawrence vernehmen. »Unser Taxi ist gerade gekommen.« Lawrence war ein gepflegt aussehender, vierzig Jahre alter Mann mit glänzendem schwarzem Haar, der einen ebenfalls schwarzen Ledermantel trug und ein bißchen an einen italienischen Gigolo erinnerte. Nur fünf Jahre trennten ihn noch von der Vollendung seiner zwanzig Dienstjahre und damit von seinem Ruhestand.

Tiffany trat um den Tisch herum auf Hobbes zu und küßte ihn auf die Wange. »Jedenfalls herzlichen Glückwunsch«, sagte sie und machte sich dann auf den Weg zum Ausgang. »Besauf dich aber nicht zu sehr, und benimm dich ordentlich«, rief sie dem Detective noch zu, ohne sich umzudrehen.

Hobbes lächelte, zuckte die Achseln und setzte sich dann.

Jonesy grinste ihn an. »Also, wie war's?« fragte er ihn in ebenso neugierigem wie kameradschaftlichem Ton.

»Er ist tot.«

»Was du nicht sagst.« Hobbes' Partner Jonesy war ein hünenhafter Bursche, der immerzu entwaffnend lächelte und die freundlichste Visage aller Cops in der Stadt hatte. Seine großen, aber nichtsdestotrotz sanften Hände benutzte er meist dazu, irgendwelchen Leuten auf die Schulter zu klopfen oder Kinder zu umarmen. Er hatte allerdings deutliches Übergewicht, und er rauchte zum Leidwesen seiner Kollegen viel zu viel. Jeden Tag schwor er sich und den anderen, weniger zu essen und das Rauchen aufzugeben. Aber es blieb immer wieder beim Vorsatz.

Lou gab der vorbeieilenden Bedienung einen Wink. »Hey, Gracie, wir brauchen Nachschub.«

Jonesy nahm einen Zug aus seiner Zigarette und blies den Rauch in Hobbes' Richtung.

»Muß das sein?« stöhnte der Detective, während er den Qualm mit der Hand von sich wedelte. »Du willst mich wohl wieder in Versuchung führen?« Hobbes, der seit zwei Jahren nicht mehr rauchte, nahm das auf dem Tisch liegende Päckchen Zigaretten und plazierte es etwas weiter entfernt von Jonesy, damit dieser sich nicht so schnell einen neuen Glimmstengel anzünden konnte.

»Auf welche Droge stehst du denn, Hobbes?« fragte Gracie lächelnd. Die alleinerziehende Mutter zweier Kinder war zwar nicht gerade eine Schönheit, aber eine durchaus ansehnliche Frau in den Dreißigern. Ihr gewelltes, kastanienbraunes Haar fiel ihr ins Gesicht, so daß sie es immer wieder hinter die Ohren zurückschob. Gracie bediente vor allem die Stammkunden der Bar stets freundlich und aufmerksam, ohne sich allerdings auf Flirts einzulassen. Nachdem sie mehrere Jahre zuvor einige flüchtige Affären mit Cops gehabt hatte, war ihr klargeworden, daß Polizisten nicht dazu taugten, treusorgende Familienväter abzugeben. Sie widmete sich daher mittlerweile nur noch ihren beiden Kindern und ihrer Beziehung zu einem griechischen Clubbesitzer namens Paul.

Lou LaCava spendierte seinen Kollegen eine Runde. »Was nimmst du, Hobbes? Wir haben uns bisher ein paar Becks und Guinness reingepfiffen ...« Er legte seinen Arm um Gracies Taille, während sie darauf wartete, die Bestellung aufzunehmen. Da Lou nichts von Gracies griechischem Freund wußte, gab er nicht auf, sich an sie heranzumachen.

»Ich nehme ein Budweiser«, sagte Hobbes.

»Ein Budweiser?« vergewisserte sich Lou mit übertriebener Empörung.

»Ja.«

»Hör mal, auch wenn du dir sonst keins leisten kannst, heute gönnen wir uns zur Feier des Tages nur Importbier. Außerdem lade ich dich ja ein«, tönte Lou gönnerhaft.

»Ich bleibe trotzdem bei meiner Bestellung.«

»Dann nimm doch wenigstens ein Bud Ice«, drängte Lou weiter.

Hobbes schüttelte nur wortlos den Kopf.

»Oder ein Bud Lite? Ein Bud Extra Dry? Ich will dir heute mal was Gutes tun!«

Lou LaCava war wirklich völlig hinüber und hatte offensichtlich nur noch ein Ziel vor Augen: Hobbes zu provozieren.

Der Detective verspürte jedoch nichts weniger als das Verlangen, sich auf das Niveau seines Kollegen herabzulassen und mit ihm ein lächerliches Wortgefecht auszutragen. »Ich will einfach ein Bud«, wiederholte er daher nur trocken.

»Du hast es gehört, Lou«, bestätigte Gracie und machte sich ein wenig gereizt von der zudringlichen Umklammerung des Polizisten frei.

Derart zurückgewiesen zu werden gefiel Lou überhaupt nicht, so daß er seine Verärgerung nun vollends an Hobbes abreagieren wollte. »Du bist wirklich ein seltsamer Heiliger, Hobbes«, sagte er und suchte nach einem passenden Mittel, um sein Gegenüber aus der Reserve zu locken.

»Sag mal, ich bin ja nur einmal für ungefähr sechs Monate deinem Bezirk zugeteilt gewesen. Aber mit wem ich damals auch redete, alle behaupteten, du hättest dich nicht ein einziges Mal schmieren lassen. Stimmt das wirklich?« fragte Lou mit gespieltem Erstaunen.

Jonesy vernahm die Frage voller Unbehagen. Schließlich hatte sein Kollege ein Tabu-Thema angeschnitten, über das man normalerweise niemals laut sprach. Doch Lou wirkte absolut gelassen und entspannt, so als genieße er es regelrecht, jenseits von Gut und Böse zu sein.

Voller Erleichterung registrierte Jonesy, daß Jack Ferguson, ein alter Freund von Hobbes' Vater, an den Tisch trat und für eine willkommene Ablenkung sorgte. Ferguson war ein pensionierter Feuerwehrhauptmann und gehörte ebenfalls zu den regelmäßigen Besuchern der Bar.

»Du hast dich im Fernsehen wacker geschlagen, Johnny«, sagte Ferguson. »Dein Vater wäre stolz auf dich.«

Der Detective erwiderte das Kompliment mit einem dankbaren Lächeln, während Ferguson ihm auf die Schulter klopfte und dann weiterging. Hobbes' Vater war Zeit seines Lebens Streifenpolizist gewesen. Es lag nunmehr sechzehn Jahre zurück, daß er nach einer Nachtschicht frühmorgens auf dem Heimweg auf offener Straße mit einem Herzinfarkt zusammengebrochen und dort gestorben war, wo er sein ganzes berufliches Leben verbracht hatte.

Hobbes war damals nicht einmal zwanzig gewesen,

hatte den Kopf voller Flausen gehabt und sich geschworen, niemals in die Fußstapfen seines Vaters zu treten. Lange Zeit hatte Funkstille zwischen den beiden geherrscht, da der Sohn den Vater nur für einen freudlosen Pedanten gehalten hatte. Erst der Tod seines alten Herrn rüttelte den jungen Mann auf und führte ihm mit einem Mal die Dinge vor Augen, die ihn schließlich den Beruf seines Vaters ergreifen ließen.

Die Familie Hobbes hatte im Norden der Stadt in einem vor allem von Arbeiterfamilien bewohnten Viertel gelebt. Hier hatten sich mehrere Banden ebenso erbitterte wie blutige Kriege geliefert, um die Vorherrschaft auf dem lukrativen Kokainmarkt zu erlangen, der dann zusehends von Crack überflutet worden war. Hobbes' Vater war zwar nur ein einfacher Sergeant im Außendienst gewesen, hatte sich jedoch geschworen, seinen Bezirk so sauber wie möglich zu halten. Schließlich sollten seine beiden heranwachsenden Söhne nicht an jeder Ecke von Rauschgiftdealern angesprochen werden.

Also machte sich Sergeant Hobbes daran, gewissenhaft jeden Raubüberfall, jedes Drogendelikt, jeden Verstoß gegen das Waffengesetz und jede Schießerei in seinem Bezirk zu verfolgen. Er instruierte seine Männer, den Gangs und Straßenbanden bei jeder sich bietenden Gelegenheit auf die Finger zu klopfen. Unermüdlich durchsuchte er Tag für Tag bekannte und verdächtige Rauschgifthöhlen, bis diese dichtmachten und sich in einen anderen Bezirk verzogen.

Auf der Beerdigung erfuhr Hobbes, daß sein Vater beinahe fünf Tage lang ohne Schlaf ausgekommen war und mehr oder weniger rund um die Uhr eine Operation geleitet hatte, bei der es darum gegangen war, die Mitglieder zweier Banden auf einen Schlag dingfest zu machen und ein für allemal aus dem Viertel zu vertreiben. Und beinahe im Alleingang war es seinem alten Herrn gelungen, seinen Bezirk frei von Crack zu halten.

Schlagartig wurde dem jungen Hobbes klar, daß diese

Welt mehr Männer vom Kaliber seines Vaters brauchte: Männer, die wie ein Fels in der Brandung der drohenden Überflutung durch Kriminelle verschiedenster Schattierung trotzten und fest entschlossen waren, in unablässiger Pflichterfüllung die Buchstaben des Gesetzes durchzusetzen. Plötzlich spürte er, welchen Verlust der Tod seines Vaters für ihn bedeutete – und nicht nur für ihn. Denn seine Mutter, die als Krankenschwester arbeitete, heiratete auch nach Jahren trübseligen Witwendaseins nicht wieder. Und für den jungen Hobbes kamen lange Nächte, in denen er immer wieder aus unruhigen Träumen aufschreckte, gequält von der Erkenntnis, daß er noch lange nicht in der Lage sein würde, die Lücke zu schließen, die sein Vater hinterlassen hatte.

Hobbes blickte sich nach Gracie um, in der Hoffnung, daß sie ihm bald sein Bier bringen würde und daß Lou den Faden verloren hatte. Doch seine Hoffnung wurde enttäuscht.

»Nun komm schon. Du kannst es mir ruhig sagen«, bohrte Lou weiter. »Ist es wirklich wahr, daß du noch nie die Hand aufgehalten hast?« Er konnte seine Sticheleien einfach nicht lassen.

»Ich habe einfach nichts dafür übrig«, erwiderte Hobbes knapp.

»Das heißt, du hast wirklich noch nie was angenommen?« vergewisserte sich Lou auf seine penetrante Art.

»Genau das.«

»Niemals?«

»Niemals.«

»Großer Gott, Hobbes«, seufzte Lou theatralisch. »Dies ist doch eine große Stadt, und wir haben eine Tradition aufrechtzuerhalten.«

»Was ist los mit dir, Lou?« mischte sich nun Jonesy ein. »Hast du Dreck in den Ohren? Du hast doch gehört, was er gesagt hat.«

Hobbes setzte zu einer Erklärung an, da er hoffte, auf diese Weise die drohende Zuspitzung der Situation verhindern zu können. »Ich habe ein Bett, ein Dach über dem Kopf und ein Auto«, begann er. »Wenn ich Hunger habe, kaufe ich mir etwas zu essen. Und wenn ich ein nettes Mädchen treffe, kann ich es mir leisten, mit ihr auszugehen. Was also sollte mir fehlen?«

»Ein richtiges Leben«, entgegnete Lou mit vor Sarkasmus triefender Stimme. »Denk doch mal an all die anderen Cops, die Familie haben ...«

Wieder unterbrach ihn Jonesy. »Hobbes hat schließlich auch eine Familie ...«

Aber Lou LaCava ließ sich nicht ablenken. »Was ist mit den vielen Cops, die ab und zu mal ein bißchen zugesteckt kriegen, um sich ein klein wenig mehr Spaß zu gönnen?«

»Es ist nicht an mir, darüber zu urteilen«, erwiderte Hobbes ruhig, noch immer darum bemüht, sich auf keinen Streit einzulassen.

»So? Es ist also nicht an dir, darüber zu urteilen?« wiederholte Lou kopfschüttelnd und beugte sich dann zu Jonesy vor. »Unser Freund hier ist tatsächlich ein gottverdammter Heiliger.«

Hobbes versuchte, seinen betrunkenen Kollegen einfach zu ignorieren, aber Lou ließ nicht locker.

»Willst du mir allen Ernstes weismachen, daß ein Heiliger wie du unter keinen Umständen dazu bereit wäre, das verfluchte Gesetz zu brechen oder ...?«

Hobbes hatte langsam keine Lust mehr, das ermüdende Spiel weiter mitzuspielen, und faßte Lou fest ins Auge. »Am liebsten würde ich mich jetzt über diesen Tisch beugen, dir mit meinen bloßen Händen dein gottverdammtes Herz aus der Brust reißen, den letzten Tropfen Blut herauswringen und es dir dann in deine Hosentasche stopfen. Das würde ich tun, wenn ich meine Selbstbeherrschung nicht bewahren könnte. Aber wenn ich so handeln würde, dann wäre ich keinen Deut besser als die Leute, die wir jeden Tag zur Strecke bringen.«

Er ließ seine Erklärung ein paar Sekunden lang auf Lou LaCavas vernebeltes Gehirn einwirken. »Und um noch einmal auf deine Frage nach Cops und Schmiergeldern zurückzukommen …« – Er senkte die Stimme, da ihm ohnehin nicht wohl dabei war, diesen Punkt gegenüber einem anderen Polizisten zu erörtern – »… nimm dir irgendeinen der Männer heraus, egal ob sie sich nun schmieren lassen oder nicht, in jedem Fall verbringen sie 99 Prozent des Tages damit, vernünftig ihren Job zu erledigen, oder nicht?«

»Sogar zu 99,9 Prozent!« rief Jonesy.

»Genau so ist es«, bestätigte Hobbes. »Darüber hinaus leisten jede Polizistin und jeder Polizist jeden Tag mehr Gutes und Nützliches als irgendein Anwalt, Börsenmakler oder US-Präsident in seinem ganzen Leben.«

Lou starrte ihn wortlos und mit offenem Mund an. Eine solche Äußerung hatte er von Hobbes wirklich nicht erwartet.

»Cops sind nun mal in gewisser Weise Auserwählte«, beendete der Detective seine Überlegungen.

Lou starrte ihn noch immer an, wobei schwer einzuschätzen war, wie er reagieren würde.

»Schätze, ich steige auch besser auf Budweiser um«, sagte er schließlich und stieß ein gröhlendes Lachen aus. »Du bist schon in Ordnung, Hobbes. Nichts für ungut!« Dann wandte er sich an Jonesy. »Was ist mit dir, hm? Bist du auch damit einverstanden, wenn wir diesen ausländischen Mist stehenlassen und uns lieber mit unserem amerikanischen Bier vollaufen lassen?« Er winkte der Kellnerin zu. »Hey, Gracie! Bring uns doch noch drei Buds, okay?«

Hobbes und Jonesy stimmten in sein Lachen ein. Die Spannung war mit einem Schlag verflogen. Kopfschüttelnd trat Gracie an den Tisch und räumte die leeren Flaschen ab. *Dieser verdammte Lou,* dachte sie. *Wer sollte aus diesem Hundesohn nur schlau werden?*

## 10

Als Hobbes, Jonesy und Lou die Bar verließen, war es bereits drei Uhr früh. Lou hüllte sich in seinen schweren Parka, winkte seinen Kollegen zum Abschied zu und machte sich dann auf, sein Auto zu suchen, während Hobbes und Jonesy die Gegenrichtung einschlugen.

Die beiden Männer überquerten kurz darauf die nächtlich verlassene Straße und traten an ihre nah beieinander geparkten Wagen.

»Bei Gott, Lou ist doch wirklich ein ausgemachtes Arschloch«, resümierte Jonesy.

»Das ist er«, bestätigte Hobbes. »Aber wenn es nicht solche Arschlöcher wie ihn gäbe, wüßten wir wirklich liebenswerte Menschen gar nicht zu schätzen.«

Jonesy nickte. Dann stiegen beide ein und machten sich auf den Weg zu ihren jeweiligen Wohnungen.

*Und wenn es nicht so viele Wahnsinnige, Sadisten und Triebtäter gäbe, wäre ich arbeitslos,* dachte Hobbes, während er seinen Wagen nach Hause steuerte und sich in Gedanken verlor, die er eigentlich mied wie der Teufel das Weihwasser. Überall schien das Böse zu regieren und das Gute zu vernichten. Wenn es wirklich einen Gott im Himmel gab, wie konnte er dann all diesem Treiben tatenlos zusehen und dulden, daß es immer mehr Monster vom Schlage eines Edgar Reese gab? Warum legte er sogar in die Herzen der Guten den Samen des Bösen? Das alles gab doch keinen Sinn!

Es sei denn, das Ganze war Teil eines größeren Plans, der darauf hinauslief, daß der Mensch das Gute erst durch die Existenz des Bösen erkennen und schätzen lernte. Vielleicht wollte uns Gott absichtlich die Wahl überlassen, uns dem Bösen hinzugeben oder für das Gute zu kämpfen und durch unsere Taten eine Welt zu erschaffen, die am Ende besser war als zuvor.

*Quatsch,* fuhr es Hobbes durch den Kopf. Dieses ganze pseudoreligiöse Geschwätz war doch nur frommer Selbstbetrug, um seine Gewissensbisse zu beruhigen, die ihn tief in seinem Innersten peinigten, weil er einem Mann das Recht weiterzuleben verwehrt und ihn in die Gaskammer geschickt hatte.

*Aber auch daran kann man sich gewöhnen,* redete Hobbes sich ein. Und außerdem hatte Reese sein eigenes Schicksal besiegelt, da er unschuldige Menschen brutal gefoltert und getötet hatte.

Nein, Hobbes hatte es nicht nötig, seine Taten mit irgendeiner selbstgebastelten Kosmologie zu rechtfertigen, um mit sich selbst ins reine zu kommen. Außerdem: Wen interessierte schon, was in ihm vorging? Er wurde lediglich dafür bezahlt, das blutige Beweismaterial zu sammeln, zu sichten und überführte Mörder zur Strecke zu bringen. Er bekam sein Geld aber nicht dafür, daß er sich gut oder schlecht fühlte oder die große Frage des Lebens enträtselte, welchen Sinn all das machte.

Dieser Einsicht war schon sein Vater gefolgt, der sie auch seinen beiden Söhnen eingeimpft hatte: Kümmere dich um das, was sich vor deiner Nase abspielt, und überlaß es anderen, sich mit dem großen ›Wieso‹ und ›Weshalb‹ zu beschäftigen. Das war eher etwas für Frauen oder Dichter und Denker. Ein Cop aber hatte keine andere Aufgabe, als die Dinge zu tun, die wirklich notwendig waren.

Nachdem Hobbes sein Apartment betreten hatte, genehmigte er sich einen weiteren, hochprozentigen Drink, um zu verhindern, daß ihn die unbequemen Fragen auffraßen. Dann begab er sich zu Bett. Aber es dauerte noch fast eine Dreiviertelstunde, bevor es ihm gelang, die wirren Bilder des singenden und herumalbernden Reese zu verdrängen und schließlich in den Schlaf der Gerechten zu fallen.

## 11

Als ihn das Läuten des Telefons weckte, hatte Hobbes das Gefühl, allenfalls zwei Minuten geschlafen zu haben. Mit klopfendem Herzen schreckte er hoch und starrte auf die rote Leuchtanzeige seines Weckers. *Großer Gott! Gerade mal fünf nach fünf.*

Schlaftrunken schüttelte er seinen Kopf, um klarer denken zu können und griff dann nach dem Telefon: »Hallo?«

Keine Antwort.

»Wer ist da?« fragte er wütend.

Wieder nichts.

Hobbes langte nach der Basisstation des Telefons und warf einen Blick auf das Display, das die Nummer des Anrufers anzeigte. Dort stand nur ÜBERTRAGUNGSFEHLER.

»Nicht schon wieder!« murmelte der Detective kaum hörbar vor sich hin und zog gequält die Augenbrauen zusammen.

»Nun melden Sie sich doch!« versuchte er es ein drittes Mal, doch erneut ohne Erfolg.

Hobbes unterbrach die Verbindung und zog sowohl das Strom- als auch das Anschlußkabel des Empfangsteils aus der Steckdose, um auf diese Weise jeden weiteren Anruf zu unterbinden. Möglicherweise reagierte er übervorsichtig, und es handelte sich nur um einen einmaligen Vorfall. Möglicherweise aber hatte der letzte Anruf etwas mit den unzähligen zu tun, die ihn seit einigen Jahren nachts terrorisierten. Doch bisher war es ihm unmöglich gewesen, den oder die heimlichen Anrufer zu identifizieren.

Hobbes nahm einen Schluck Wasser und schüttelte erneut den Kopf. Er war noch immer nicht ganz wach, aber doch wach genug, um eine seltsame Beklemmung in sich aufsteigen zu fühlen. Deshalb schwang er sich in seinem T-Shirt und den Boxer-Shorts aus dem Bett und trat in den Flur vor seinem Zimmer. Dort sah er, daß die Tür zum Nachbarzimmer offenstand, das durch den Schein eines Nachtlichtes schwach erhellt wurde. Er schob die Tür vorsichtig ein wenig weiter auf und spähte dann in das Zimmer.

Die Umrisse eines kleineren und eines größeren Bettes waren zu erkennen. Das kleinere Bett war leer, doch die zerwühlte Decke und das zerknautschte Kissen deuteten darauf hin, daß zumindest bis vor kurzem jemand darin gelegen hatte. Dieser ›Jemand‹ war Sam: der achtjährige Sohn von Hobbes' Bruder Art. Sam war in das größere Bett übergewechselt und kuschelte sich dort an seinen Vater.

Angesichts des rührenden Anblicks der beiden mußte Hobbes unwillkürlich lächeln, zog die Tür dann aber zu. Noch immer unruhig, durchquerte er leise das Wohnzimmer und kontrollierte die Eingangstür. Anschließend betrat er die Küche und öffnete geistesabwesend den Kühlschrank, ohne jedoch etwas herauszunehmen. Erneut trat Hobbes an die Eingangstür, um nochmals sicherzustellen, daß sie sorgfältig verschlossen war. Darüber hinaus überprüfte er, ob jemand auf der Feuerleiter war und ob alle Fenster verschlossen waren. Schließlich kehrte er in sein Bett zurück, doch nur, um dort eine weitere Dreiviertelstunde wachzuliegen, krampfhaft darum bemüht, nicht wieder an die qualvollen letzten Minuten zurückzudenken, die Reese vor seiner Höllenfahrt durchlitten hatte.

*Wovor fürchtete er sich eigentlich? Er hatte doch nur seine Pflicht getan, so daß sein reines Gewissen ihm ein sanftes Ruhekissen hätte sein müssen.*
*Aber es sind gerade die kleinen scheinbar belanglosen Dinge, die unsere Angst erregen: ein einzelnes Wort, ein Geräusch, ein Blick.*
*Vor allem aber die Stille.*
*Die unerträgliche Stille in der Dunkelheit.*

## 12

Nur wenige Stunden später brach ein freundlicher, in glänzendes Sonnenlicht getauchter Spätsommermorgen an. Hobbes registrierte das schöne Wetter jedoch kaum, da er in der Küche stand und vor allem damit beschäftigt war, zum einen seinen Neffen mit einem Frühstück zu versorgen und zum anderen selbst richtig wach zu werden.

Sam – mit seiner schlanken Figur und seinen großen, braunen Augen ein ausgesprochen gutaussehender und zudem auch lebenslustiger Bursche – war gerade mit seinen Cornflakes beschäftigt. Hobbes setzte sich mit einer Tasse Kaffee zu ihm an den Tisch und warf einen flüchtigen Blick auf den eingeschalteten Fernseher, der mit abgedrehtem Ton Bilder von Reese zeigte.

Währenddessen packte Art das Lunchpaket für seinen Sohn. Auch wenn er gerade nur mit seinem über alles geliebten, braunkarierten Morgenmantel und mit Pantoffeln bekleidet war, machte er mit seiner eher unbeholfenen Haltung und der großen, goldgefaßten Brille den Eindruck eines weltfremden Professors.

»So, alles fertig. Milch, Brezel, ein Apfel und ein Sandwich mit Erdnußbutter«, rief Art.

Sam verdrehte die Augen und wandte sich seufzend

an Hobbes. »Schon wieder ein Erdnußsandwich? Oh, bitte, Onkel John, könntest du dich nicht morgen früh um mein Lunchpaket kümmern? Mir kommt die verdammte Erdnußbutter schon aus den Ohren raus!«

Hobbes nickte nur stumm, während von draußen das ungeduldige Tröten einer Fahrradhupe zu hören war. Als Art aus dem Fenster schaute, winkte ihm ein schlaksiger Junge in Sams Alter zu, der mit seinem Fahrrad vor dem Haus wartete.

»Toby ist da!« verkündete Art mit jener kindlichen Begeisterung, die er jeden Morgen an den Tag legte, wenn Sam von seinem Freund zur Schule abgeholt wurde. Hobbes' geistig behinderter Bruder war ein ausgesprochen liebenswürdiger und gutmütiger Mensch.

Sam sprang vom Tisch auf, schnappte seine Bücher und das Essen und umarmte dann seinen Vater. »Mach's gut, Dad. Du kannst zwar keine vernünftigen Sandwiches machen, aber ich habe dich trotzdem lieb«, lachte der Junge und stürzte bereits zur Tür.

»Hey, nicht so schnell, Sam«, mahnte Art. »Du hast vergessen ...«

Noch bevor sein Vater den Satz vollenden konnte, hatte Sam bereits auf dem Absatz kehrtgemacht und flog seinem Onkel in die Arme, um auch ihm einen Abschiedskuß zu geben. Spätestens zu diesem Zeitpunkt hätte jeder zufällige Beobachter der rührenden Szene erkannt, daß Hobbes zweifellos die Stelle von Sams zweitem Elternteil einnahm.

Anschließend sauste Sam hinaus. »Viel Spaß in der Schule«, rief ihm sein Vater wie jeden Morgen hinterher, was ebenfalls Bestandteil eines immer wiederkehrenden Rituals war.

Art schloß die Tür und schüttelte den Kopf. Auch wenn seine intellektuellen Fähigkeiten sehr begrenzt waren, die Liebe zu seinem Sohn war es nicht.

»Was für ein Satansbraten!« sagte Hobbes und rückte

einen Stuhl zurecht. »Komm, setz dich zu mir, Art. Laß uns beide in Ruhe zusammen frühstücken.«

»Mußt du denn heute gar nicht weg?« fragte sein Bruder erstaunt.

Hobbes blickte aus dem Fenster und schaute Sam und Toby hinterher, die gerade mit ihren Rädern auf die Straße bogen. »Reese ist tot. Deshalb kann ich mir heute ruhig einmal leisten, ein bißchen später zum Dienst zu fahren.«

Art strahlte überglücklich, da die beiden Brüder nur selten Gelegenheit hatten, sich ungestört miteinander zu unterhalten. »Das ist ja wirklich wunderbar, John«, rief er und fügte dann schüchtern hinzu: »Ich habe dich nämlich sehr gern, John.«

Hobbes lächelte beinahe wehmütig. Er war immer wieder gerührt, mit welcher selbstverständlichen Offenheit Art seine Gefühle zum Ausdruck brachte.

»Du bist so gut zu uns, obwohl Sam und ich eine Last für dich sind«, sagte Art nachdenklich.

»Das ist doch Unsinn«, wehrte Hobbes ab.

»Vielleicht hätte Marcy dich auch nicht verlassen, wenn wir nicht ...«

»Art«, unterbrach ihn Hobbes heftig. »Du und Sam, ihr seid meine Familie. Und ihr habt nichts damit zu tun, daß Marcy wegging. Also hör auf davon, und setz dich zu mir.«

Gehorsam folgte Art der Aufforderung seines Bruders.

»Und du mußt wissen, daß ich dich auch sehr gern habe«, fügte Hobbes hinzu, was ein strahlendes Lächeln auf Arts Gesicht zauberte. Glücklich griff er nach den Cornflakes.

Art hatte es nicht leicht gehabt. Im Alter von fünfundzwanzig Jahren war er von einem Auto angefahren worden und litt seither unter einer geistigen Behinderung. Ein Jahr nach dem Unfall hatte Julie, Sams Mutter, ihn verlassen, da sie der Aufgabe nicht länger gewachsen war, sich um einen über Nacht zum Invaliden gewordenen Mann zu kümmern. In ihrem Abschiedsbrief hatte sie geschrieben, daß sie sehr wohl wisse, wie sehr Art seinen Sohn vergöttere. Deshalb lasse sie ihn schweren Herzens bei ihm zurück. Das letzte, was Hobbes und sein Bruder von ihr hörten, war, daß sie in Miami als Sängerin in einer Hotelbar arbeitete.

Noch an dem Tag, als Julie von den beiden fortlief, hatte Hobbes seinen Bruder und Sam bei sich aufgenommen.

Natürlich war dadurch der Druck auf Hobbes' eigene Ehe größer geworden. Aber seine Beziehung zu Marcy war schon lange zuvor nicht mehr ungetrübt gewesen. Als sie – wiederum etwa ein Jahr später – ihre Koffer packte, dienten ihr Art und Sam nur als bequemer Vorwand. Die wahren Gründe aber lagen woanders.

Die Tatsache, daß Hobbes stets unregelmäßige Arbeitszeiten hatte und oft genug rund um die Uhr im Einsatz war, die beständige Gefahr, in der er schwebte, seine Gereiztheit und schlechte Laune, die er nicht selten mit nach Hause brachte, sowie die Horrorgeschichten, die sich untrennbar mit seinem Beruf verbanden, all das war für Marcy einfach zu viel gewesen. Und wer hätte ihr das verdenken können? Einer Frau, die sich nach nicht mehr als einem geregelten Leben und einem Stück Garten vor dem Haus sehnte, nicht aber nach dem Heulen von Polizeisirenen und Nachrichten über grauenhafte Morde.

Hobbes schoß unwillkürlich die Frage durch den Kopf, warum er und Marcy überhaupt jemals geheiratet hatten. Zuerst hatten es ihm ihre großen, intelligenten Augen und ihr humorvolles Lachen angetan. Zudem war sie eine Frau gewesen, die ihm auf zugleich zärtliche und leidenschaftliche Weise das Gefühl gegeben hatte, für sie der Mittelpunkt des gesamten Universums zu sein. Welcher Mann hätte da widerstehen können?

Aber er hatte damals nicht geahnt, daß es anderer Eigenschaften bedurft hätte, um eine Ehe unter derart massiven Belastungen führen zu können. Marcy war einfach nicht der Typ Frau gewesen, der es gelungen wäre, ihre ehrgeizigen Zukunftspläne mit dem bescheidenen Gehalt eines Polizisten in Einklang zu bringen und alle Träume aufzugeben, nur weil sich ihr Mann voll und ganz seiner beruflichen Tätigkeit verschrieben hatte.

Hobbes hatte mittlerweile genügend Abstand zu der Trennung von seiner Frau, um die Dinge objektiv zu betrachten und sich ehrlich einzugestehen, daß er an ihrer Stelle genauso gehandelt hätte. Ihm war in der Zwischenzeit auch klargeworden, daß er nie und nimmer auf Dauer einen respektablen Ehemann und Familienvater abgegeben hätte. All das aber änderte nichts an der Tatsache, daß er Marcy noch immer vermißte.

Art stellte die Cornflakes-Packung zurück auf die Mitte des Tisches, direkt neben die Zuckerdose, wie Johnny es immer tat. Ja, Johnny war neben Sam sein ein und alles. Deshalb wollte er alles tun, um Johnny eine Freude zu bereiten.

»Ich habe dich wirklich auch sehr gern, Art«, wiederholte Hobbes noch einmal. »Aber mach dem Jungen in Zukunft bitte keine Erdnußsandwiches mehr.«

## 13

Die Schachtel mit Cornflakes stand an genau derselben Stelle auf dem Tisch, nur daß es ein anderer Tisch war: Dieser hatte eine zerkratzte Kunststoffoberfläche und Metallbeine. Und er stand in einer anderen Küche.

Vor ihm saß der schwindsüchtige Charles und löffelte seine Cornflakes in einer sehr aufrechten, beinahe steifen Haltung. Er aß mit der linken Hand und ließ sich bei jedem Löffel sehr viel Zeit, so als wolle er jeden Bissen intensiv genießen.

Am Vorabend hatte er noch sein billiges, verschlissenes Hemd und die ausgebeulten Jeans getragen. Jetzt war er jedoch mit einem frisch gebügelten, braunen Anzug und einer passenden Krawatte bekleidet.

Seine geradezu elegante Erscheinung stand jedoch in krassem Kontrast zu der Unordnung rings um ihn her. Überall lagen Zeitschriften und Bücher auf dem Boden verstreut und viele der Möbelstücke waren umgestoßen worden. Kurz und gut: Es sah so aus, als habe in dem Apartment ein Kampf stattgefunden.

An der Wand neben Charles stand etwas mit einem Leuchtmarker geschrieben.

Er tauchte seinen Löffel tief in die Schüssel. Vor ihm auf dem Tisch standen nur vier Gegenstände: die Schachtel mit den Cornflakes, ein Tetrapak Milch, eine Zuckerdose und – genau in der Mitte der drei anderen Behältnisse – eine Schüssel mit einer halbaufgegessenen Portion Cornflakes.

Charles rückte die Schachtel und die Schüssel pedantisch zurecht, bis die vier Gegenstände eine gleichmäßige Ausrichtung besaßen.

Dann schob er seinen Stuhl zurück, stand auf und ging durch den Flur ins Badezimmer. Dort gab er vorsichtig Zahncreme auf seine Zahnbürste und begann, sich die Zähne zu putzen. Dabei verfuhr er mustergültig, indem er – wie von den Zahnärzten gefordert – die Bürste am Übergang zum Zahnfleisch in raschen, kleinen Kreisbewegungen entlangführte. Mit leerem Blick und ausdruckslosem Gesicht verfolgte Charles im Badezimmerspiegel, wie die Zahncreme zu schäumen begann und der Reinigungsprozeß seiner Vollendung entgegenschritt. Außerdem erkannte man im Spiegel, daß sich hinter ihm ein Fenster befand sowie eine Badewanne, aus der ein Gegenstand herausragte. Beim zweiten Hinsehen erwies sich der Gegenstand als ein menschlicher Fuß.

Der Körper des Mannes lag unbekleidet in der Wanne, die Augen vor Entsetzen weit aufgerissen, der Mund verzerrt. Die einzige äußerlich erkennbare Verletzung bestand in einem kaum sichtbaren Einstich am linken Arm, aus dem ein paar Tropfen Blut ausgetreten waren. Aber es konnte kein Zweifel daran bestehen: Der Mann war tot.

Charles gurgelte und spuckte das Wasser ins Waschbecken. Danach spülte er sich erneut den Mund aus und reinigte schließlich die Zahnbürste, bevor er das Badezimmer verließ.

Er schritt zurück durch den Flur und das verwüstete Wohnzimmer zur Eingangstür. Bevor er das Apartment verließ, drehte er sich noch einmal um und sah sich prüfend um. Ja, alles sah genauso aus, wie es aussehen sollte.

Charles trat hinaus und zog die Tür vorsichtig hinter sich ins Schloß.

## 14

Midtown North – der Bezirk mit der Nummer 59, dem Hobbes zugeteilt war – zählte zu den berüchtigtsten Vierteln der Stadt. Es war daher kaum verwunderlich, daß Hobbes nicht gerade darum gebeten hatte, dorthin geschickt zu werden. Aber er hatte auch nie versucht, in einen anderen Bezirk versetzt zu werden. Was hatte sein Vater immer gesagt? – »Wenn du wirklich ein Cop werden willst, dann fragst du nicht, wohin man dich stellt, sondern tust deine Pflicht, egal wo.«

Hobbes hatte sich den simplen Wahlspruch seines Vaters zu eigen gemacht. Sicher war es bequemer, mit einem Streifenwagen durch einen der ruhigen Vororte zu kutschieren und nur darauf achten zu müssen, daß niemand über ein paar leere Bierdosen stolperte. Aber man konnte auch in ein Viertel kommen, in dem die Präsenz eines Polizisten durchaus über Leben und Tod entschied: dort nämlich, wo Menschen ihre Kinder verprügelten und sich wegen ein paar Dollar gegenseitig umbrachten, sobald sie sicher waren, daß kein Cop in der Nähe war.

Hobbes hatte wie sein Vater als junger Streifenpolizist begonnen, und zwar zuerst im Revier Nummer 71, später dann in Nummer 50. Nachdem er die Prüfung zum Sergeanten bestanden hatte, war er zum Dezernat für Gewaltverbrechen nach Midtown North abgeordnet worden. Auch auf den dortigen Straßen hatte er sich bald einen Namen als unermüdlicher und gerissener Jäger gemacht. Während zum Beispiel die meisten Polizisten, wenn sie alarmiert werden, instinktiv direkt zum Tatort fahren, versuchte Hobbes, den Tätern den von ihm vermuteten Fluchtweg abzuschneiden. Oder aber er suchte das Dach eines der höchsten Häuser in der Umgebung des Tatortes auf und versuchte von dort aus, Anzeichen für die Flucht eines Verdächtigen über die angrenzenden Dächer auszumachen.

Als Hobbes bereits mit achtundzwanzig zum Detective befördert wurde, war er mit der gesamten Halb- und Unterwelt seines Bezirks bestens vertraut. Huren, Zuhälter, Rauschgiftdealer, Fixer, gewalttätige Ehemänner, Betrüger, Winkeladvokaten und Strohmänner: Er kannte sie alle.

Zudem war Hobbes dafür bekannt, daß zahlreiche Informanten für ihn arbeiteten. Nördlich der Congress Street war jeder Ganove vom Gelegenheitstaschendieb an aufwärts scharf darauf, dem Detective dienlich sein zu können, da er stets zu seinem Wort stand und jeden brauchbaren Hinweis mit entsprechenden Dollarbeträgen honorierte. Außerdem unterschied er sich von vielen seiner Kollegen darin, daß er seine Informanten auch dann nicht verprügelte, wenn sie ihn einmal mit falschen Angaben versorgt hatten. In derartigen Fällen wandte er sich lediglich enttäuscht ab und ließ den Betreffenden wortlos stehen, was für diesen ein untrügliches Warnzeichen dafür war, schnellstens mit etwas wirklich Verwendbarem aufzutauchen, um es sich mit Hobbes nicht endgültig zu verderben. Das System funktionierte prächtig, da der Detective ein untrügliches Gespür dafür hatte, welche der ihm zugespielten Hinweise wertvoll und welche wertlos waren.

Als Hobbes an diesem Morgen mit seinem alten, schwarzen Plymouth auf den Parkplatz des Reviers fuhr, war es bereits zehn Uhr. Normalerweise konnten es sich nur Banker leisten, erst so spät ihre Arbeit aufzunehmen. Aber Hobbes konnte die Freiheit, die er sich genommen hatte, nicht wirklich genießen, denn je mehr Freizeit er besaß, desto mehr spukte ihm Reese im Kopf herum. Am heilsamsten war es für ihn, sich am besten gleich wieder in die Arbeit an einem komplizierten Fall zu stürzen. So würde es ihm am schnellsten gelingen, Reese aus seinen Gedanken zu vertreiben.

Hobbes wurde aus sicherer Entfernung beobachtet. Der Mann notierte sich die genaue Uhrzeit und verfolgte, wie der Detective aus seinem Wagen stieg, die Tür abschloß und auf das Gebäude des Polizeireviers zuging. Dann schob sich der Mann in der Manier eines Mafioso selbstzufrieden eine dicke Zigarre zwischen die Lippen. Er trug einen braunen Anzug mit Krawatte.

In dem Augenblick, in dem er aus seinem schwarzen Plymouth stieg, spähte Hobbes unauffällig nach hinten, ohne allerdings etwas Verdächtiges entdecken zu können. Dennoch hatte er irgendwie den unbestimmten Impuls gespürt, sich umzusehen. Achselzuckend schloß er den Wagen ab und machte sich auf den Weg ins Büro.

*Ich bin fest davon überzeugt, daß alle Menschen es eigentlich wissen oder zumindest unbewußt so etwas wie ein Gespür dafür haben, wenn ihnen Gefahr droht … wenn sie beobachtet oder verfolgt werden.*

*Das gilt vor allem für Polizisten. Polizisten ahnen nicht nur die Gefahr, sie sehen sie geradezu, auch wenn es sich scheinbar nur um ganz alltägliche Vorgänge handelt.*
*Manchmal ist es so, daß dem Betreffenden erst einige Zeit später die Zusammenhänge wirklich klar werden. Erst dann erkennt er rückblickend plötzlich: Ich habe es gewußt.*

Charles stand noch immer neben einer Telefonzelle auf der dem Polizeirevier gegenüberliegenden Straßenseite und paffte weiter an seiner Zigarre. Was immer er auch im Schilde führte, seinem Gesichtsausdruck zufolge lief es wie am Schnürchen.

Zum wiederholten Male warf er einen Blick auf seine Armbanduhr und lehnte sich dann entspannt gegen die Telefonzelle, um es sich auf seiner Warteposition gemütlich zu machen.

## 15

Das Großraumbüro, in dem Hobbes' Schreibtisch stand, glich exakt all den anderen Büros, in denen er zuvor gearbeitet hatte. Auf den antiquierten Tischen stapelten sich überall Berge von Formularen und Akten: der Alptraum jedes Polizisten. überall im Raum befanden sich zudem überfüllte Aktenschränke. Aus ihnen quollen längst überholte Angaben über zahllose Straftaten hervor, die darauf warteten, per Computer gespeichert zu werden, um so wenigstens weniger Platz wegzunehmen.

An einer Wand hing eine große Karte des Bezirks, für den das Revier zuständig war. Sie zeigte durch verschiedene Farbmarkierungen und Fähnchen an, welche Straßenzüge von den einzelnen Banden kontrolliert wurden.

Daneben befand sich ein Schwarzes Brett, an dem Zeitungsartikel über die Verdienste und Heldentaten einzelner Cops prangten.

Hobbes machte sich daran, einige noch offene Berichte abzuschließen. Es fiel allerdings auf, daß sein Schreibtisch im Vergleich zu denen seiner Kollegen ausgesprochen ordentlich wirkte. Nur wenige Gegenstände lagen darauf, die zudem noch in einer streng geometrischen Weise zueinander ausgerichtet waren.

Rechts neben Hobbes' Schreibtisch befand sich der von Jonesy. Auch dieser war mit einigen Berichten beschäftigt. Währenddessen befaßte sich Tiffany – zur Linken des Detective – mit einer Frau, die auf dem ›Besucherstuhl‹ Platz genommen hatte: Dort saßen gewöhnlich nicht nur Leute, die eine Anzeige erstatten wollten, sondern auch einbestellte Zeugen oder Tatverdächtige.

Bei der Frau handelte es sich um eine dreiunddreißig Jahre alte Sekretärin. Abgesehen von ihrer modischen Frisur fielen vor allem ihre extravaganten Fingernägel auf, die eine spektakuläre Länge aufwiesen. Sie war aufs Revier gekommen, um gegen ihren Freund Anzeige zu erstatten.

»Wenn er mich nur beschimpfen würde, Officer, damit könnte ich ja noch leben. Auch wenn ich nur ab und zu eine Ohrfeige verpaßt bekäme, fände ich das nicht weiter dramatisch. Aber ich habe inzwischen Angst, daß er seine Drohungen eines Tages tatsächlich in die Tat umsetzt und mich umbringt!« erklärte sie besorgt.

Tiffany nahm die Aussage der Frau sehr ernst. Aber ihr waren die Hände gebunden, da es sich bisher nur um die Androhung einer Straftat, nicht aber um deren Vollzug handelte. Deshalb konnte die Polizistin nichts anderes tun, als ihre Besucherin zähneknirschend an ein anderes Büro zu verweisen, um dort einen – meist aussichtslosen – »Antrag auf Polizeischutz« zu stellen. Ansonsten konnte sie ihr nur raten, Zuflucht in einem Heim für mißhandelte Frauen zu suchen.

Während Hobbes mit einem Ohr dem Gespräch am Nachbartisch folgte und über die Befürchtung der Sekretärin nachdachte, läutete sein Telefon.

»John Hobbes am Apparat.«

»Hallo, mein Freund!« erklang eine schwindsüchtige Stimme aus dem Hörer. »Hast du was zum Schreiben parat?«

»Wer spricht da?«

»4541 South Stender, Apartment 12c«, fuhr Charles fort, ohne auf die Frage des Detective einzugehen.

Hobbes notierte sich routinemäßig die Adresse. *Worum würde es diesmal gehen?* fragte er sich gelangweilt. Ob der anonyme Anrufer vielleicht den Nachbarsjungen denunzieren wollte, der gerade ins Treppenhaus gepinkelt hatte? Oder den Hausmeister, der wieder mal die Mieter des Hauses belauschte?

»Und was werde ich dort vorfinden?« fragte Hobbes und hoffte, daß er wenigstens etwas Ausgefallenes zu hören bekam.

»Einen Hinweis«, lautete die knappe Antwort. Dann wurde eingehängt.

Hobbes überlegte kurz, ob der Anruf ernst zu nehmen war. Die Ereignisse der vergangenen Stunden gaben schließlich den Ausschlag.

»Ich konnte heute nacht nicht schlafen«, wandte er sich nachdenklich an Jonesy.

»Wer kann das heutzutage noch?« erwiderte sein Kollege trocken.

»Erinnerst du dich daran, daß Reese mich immer gegen zwei, drei Uhr früh anrief?« hakte Hobbes weiter nach.

»Er hatte eben wirklich einen Narren an dir gefressen«, scherzte Jonesy voller Sarkasmus. »Du hattest wohl einen echten Verehrer in ihm, der …«

»Letzte Nacht wurde ich wieder angerufen«, unterbrach ihn Hobbes.

Jonesy hob interessiert eine Augenbraue, während der Detective bereits den Zettel mit der Adresse zur Hand nahm.

»Hey, Denise«, rief er quer durch den Raum der bei allen beliebten Zivilangestellten zu, die alle eingehenden Anrufe entgegennahm. »Würdest du bitte einen Wagen zu dieser Anschrift schicken?«

Denise kam zu ihm herüber und nahm den Notizzettel entgegen.

»Apartment 12c«, fügte Hobbes hinzu. »Die Jungs sollen zusehen, daß sie einen Blick in die Wohnung werfen können.«

»Eine Leiche?« fragte Denise knapp, da die meisten Leute zuerst auf dem Polizeirevier anriefen, wenn ein intensiver süßlicher Gestank aus der Wohnung des Nachbarn drang.

»Glaube ich nicht«, widersprach Hobbes. »Vielleicht nur irgendein Spinner, der meinen Namen in der Zeitung gelesen hat, und sich nun vor seiner Freundin wichtig machen will.«

»Er könnte unseren Star auch im Fernsehen gesehen haben«, fügte Jonesy mit einem ironischem Unterton in der Stimme hinzu.

»Wie habe ich übrigens ausgesehen?« fragte Hobbes grinsend. »Immerhin war ich auf vier verschiedenen Kanälen zu sehen!«

Anstatt zu antworten, verdrehte Jonesy nur die Augen.

Lachend machte sich Denise davon, und Hobbes wandte sich wieder seiner Schreibtischarbeit zu.

Unterdessen war die von ihrem Freund bedrohte Sekretärin in Tränen ausgebrochen, nachdem sie Tiffany gegenüber nochmals betont hatte, daß sie Angst habe, in ihre Wohnung zurückzukehren, andererseits aber nicht wisse, wo sie sonst bleiben solle.

# 16

Die Gegend, in der das Apartment lag, das Hobbes telefonisch genannt worden war, gehörte nicht gerade zu den besten der Stadt. Schon die tiefen Schlaglöcher in den Straßen waren ein eindeutiger Hinweis darauf, daß die Stadtverwaltung keinen Grund zur Eile sah, derartige Schäden zu beseitigen. Und das einzige Geschäft, das weit und breit florierte, war der Laden des Pfandleihers, der sich der illustren Nachbarschaft eines Fingernagelstudios, eines haitianischen Gewürzladens und eines Tätowierers erfreute.

Die Wohnung befand sich in einem Sandsteingebäude, das in den 20er Jahren erbaut worden war und seither noch immer auf seine erste Renovierung wartete. Die einzigen erkennbaren Modernisierungsmaßnahmen bestanden in den massiven Gittern vor den Fenstern der im Erdgeschoß liegenden Wohnungen, die auf diese Weise vor Einbrechern geschützt werden sollten.

Ein paar Passanten registrierten zwar das halbe Dutzend Polizeifahrzeuge, das vor dem Gebäude parkte, gingen aber interesselos weiter, ohne auch nur danach zu fragen, was denn geschehen sei. Die meisten kannten die Antwort ohnehin bereits, denn es waren immer dieselben Geschichten: ein weiterer Mord eines Crack-Süchtigen, ein Heroinabhängiger, der sich eine Überdosis verpaßt hatte, oder eine Messerstecherei in einem der düsteren Treppenhäuser. Wer sollte sich noch darüber aufregen. Schließlich ging das Leben ja weiter. Und jeder hoffte nur, daß nicht er das nächste Opfer war.

Hobbes und Jonesy stiegen aus ihrem zivilen Dienstwagen. Nur zwölf Minuten, nachdem Denise eine Streife hierherbeordert hatte, war die Meldung im Revier eingegangen.

»Bingo, Detective Hobbes. Sie haben mal wieder einen Volltreffer gelandet. Sie können sich Ihren ersten Preis vor Ort abholen.«

Hobbes kannte die Gegend. Er deutete nur wortlos auf einen Waschsalon am Ende der Straße. Dort war vor zwei Jahren ein Neugeborenes in einem Wäschekorb gefunden worden.

Jonesy nickte. Ja, er erinnerte sich. Das Baby war in eine Decke eingeschlagen gewesen und auf ein paar Handtücher gelegt worden. Die Mutter hatte nie ausfindig gemacht werden können.

Die beiden Cops eilten auf den Eingang von Nr. 4541 zu.

Das meiste Gedränge herrschte im Badezimmer. Während ein Fingerabdruckexperte der Spurensicherung alle Chromteile mit einem Puder einstäubte, sammelte einer seiner Kollegen Haare von einem Handtuch, das neben dem Waschbecken hing, und deponierte sie in einer speziellen Tüte.

Neben den beiden kniete der mit Latex-Handschuhen versehene Leichenbeschauer, der ein Thermometer in Händen hielt, das mit einer etwa Zwanzig Zentimeter langen Sonde versehen war. Diese sollte in die Leber des Toten eingeführt werden, da auf diese Weise der Zeitpunkt des Todeseintritts auf eine Viertelstunde genau ermittelt werden konnte, sofern der Mann innerhalb der letzten achtundvierzig Stunden gestorben war.

Ein Blitzlicht flackerte auf, als Jonesy ein Polaroid-Foto vom Gesicht des Toten schoß. Dann fotografierte er die Leiche aus einer weiteren Perspektive und schließlich die Wanne vor dem Hintergrund der Rückwand des Badezimmers. Vielleicht würden die Ermittler auf den Aufnahmen später Details erkennen, die sie bei der Ortsbesichtigung zunächst übersehen hatten.

Ein uniformierter Cop mit einem breitflächigen Bratpfannengesicht gesellte sich zu Hobbes und Jonesy, um ihnen mitzuteilen, was er herausgefunden hatte.

»Sein Name ist Muskavich, ein russischer Auswanderer. Der Hausmeister sagt, er habe weder Familie noch Freunde noch sonst irgendwen.«

»Warum ist er dann umgebracht worden?« fragte Hobbes, woraufhin der uniformierte Cop und Jonesy lachten.

»Falls er umgebracht worden ist«, fügte Hobbes hinzu und wandte sich an Jonesy: »Hast du ihn dir schon näher angeschaut?«

Sein Kollege, der nun ebenfalls Latex-Handschuhe trug, beugte sich über die Leiche. »Keine äußerlich sichtbaren Wunden«, stellte er fest, »bis auf drei einzelne Einstiche an Schulter, Arm und Nacken. Wir sollten uns nach einer Spritze oder etwas Ähnlichem umschauen.«

Jonesy richtete sich wieder auf und machte eine weitere Aufnahme. Er wies Hobbes auf die Nummer »18« hin, die mit schwarzem Filzstift auf die Brust des Toten geschrieben worden war. »Was soll das bedeuten? Daß er das achtzehnte Opfer ist?«

»Wahrscheinlich«, stimmte Hobbes zu und verließ das Badezimmer. »Wir müssen also so schnell wie möglich herauskriegen, wie Muskavich getötet wurde.«

Jonesy folgte ihm ins Wohnzimmer. Alles war noch genau in dem Zustand, wie ihn die beiden Polizisten, die als erste eingetroffen waren, vorgefunden hatten. Überall auf dem Boden lagen Kleidungsstücke verstreut.

Hobbes und Jonesy setzen ihren Rundgang fort, betraten die Küche und untersuchten den Frühstückstisch. Auch hier stand noch alles in derselben, seltsamen Konfiguration aufgebaut.

»Erinnert mich irgendwie an deinen Schreibtisch«, feixte Jonesy.

»Der Bursche ist doch schon eine ganze Weile tot«, wunderte sich Hobbes, ohne auf die Äußerung seines Kollegen einzugehen. »Was also hat das hier zu bedeuten? Hat der Mörder hier die Nacht verbracht und heute morgen gemütlich gefrühstückt?«

Jonesy betrachtete die benutzte Schüssel und den daneben liegenden Löffel genauer. »Sieht tatsächlich so aus.«

Als er seinen Blick über den ganzen Raum streifen ließ, entdeckte er etwas hinter der Tür. »Hey, schau mal hierher!«

Jonesy zog die Tür von der Wand und legte damit drei Zeilen frei, die ebenfalls mit schwarzem Filzstift an die Wand geschrieben worden waren.

Hobbes wandte sich um, blickte zunächst verwundert an die Wand – und hatte das Gefühl, als erstarre sein Blut zu Eis.

An der Wand stand in schrägen Buchstaben:

*Lyons*
*???*
*Spakowsky*

Als Jonesy bemerkte, daß Hobbes unfähig war, seinen Blick von der Wand zu lösen, berührte er ihn fragend am Arm. »Hey, was ist los mit dir?«

Hobbes schüttelte ungläubig den Kopf und fand nur mühevoll seine Stimme wieder. »Ein Rätsel«, stieß er heiser hervor. »Das da ist das Rätsel, das mir Reese stellte.«

»Sag das nochmal.«

»Du hast richtig gehört. Kurz vor seiner Hinrichtung fragte mich Reese in der Todeszelle: ›Warum gibt es eine Lücke zwischen Lyons und Spakowsky?‹«

Jonesy zückte erneut seine Polaroid, fotografierte die Nachricht an der Wand und starrte sie dann – wie Hobbes – verblüfft an. Wie zum Teufel war es zu erklären, daß eine Äußerung, die Reese kurz vor seinem Tode nur Hobbes gegenüber gemacht hatte, jetzt plötzlich hier an der Wand stand?

Währenddessen stand Hobbes noch immer wie vom Blitz getroffen vor der Wand. Er atmete tief durch und versuchte, seine sich überstürzenden Gedanken zu sortieren. Dieser verdammte Reese! Dieser gottverdammte Reese und sein verfluchtes Rätsel! Noch über seinen Tod hinaus hatte er bei der Ermordung eines Mannes offensichtlich seine Hände im Spiel. Und so, wie es aussah, nur um ihn in die ganze Geschichte zu verwickeln. Gott sei Dank aber schmorte Reese selbst längst in der Hölle, denn die Welt konnte auf jemanden wie ihn verzichten, dessen Name nur mit Furcht und Schrecken verbunden war.

## 17

Lieutenant Stanton war über das, was er auf den Polaroid-Fotos von der Botschaft auf Muskavichs Küchenwand sah, nicht gerade erfreut. Er stand an Hobbes' Schreibtisch gelehnt und schüttelte nachdenklich den Kopf. »Ob Reese einen Komplizen hatte?« fragte er voller Abscheu.

»Entweder das, oder wir haben es mit einem Nachahmungstäter zu tun, der ihn kopiert«, erwiderte Hobbes. »Vielleicht einer der Gefängniswärter oder die Filmleute.«

Stanton nickte zustimmend. »Möglicherweise. Aber inzwischen könnten den Film schon fünfzig oder mehr Leute gesehen haben.«

»Schon gut, schon gut«, lautete Hobbes trockene Antwort. »Jonesy und ich werden uns also erstmal darum kümmern müssen, die genaue Zahl herauszubekommen.«

Jonesy ließ bei dieser Ankündigung von seinem Platz aus einen lauten Stoßseufzer hören.

Stanton schmunzelte, denn er kannte die bevorstehende Knochenarbeit nur zu gut: die unspektakulären Routineaufgaben, die hinter dem vermeintlichen Glamour des Polizistenberufs allzuoft den Löwenanteil des Arbeitsalltags ausmachten. Und es schien fast so, als würde dieser Teil der Arbeit bei jedem neuen Fall immer mehr Zeit verschlingen.

In dem Moment trat Detective Lawrence auf den Lieutenant zu.

»Hätten Sie eine Sekunde Zeit für mich?« wandte er sich an Stanton. Der drahtige Lawrence wirkte mit seinem modischen Outfit mehr denn je wie ein erfolgreicher Geschäftsmann.

»Sicher«, erwiderte Stanton und führte ihn in sein Büro.

Jonesy hängte den Telefonhörer ein und drehte sich zu Hobbes um. »Die Jungs von der Spurensicherung haben Fingerabdrücke entdeckt«, berichtete er. »Der Kerl hat offenbar keine Handschuhe getragen und Spuren auf dem Löffel und an der Schale hinterlassen, aus der er seine Cornflakes gelöffelt hat. Sieht fast so aus, als wolle er mit aller Macht auf sich aufmerksam machen.«

»Wahrscheinlich weiß er, daß wir seine Fingerabdrücke nicht in unserer Kartei haben«, vermutete Hobbes. »Wirkt aber trotzdem ein bißchen so, als ob er uns ein Zeichen seiner Überlegenheit geben wollte. Wenn man allein an seinen Telefonanruf denkt ...?«

Jonesy nickte zustimmend.

Lou blickte von seinem einige Meter entfernt stehenden Schreibtisch auf. »Nicht, daß ich mir anmaßen würde, euch beiden Super-Cops einen Tip geben zu wollen ...«, begann er mit vor Sarkasmus triefender Stimme.

»Dann laß es doch einfach, Lou«, bemühte sich Jonesy, die Sticheleien seines Kollegen im Keim zu ersticken.

Lou warf ihm einen vernichtenden Blick zu, ließ sich allerdings keineswegs davon abhalten, seinen Gedanken zu Ende auszusprechen. »Was ist mit dem Motiv? Glaubt ihr denn allen Ernstes, daß Verbrechen heute nur noch um ihrer selbst Willen oder von Geistesgestörten verübt werden?«

Tiffany trat zu ihnen, um die bestellten Sandwiches zu verteilen, und ahmte das Geräusch einer Klingel nach: »Rrrinnggg! Wer bekommt Nummer 2?«

Jonesys Reaktion auf Lous Äußerung war in ihrer trockenen Logik typisch für ihn. »Es gibt für alles ein Motiv«, dozierte er. »Und auch eine krankhafte Veranlagung kann durchaus ein Motiv sein.«

Für einen Moment herrschte Stille im Raum.

Lou ging zum Faxgerät hinüber, wo für ihn, Hobbes und Jonesy Nachrichten eingetroffen waren. Während er ihnen die Seiten brachte, überflog er sie und las laut aus ihnen vor.

»Dies hier ist wichtig für dich, Bud«, wandte er sich an Hobbes und reichte ihm das Fax. Seitdem der Detective am Vorabend auf seiner Bestellung des gleichnamigen Bieres bestanden hatte, wurde er von Lou nur noch mit diesem Spitznamen angeredet.

»Der Bericht des Leichenbeschauers über deinen toten Russen«, verkündete Lou. »Er erwähnt als Todesursache ein bestimmtes Gift. Sag mal, ist das nicht dasselbe Zeug, das Reese bei den Araberkindern benutzt hat?«

Hobbes studierte das Fax mit besorgtem Blick. Lou hatte recht.

Inzwischen war Denise mit ihrer Sandwichverteilung bei Hobbes' Schreibtisch angelangt und hielt ihm fragend eine Tüte entgegen: »Hühnchen gewürzt, mit Zwiebeln?«

Hobbes schaute geistesabwesend zu ihr auf und nickte, ohne genau mitbekommen zu haben, was sie gesagt hatte.

»Hey, Lawrence«, wandte er sich plötzlich an seinen Kollegen, »du bist doch ein cleverer Bursche, nicht wahr?«

Lawrence schaute ihn mißtrauisch an und zog eine Augenbraue in die Höhe. »Ich habe ab und zu so meine lichten Momente«, erwiderte er trocken.

»Dann kannst du mir doch sicher folgende Frage beantworten«, fuhr Hobbes fort. »Warum gibt es zwischen Lyons und Spakowsky eine Lücke?«

Lawrence starrte ihn nur verständnislos an. »Mit dieser Frage kann ich nichts anfangen, wenn ich ehrlich bin.«

Hobbes schaute sich suchend um. Die anderen hatten aufgehört, ihre Sandwiches zu kauen. »Tiff, du bist doch auch eine Expertin für Rätsel und knifflige Denksportaufgaben, oder?« rief er zu der weiter entfernt sitzenden Sekretärin hinüber.

»Nur, wenn ich sie lösen kann«, schmunzelte sie.

»Warum gibt es zwischen Lyons und Spakowsky eine Lücke?«

Tiffany zog erstaunt die Stirn in Falten. »Keine Ahnung, was das bedeuten könnte.«

Hobbes schüttelte den Kopf. Auch er war ratlos.

Die Kollegen wandten sich wieder ihrem Mittagsimbiß zu.

Lou zuckte die Achseln und ließ sich kauend dabei vernehmen, wie er laut nachdachte: »Als ich bei der Polizei anfing, gab es einen Spakowsky … drüben im South-River-Viertel.« Er schüttelte den Kopf mit angewidert verzogenem Gesicht – so, als wolle er sagen: ›Was für ein Arschloch!‹

Hobbes drehte sich abrupt zu Lou um, der sich bereits über sein drittes Sandwich hermachte.

»Kannst du das noch mal wiederholen?« forderte er ihn auf.

Lou winkte ab. »Das kann nicht dein Spakowsky sein. Der, den ich im Sinn habe, ist ein Cop.«

»Erzähl trotzdem weiter, Lou«, beharrte Hobbes.

»Mensch, das war vielleicht ein Wichtigtuer«, wiederholte Lou. »Aber warum fragst du eigentlich mich. Sein Name steht doch an unserer verdammten Heldenwand mit den offiziellen Belobigungen.«

Bei diesem Hinweis begannen Hobbes' Augen zu funkeln.

# 18

Im Keller des neunundfünfzigsten Reviers waren nicht nur die Duschräume und die Spinde für die Cops, sondern auch das Beweismittelarchiv und die Aktenablage untergebracht. Die Aktenablage befand sich ganz am hintersten Ende des Kellers hinter einer metallenen Gitterwand, deren Tür verschlossen war.

Hierher wurde Hobbes von Lou geführt. Nachdem sein Kollege die Tür aufgesperrt hatte, ließ der Detective seine Augen über die endlosen Regalreihen wandern, in denen zahllose Pappkartons standen. In ihnen wurden die jeweiligen Akten der einzelnen, abgeschlossenen Fälle aufbewahrt. Außerdem standen hier und dort metallene Aktenschränke, in denen sich in den letzten fünfzig Jahren die Personalakten und diverse andere Unterlagen aller in diesem Revier diensttuenden Polizisten angesammelt hatten. Der Raum war nur äußerst spärlich erleuchtet, was ihm eine etwas unheimliche Atmosphäre verlieh.

Hobbes selbst hatte zu dem eingelagerten Material einen beträchtlichen Teil an Ermittlungsunterlagen beigesteuert. Allein die sieben Todesurteile, die vor dem Fall Reese auf Hobbes' hervorragende Arbeit zurückzuführen waren, benötigten jeweils einen eigenen Karton. Denn diese beherbergten nicht nur die Dokumentation der polizeilichen Ermittlungen, sondern auch die zahlreichen Einsprüche und Anfechtungen der von den Verteidigern dutzendweise gestellten Berufungsanträge, die zu solchen Fällen nun einmal dazugehörten. Aber Hobbes war sich hundertprozentig sicher, daß in keinem der von ihm recherchierten Fälle auch nur der Hauch eines Zweifels an der Schuld des Angeklagten übriggeblieben war. Um wirklich jede Möglichkeit auszuschließen, eventuell doch einen Unschuldigen in die Gaskammer zu bringen, hatte Hobbes jedes einzelne neue, von der Verteidigung vorgelegte »entlastende Indiz« höchstpersönlich überprüft, bis jeder denkbare Zweifel ausgeräumt worden war. Erst nach der Exekution kamen die Unterlagen jedes abgeschlossenen Falles hier herunter ins Archiv.

»Wahrscheinlich hat irgendein Polizeichef in den dreißiger Jahren wirklich daran geglaubt, daß dies die Arbeitsmotivation erhöhen würde«, erklärte Lou, während er an der Kette einer Glühlampe zog, um die düstere Ecke wenigstens ein klein wenig zu erhellen. »Immerhin haben sie die Tafel mit den Belobigungen und Auszeichnungen bis '81 oder so beibehalten.« Er schob einige Kisten aus dem Weg. »Sie wurde allerdings nicht ernst genommen. Die meisten betrachteten sie als eine Art Galerie mit dem ›Trottel des Monats‹.«

Er zog eine große rechteckige Metalltafel ins Licht, die etwa einen mal anderthalb Meter maß. Die Tafel war verziert und man konnte in bronzenen Buchstaben die folgende Aufschrift lesen:

FÜR HERAUSRAGENDEN UND BESONDERS
MUTIGEN EINSATZ

»Erinnerst du dich noch?« fragte Lou. »Sie befand sich bis zu den Umbaumaßnahmen im Stadtzentrum.« Mit der Taschenlampe leuchtete er an den Seiten der Tafel entlang, auf der Bronzeplaketten mit Namenszügen angebracht waren: für jedes Jahr ein Name, und das über Jahrzehnte hinweg.

Bei dem Jahr 1964 hielt Lou inne. Hier war auf der Namensplakette zu lesen:

»1964 – GEORGE LYONS«.

Der Platz, an dem eigentlich die nächste Plakette folgen mußte, war leer. Die in der Lücke verbliebenen Reste von Lötzinn verrieten jedoch, daß auch hier einst eine Plakette angebracht gewesen war. Danach folgte ein weiteres Bronzeschild mit dem Eintrag:

»1966 – ANTON SPAKOWSKY«.

Lou zuckte grinsend die Achseln. »Du mußt mindestens tausendmal daran vorbeigekommen sein«, bemerkte er trocken.

»Allerdings«, stimmte ihm Hobbes zu. Er wiederholte leise Reese' Worte: »Ich hätte allerdings ›nicht immer nur mit geschlossenen Augen durch die Welt laufen, sondern sie ab und zu auch mal offenhalten‹ sollen.«

»Lyons muß zu meiner Zeit schon im Ruhestand gewesen sein«, erinnerte sich Lou. »Aber Spakowsky habe ich noch persönlich kennengelernt ...«

»Lou ...?« wandte sich Hobbes fragend an seinen Kollegen.

»Er war wirklich ein gerissener Bursche«, fuhr dieser fort, indem er Hobbes Frage einfach ignorierte. »Seine Frau schoß ihm irgendwann in den Fuß. Doch dem Hundesohn gelang es trotzdem nicht, als arbeitsuntauglich anerkannt zu werden und eine Rente durchzusetzen ...«

»Lou«, bohrte Hobbes weiter, »warum ist hier eine Lücke? Wessen Name stand hier für das Jahr 1965?«

Lou starrte, angestrengt nachdenkend, auf die Metalltafel vor ihm. Dann zuckte er nur die Achseln. »Keine Ahnung, Bud.«

Die beiden verharrten in Schweigen.

Hobbes spürte, wie seine innere Anspannung wuchs. »Warum gibt es zwischen Lyons und Spakowsky eine Lücke?« Diese Frage hatte Reese ihm aus der Todeszelle heraus mit auf den Weg gegeben. In diesem Moment mußte er bereits – anders war es nicht zu erklären – den Mord an Muskavich oder an irgendeinem beliebigen Opfer arrangiert und dem Mörder den Auftrag gegeben haben, das Rätsel an die Wand des Apartments zu schreiben. Aber sollte er das alles nur getan haben, um Hobbes damit zu quälen? Würde wirklich jemand so weit gehen, eine so schreckliche Tat einzig und allein aus persönlichen Rachegedanken heraus einzufädeln?

So etwas konnte höchstens dem Hirn eines Geistesgestörten entspringen.

Doch diese Erkenntnis machte die Situation keinesfalls einfacher. Denn sollte Hobbes' Vermutung zutreffen, dann zappelte er wie eine Marionettenfigur an den Fäden eines Wahnsinnigen.

Zurück im Büro, stieß Hobbes in der Ecke, in der sich der Kaffeeautomat befand, auf Stanton. Während auch Hobbes sich erst einmal eine große Portion Kaffee genehmigte, informierte er den Lieutenant über den Stand der Dinge.

»Eine der Plaketten wurde entfernt?« fragte Stanton ungläubig nach. »Warum sollte das jemand veranlaßt haben?«

»Ich habe mich in der Personalabteilung erkundigt«, erklärte Hobbes. »Die erinnern sich weder an den Namen auf der Plakette, noch haben sie eine Ahnung, warum die Plakette fehlt.«

Bei dem Wort ›Personalabteilung‹ wirkte Stanton plötzlich ein wenig irritiert. »Nun, dann mußt du es wohl selbst herauskriegen«, brummte er kurz angebunden und entfernte sich eilig.

Hobbes schüttelte nachdenklich den Kopf und blickte seinem Vorgesetzten nach. *Seltsam,* dachte er bei sich. Stanton hätte problemlos den Telefonhörer zur Hand nehmen und kurz einige klärende Gespräche führen können, um herauszubekommen, wie der Name des Polizisten lautete und warum er nun fehlte: Falls die Plakette tatsächlich mit Absicht entfernt worden und nicht einfach beim Transport ins Revier abhanden gekommen war.

Doch allem Anschein nach war Stanton nicht allzu interessiert daran, die Sache aufzuklären. Dem Lieutenant war offenbar noch nicht wirklich klar geworden, was hier eigentlich vor sich ging, dachte Hobbes wütend, riß sich dann jedoch zusammen.

Kein Zweifel, er war bereits zu Reese' Marionettenfigur geworden und reagierte genau so, wie dieser es geplant hatte. Er mußte aber versuchen, sich vor jeder Überreaktion zu hüten, und statt dessen einen kühlen Kopf bewahren. Es galt, den Fall mit klarem Verstand anzugehen und dem ganzen Spuk ein rasches Ende zu bereiten.

## 19

In Hobbes' Apartment herrschte bereits Nachtruhe und alle Lichter waren gelöscht. Art und Sam schliefen tief und fest, und das einzige, noch hörbare Geräusch war ein dumpfes Klicken, das durch die geschlossene Tür von Hobbes' Schlafzimmer in den Flur drang. Ein Beobachter hätte von der Straße aus sehen können, daß dies der einzige noch beleuchtete Raum an der gesamten Gebäudeseite war.

Der Detective saß über den Schreibtisch gebeugt, der in einer Ecke seines Schlafzimmers stand. Wie im Büro auch, waren die wenigen Gegenstände, die auf dem Tisch standen, in peinlicher Ordnung arrangiert: in der Mitte der Computer, dann das Adreßbuch, das genau parallel zu den Seitenkanten der Tischplatte ausgerichtet war, sowie ein Schreibblock und Bleistifte, die präzise in einem Winkel von fünfundvierzig Grad zueinander lagen.

Der Schreibtisch spiegelte mit seiner peniblen Ordnung das Innenleben des Detective wider. Es erfüllte ihn mit Genugtuung, der chaotischen Welt um ihn herum seine Ordnung entgegenzusetzen. Einzig und allein auf diese Weise konnte er ein zufriedenes Dasein fristen. Einige von Hobbes' charakterlichen Eigenheiten stammten vermutlich von seinem Großvater, der Buchhalter gewesen war: die ordentlich geschriebenen Zahlenreihen, die fein säuberlich ausgerechnet wurden, sowie die genauestens durchgeführte Gewinn- und Verlustrechnung am Ende jeden Monats. All dies bedeutete eine kleine, übersichtliche Welt der Ordnung in einer ansonsten chaotischen Umwelt. Im Grunde war seine Tätigkeit bei der Polizei gar nicht so verschieden hiervon: Auch hier listete er die Fakten, die Motive und Indizien eines jeden Falles pedantisch auf, bis die Summe aller Einzelinformationen sich zu einer stimmigen Erklärung der menschlichen Verfehlungen formte, mit denen er sich in seinem Berufsleben immer wieder konfrontiert sah.

Es war bereits mitten in der Nacht, aber er wußte, daß er doch keinen Schlaf finden würde. Deshalb rief er im Internet alte Ausgaben der lokalen Tageszeitung aus den sechziger Jahren auf.

Auf der Titelseite einer Ausgabe fand er schließlich das, was er suchte, nämlich ein Foto von George Lyons unter der Schlagzeile »LYONS GEEHRT FÜR SEINE VERDIENSTE IM JAHR 1964«.

Das Datum der Ausgabe lautete 12. Februar 1965.

Hobbes gab den Befehl SEARCH und dann das Datum 12. Februar 1966 ein, in der Hoffnung, dort Angaben über den ›Polizisten des Jahres 1965‹ zu finden: also über denjenigen Cop, dessen Plakette auf der Tafel fehlte.

Die entsprechende Titelseite erschien auf dem Monitor, ohne daß der Detective dort jedoch auch nur den geringsten Hinweis fand.

Daraufhin rief Hobbes die Titelseite des Vortages – des 11. Februar – auf, doch auch hier blieb er erfolglos.

Er durchsuchte noch weitere frühere und spätere Ausgaben, ohne jedoch irgendeine Spur zu finden. Trotzdem gab er nicht so schnell auf …

Plötzlich stockte er und beugte sich ganz nah über den Bildschirm. In der unteren Ecke des Zeitungsblattes las er die Schlagzeile: »MILANO ZUM POLIZISTEN DES JAHRES 1965 GEWÄHLT«. Darunter war der folgende Untertitel zu lesen: »Langgesuchter Bandenkiller von Cop dingfest gemacht«. Das dazugehörige Foto zeigte einen gutaussehenden, dunkelhaarigen Mann, der einen ausgesprochen vertrauenerweckenden Eindruck machte und mit einer dunkelblauen Uniform bekleidet war.

Hobbes tippte erneut den Befehl SEARCH und dann ›Robert Milano‹ ein. Dann wartete er ... und wartete ...

Schließlich schien der Computer fündig geworden zu sein. Hobbes starrte auf den geisterhaft flackernden Bildschirm, dessen fahles Licht sein Gesicht sehr blaß erscheinen ließ. Er lehnte sich zurück und bemühte sich, das, was er auf dem Monitor sah, in dem Puzzle unterzubringen, das ihm Reese bruchstückhaft hinterlassen hatte. Aber es gelang ihm einfach nicht.

Er gab den Befehl »DRUCKEN« ein.

Dann erhob sich Hobbes von seinem Stuhl und ging zum Fenster hinüber. Wäre er dort stehengeblieben und hätte hinunter auf die Straße geschaut, wäre ihm der Mann dort unten wahrscheinlich aufgefallen. Aber er blickte nicht hinaus.

Inzwischen war die Seite fertig ausgedruckt. Hobbes vertiefte sich darin, während er auf und ab schritt.

Währenddessen stand draußen auf der gegenüberliegenden Straßenseite eine schattenhafte Figur, in Schlips und Kragen und in einen Regenmantel gehüllt, und beobachtete das beleuchtete Fenster, in dem Hobbes' Silhouette zu sehen war. Die Person schaute mit großem Interesse zum Fenster hinauf, so als wolle er die Gedanken des Detective erraten, der langsam auf und ab ging.

Der Mann war hager und grinste vor sich hin. Es war offensichtlich, daß er irgend etwas im Schilde führte. Erstaunlicherweise wäre dieser Mann noch vor gar nicht so langer Zeit damit zufrieden gewesen, Sandwiches auszuliefern.

# 20

Nachdem er gerade mal vier Stunden Schlaf gefunden hatte, stürmte Hobbes am nächsten Morgen in das Polizeirevier. Auf dem Flur begegnete er Stanton, der ebenfalls gerade auf dem Weg in sein Büro war. Hobbes drückte ihm den Computerausdruck in die Hand.

»Das habe ich letzte Nacht im Internet gefunden.«

Stanton überflog den Artikel. »Robert Milano«, murmelte er.

»Ja. Er wurde 1965 als ›Polizist des Jahres‹ ausgezeichnet. Acht Monate später fuhr er in eine abgelegene Hütte und kam – wie es heißt – beim Reinigen seiner Dienstwaffe durch einen ›tragischen Unfall‹ um«, faßte Hobbes den Bericht mit einem sarkastischen Unterton in der Stimme zusammen. »Also was steckte wirklich hinter diesem Selbstmord: War es eine Frauengeschichte, oder hatte er Dreck am Stecken?«

Stanton warf ihm einen ausdruckslosen Blick zu und reichte ihm das Blatt zurück. »Ich bin Milano nur ein einziges Mal begegnet«, erklärte er. »Er war ein bißchen steif und pedantisch, aber alles in allem ein guter Polizist.«

»Okay, das mag ja sein«, sagte Hobbes ungeduldig, »aber was ich eigentlich wissen möchte …«

»Ich kann mir schon denken, was du wissen willst«, unterbrach ihn Stanton. »Doch in dieser Angelegenheit kann ich dir leider nicht helfen.«

Hobbes starrte seinen Vorgesetzten ungläubig an. »Wieso kannst du mir nicht helfen?«

Stanton senkte seine Stimme beinahe zu einem Flüstern herab. »Du würdest uns allen einen großen Gefallen tun, wenn du das, was du möglicherweise herausfindest, für dich behältst.«

Die beiden blickten sich stumm in die Augen.

»Okay, ich habe verstanden«, knurrte Hobbes und wandte sich zähneknirschend ab, ohne zu wissen, warum

Stanton ihn so abblitzen ließ. Aber offensichtlich war hier jeder weitere Versuch zwecklos, mehr aus dem Lieutenant herauszukriegen.

»Warte, ich habe hier noch etwas für dich«, sagte Stanton und reichte ihm eine Videokassette. »Über Reese. Eine Kopie dieses Dokumentarstreifens, den sie im Gefängnis über ihn gedreht haben.«

»Vielen Dank, Stan. Du bist ein wahrer Freund«, erwiderte Hobbes mit unüberhörbarer Ironie in seiner Stimme.

Wenn er etwas nicht ausstehen konnte, dann die Munkeleien und politischen Ränkespiele, die sich hinter verschlossenen Türen abspielten. Weil er sich stets geweigert hatte, an derartigen Machenschaften mitzuwirken und irgendwelchen einflußreichen Leuten in den Hintern zu kriechen, hatte sich seine Beförderung zum Detective um ein oder zwei Jahre verzögert.

Er betrat das Büro und steuerte zielstrebig Jonesys Platz an. »Hast du Lust, dir ein Video über Reese anzuschauen?« fragte er seinen Kollegen.

»Bin gleich da. Nur noch eine Sekunde.«

»Irgendwas Neues über Muskavich?«

»Die Fingerabdrücke, die die Jungs von der Spurensicherung gefunden haben, sind tatsächlich nicht in unserem Computer gespeichert. Aber der Mörder hat aller Wahrscheinlichkeit nach dunkle Haare und ist Linkshänder.«

»Wie Reese«, bemerkte Hobbes leichthin, ohne der Sache größere Beachtung zu schenken.

»Und er hat schlechte Zähne.«

Der Detective sah Jonesy fragend an.

»Ja, du hast richtig gehört. Sie haben ein Stück Zahn in den Cornflakes gefunden.« Mit diesen Worten eilte Jonesy zum Kopierer davon.

Hobbes legte das Videoband auf seinen Schreibtisch und blickte nachdenklich auf den Ausdruck, den er noch immer in der Hand hielt. Dann nahm er den Telefonhörer ab und wählte 411.

»Hier Auskunft. Debra am Apparat. Welche Anschlußnummer wünschen Sie?« meldete sich eine weibliche Stimme.

Hobbes überflog noch einmal den Schluß des Artikels, in dem es hieß, daß Detective Milano seine fünfunddreißig Jahre alte Ehefrau Sylvia und die erst acht Monate alte Tochter Gretta hinterlasse.

»Ich hätte gern die Nummer von Sylvia Milano. Ich buchstabiere: M-I-L-A-N-O.«

Während Hobbes auf das Ergebnis seiner Anfrage wartete, kam Stanton an seinem Schreibtisch vorbei. Der Detective lehnte sich auf seinem Stuhl zurück.

»Hey, Lieutenant, wenn noch jemand zu Tode kommen sollte, nur weil Sie meine Ermittlungen behindern und mir wichtige Informationen vorenthalten, dann tragen Sie dafür die Verantwortung, nicht ich«, rief er ihm hinterher.

Stanton blieb stehen und blickte ihn eine Sekunde lang schweigend an. »Detective, sobald es Ihnen gelungen sein sollte, dort draußen eine heile Welt zu schaffen, dann lassen Sie es mich wissen. Bis dahin nur eines: Ich bin keineswegs derjenige, der Ihre Ermittlungen behindert. Ich hoffe, Sie haben mich verstanden!«

Hobbes schaute ihm nach. Die Äußerung des Lieutenants machte die ganze Geheimniskrämerei auch nicht verständlicher. Warum das Ganze? Milano lag nun schon dreißig Jahre unter der Erde, und noch immer legte das Polizeidepartment großen Wert darauf, eine so alte Sache unter Verschluß zu halten.

Aus den Augenwinkeln bekam Hobbes mit, daß Denise vorn an der Eingangstür zum Büro Jonesy einen Schnellhefter in die Hand drückte.

»Tut mir leid«, meldete sich die Stimme am Telefon. »Aber eine Sylvia Milano ist nicht verzeichnet.«

»Trotzdem vielen Dank«, seufzte Hobbes und wollte bereits auflegen, als ihm plötzlich eine Idee kam. »Ach, einen Augenblick bitte. Haben Sie vielleicht eine Gretta Milano in Ihrem Verzeichnis?«

Während Hobbes erneut auf das Ergebnis der Telefonauskunft wartete, kehrte Jonesy an seinen Platz zurück und winkte ihm mit dem Schnellhefter in der Hand zu. »Auf der Spritze mit dem Gift befinden sich dieselben Fingerabdrücke wie auf dem Löffel und der Schüssel mit den Cornflakes.« Er blickte seinen Kollegen fragend an. »Was ist jetzt? Ziehen wir uns das Video rein?«

Hobbes warf ihm die Kassette zu.

»Weißt du, was mir schon die ganze Zeit im Kopf herumgeht?« sagte Jonesy. »Ich …«

»Oho«, höhnte Lou von seinem Platz aus und setzte sein gehässiges Grinsen auf. »Übernimm dich bloß nicht, und überlaß das Denken lieber den Pferden. Die haben einen größeren Kopf.«

In dem Augenblick meldete sich Debra von der Vermittlung: »Es folgt die Ansage der von Ihnen gewünschten Anschlußnummer.«

Hobbes notierte sich noch die Nummer von Gretta Milano, als Jonesy erneut dazu ansetzte, ihm seine Überlegungen zu erläutern. »Wer immer Muskavich getötet hat, er kannte das Gift, das Reese früher benutzt hat, und er zitiert eine Äußerung, die Reese im Gefängnis gemacht hat. Der Mörder könnte also möglicherweise ein Cop sein.«

Hobbes wählte bereits die ihm gerade mitgeteilte Nummer. »Daran habe ich auch schon gedacht«, gestand der Detective und warf Lou einen mißtrauischen Blick zu.

»Was hältst du von der Idee, Lou, daß der Mörder ein Cop sein könnte?« fragte er anzüglich.

»Sie sind mit dem Anschluß von Gretta Milano verbunden«, meldete sich die auf dem Anrufbeantworter gespeicherte Stimme der Frau. »Bitte hinterlassen Sie eine Nachricht nach dem Signalton.«

»Hier spricht Detective John Hobbes«, sagte er mit betont sanfter Stimme. »Würden Sie mich bitte unter der Nummer 845 – 9594 zurückrufen? Vielen Dank.«

Er legte den Hörer auf, erhob sich, gab Jonesy ein Zeichen, ihm zu folgen, und machte sich dann auf den Weg in den Videoraum.

»Was war denn plötzlich mit deiner Stimme los?« feixte sein Kollege.

»Ich weiß nicht, was du meinst«, erwiderte Hobbes, während sie sich durch einen Hindernisparcours von Schreibtischen und Aktenschränken kämpften, um die winzige Abstellkammer an der einen Seite des Büros zu erreichen, die als Videoraum diente.

»Deine Stimme klang plötzlich so sanft«, stellte Jonesy fest. »Hattest du eine Frau an der Strippe? Hörte sie sich etwa so an, als ob sie attraktiv sein könnte?«

Hobbes gab seinem Partner einen freundschaftlichen Klaps auf die Schulter. Er hatte ihn ertappt. »Keine Ahnung. Aber wenn ich mit ihr gesprochen habe, bist du der erste, der es erfahren wird. Einverstanden?«

## 21

Die Videoaufnahme zeigte, wie Reese gestikulierte und mit ebenso lauter wie heiserer Stimme sang: »I'll come running back … baby, baby, I'll come running back … to you …«

Hobbes erinnerte sich noch sehr gut an die Show, die Reese in der Gaskammer abgezogen hatte, selbst nachdem er an den Stuhl gefesselt worden war. Und sogar als das tödliche Gas bereits aufstieg, hatte er noch den Song der Rolling Stones auf den Lippen gehabt: »Time … is on my side ...!« Darüber hinaus hatte der schockierte Gesichtsausdruck des Gouverneurs – der wie alle anderen Zeugen nicht mit einem solchen Verhalten des Delinquenten gerechnet hatte – Reese zu allem Überfluß noch zu einem hämischen Grinsen veranlaßt.

Jonesy schüttelte nur ungläubig den Kopf, während er die Possen des Todeskandidaten mit eigenen Augen und Ohren mitverfolgte. »Er hatte wirklich seinen ganz großen Auftritt.«

Plötzlich hielt Hobbes das Band an und spulte es zurück.

»Warum läßt du es nicht bis zum Ende laufen?« erkundigte sich der überraschte Jonesy.

»Ich will mir den Priester noch einmal anschauen«, erklärte Hobbes und drückte wieder auf die START-Taste. Einen Augenblick später flimmerte eine Szene über den Bildschirm, die von dem Filmteam zu einem früheren Zeitpunkt am Hinrichtungstag aufgezeichnet worden war.

Sie zeigte einen Priester, der einen der Wärter bat, ihm die Tür zu der Todeszelle zu öffnen.

Im Hintergrund war undeutlich Reese' Stimme zu hören, ohne daß die Kamera ihn zeigte. Dann schwenkte sie auf ihn, woraufhin seine Worte klar und deutlich zu hören waren: »Vater, wenn Sie Ihren Fuß in meine Zelle setzen, werde ich Sie töten.«

»Das meinen Sie doch nicht im Ernst«, erwiderte der Geistliche.

Reese setzte ein schiefes Grinsen auf: »Fünf Sekunden. Länger bräuchte ich nicht.«

Die Kamera richtete sich wieder auf das Gesicht des Geistlichen, der verblüfft, aber auch sehr wachsam aussah.

Der nächste Kameraschwenk zeigte erneut Reese, der gelassen, emotionslos und bedrohlich wirkte.

Wieder wendete sich die Kamera dem Priester zu, der

nun deutlich erkennbar zögerte und dem Wärter einen fragenden Blick zuwarf. Der jedoch zuckte nur die Achseln.

Noch mehrmals schwenkte der Dokumentarfilmer seine Kamera von dem einen auf den anderen. Schließlich deutete Reese dem Geistlichen mit der Hand an, in seine Zelle zu kommen. Dieser starrte den Delinquenten zuerst noch immer unsicher an, bis ihn allem Anschein nach ein Schauder erfaßte, der ihn zittern und blinzeln ließ. Er hatte das Duell verloren. Er wandte sich an den Wärter, mit dem er leise ein paar Worte wechselte, bevor er dann gesenkten Hauptes davonschlich.

»Du verdammter Feigling!« brüllte ihm Reese nach und umklammerte mit beiden Fäusten die Gitterstäbe seiner Zelle. »Wie willst du Gott dienen, wenn du so viel Schiß um dein bißchen Leben hast?«

Nach diesem Ausbruch blickte er mit starrem Blick direkt in die Kamera und senkte seine Stimme übergangslos zu einem kaum hörbaren, unheimlichen Knurren: »Seht zu, daß Hobbes auf jeden Fall eine Kopie dieser Aufzeichnung erhält, okay!«

Wieder änderte sich seine Stimmlage. »Hey, Johnny, mein Kleiner, sitzt du gerade vorm Fernseher und schaust aufmerksam zu?«

Reese formte drei Finger seiner rechten Hand zu einem seltsamen Zeichen und winkte in die Kamera. »Hoffentlich paßt du gut auf, Hobbes. Denn jede Geste, jedes Wort …«

Urplötzlich brach seine Rede ab, und er erstarrte mit geschlossenen Augen zu einer völlig reglosen Statue.

Der Detective schaltete den Videorekorder auf Standbild und fror auf diese Weise Reese' Gesichtsausdruck ein, um ihn ein paar Sekunden lang intensiv zu studieren. Dann ließ er das Band vorlaufen bis zu dem Zeitpunkt, an dem er selbst ins Spiel kam. Er wollte schon über die Passage hinwegspulen, als Jonesy sich meldete.

»Warte mal eben«, rief er. »Ich würde gern ...« Er nahm die Fernbedienung zur Hand und drückte auf die WIEDERGABE-Taste. Kurz darauf war Reese zu hören: »Schau dich nur um, mein Freund, schau dich nur um ...«

Jonesy ließ das Band wieder ein Stück weiter zurücklaufen, bevor er erneut die WIEDERGABE-Taste betätigte. Nun war die Szene zu sehen, in der Hobbes dem Todeskandidaten die Hand reichte. »Du bist doch wirklich ein guter Junge«, ließ sich Reese vernehmen und begann, Hobbes' Hand fest zu drücken und zu betasten, bis dieser sie ihm entriß. Jonesy ließ das Band weiterlaufen:

»Hey, nun mach mal halblang. Schließlich bin ich nicht dein Priester«, rief der Detective, woraufhin Reese sein Gesicht zu einer Grimasse verzog. »Und ob du das bist«, widersprach er, bevor er in tanzende Bewegungen und in einen seltsam klagenden, aber völlig unverständlichen und scheinbar sinnlosen Singsang verfiel.

»Ich hoffe, daß wenigstens du deinen Spaß an dem Affentheater hast!« war Hobbes zu hören, der in dieser Kameraeinstellung unsichtbar blieb.

Daraufhin vollführte Reese seine groteske Pantomime, wobei er mit den Händen durch die Luft strich und seinen rechten Zeigefinger in die linke Faust bohrte, um schließlich beide Handflächen gegeneinanderzureiben.

Jonesy wirkte fasziniert. »Du hast gesagt, Reese hätte später Holländisch gesprochen. Ist denn das, was er dort vor sich hinmurmelt, auch Holländisch?«

»Das da? Das ist nur sein wilder Hokuspokus, den er noch auf dem Weg in die Gaskammer aufgeführt hat.«

Jonesy legte seine Stirn in Falten. »Bist du dir da ganz sicher?«

Hobbes blickte ihn verwundert an. Bei einem Kerl wie Reese konnte man sich seiner Sache nie sicher sein. Scheinbar verbarg sich hinter allem, was er tat und sagte, etwas Rätselhaftes und Geheimnisvolles.

# 22

Hobbes ließ sich Zeit, seinen Wagen durch die von alten Eichen und Ulmen gesäumten Straßen zu steuern, die durch die studentischen Wohnviertel rings um das Universitätsgelände führten. Überall waren junge Leute, die Bücher unter dem Arm trugen, in Gruppen oder allein unterwegs. Die meisten von ihnen bewegten sich nur gemächlich voran und machten den Eindruck, als ob sie mit sich und der Welt um sie herum zufrieden wären: einer Welt, die wesentlich angenehmer war als die, in der Hobbes Tag für Tag arbeitete.

Vor allem wohl aus diesem Grund fühlte sich der Detective zum ersten Mal seit der Hinrichtung ein wenig entspannter, als er in der Cornstock Street nach dem von ihm gesuchten Haus Ausschau hielt.

Das letzte Licht der untergehenden Sonne wich allmählich dem Schein der Straßenlaternen, die gerade angingen. Ein Studentenpärchen, das vor seinem Wagen die Straße überquerte, lächelte ihm zu. Hobbes atmete tief durch. Dies war wirklich eine andere, eine normale Welt, die frei war von jenen rachsüchtigen Psychopathen und krankhaften Schlächtern, mit denen sich ein Cop herumplagen mußte. Statt dessen lebten hier gewöhnliche Menschen, die ihren ehrbaren Berufen nachgingen und in ihren Herzen nur nachvollziehbare, menschliche Bedürfnisse hegten. Diese Erkenntnis traf Hobbes so unvermittelt, daß er das Gefühl hatte, von einer frischen Meeresbrise erfaßt zu werden, die seinen Lebensgeistern neue Energie verlieh.

Auf der einen Straßenseite befand sich ein Park, auf der anderen eine Reihe von im gotischen Stil errichteten Herrenhäusern, die zu Apartmentgebäuden umgebaut worden waren. Der Detective lenkte den Wagen an die Bordsteinkante und stellte den Motor ab. Dann lehnte er sich zurück und richtete seinen Blick auf ein bestimmtes Haus.

Eine Frau mit einer Aktentasche in der Hand kam zu Fuß die Straße entlang. Sie trug einen kastanienbraunen Schal über ihrem grauen Mantel mit Fischgrätmuster. Sie war sehr elegant, wenn auch konservativ, gekleidet und war alles in allem eine überaus ansehnliche Erscheinung.

Während die Frau das Haus betrat, warf Hobbes einen Blick in sein Notizbuch. Dem Zeitungsartikel zufolge war Gretta Milano mittlerweile zweiunddreißig.

Irgendwie war sich der Detective vollkommen sicher, daß es sich bei der Frau um die von ihm Gesuchte handelte. Also stieg er aus seinem Wagen, überquerte die Straße, sprang die Treppe zum Eingang des Hauses hinauf und schlüpfte noch durch die Tür, bevor diese wieder ins Schloß fiel.

Nachdem er ihr genügend Zeit gelassen hatte, sicher in ihre Wohnung im zweiten Stock zu gelangen, stieg er die Treppen hinauf und läutete bei ihr.

Er bemerkte, wie sie ihn durch den Spion in der Tür musterte.

»Mein Name ist John Hobbes. Ich möchte Gretta Milano sprechen.«

Es vergingen noch ein paar weitere Augenblicke, bevor die Tür schließlich geöffnet wurde.

Sie musterte ihn von Kopf bis Fuß, machte aber einen keinesfalls unfreundlichen Eindruck auf ihn. Im Gegenteil. Hobbes mochte ihre eher zurückhaltende, gleichzeitig aber entschlossene und überlegte Haltung, die vor allem aus ihren dunklen, durchdringenden Augen sprach.

»Dann haben Sie mich also angerufen?«

»Ja«, bestätigte Hobbes und zückte seinen Dienstausweis. »Ich würde mit Ihnen gern über Ihren Vater sprechen.«

Der Ausdruck in ihrem Gesicht änderte sich ein wenig, aber noch immer versperrte sie ihm den Weg in ihre Wohnung. Sie betrachtete seinen Ausweis, dann sein Gesicht und vor allem seine Augen. Offenkundig unterzog sie ihn einer gründlichen Prüfung und schien nach der Bestätigung für etwas Bestimmtes zu suchen.

Hobbes hatte das Gefühl, noch nie so intensiv gemustert worden zu sein wie in diesem Augenblick. Dieser Eindruck ging in erster Linie auf die Intensität zurück, mit der sie ihn betrachtete, darüber hinaus aber auch auf den Ernst in ihren Augen. Wonach mochte sie nur suchen?

»Darf ich hereinkommen?« fragte Hobbes, als er an ihrem Gesichtsausdruck Anzeichen zu erkennen glaubte, daß er die Prüfung bestanden hatte.

Sie nickte, öffnete die Tür und machte ihm Platz. Beim Eintreten hätte Hobbes schwören können, daß er einen Anflug von Resignation in ihren Augen gesehen hatte, so, als habe sie sein Kommen seit langem erwartet und zugleich auch gefürchtet.

Gretta Milanos Apartment hatte die für Altbauten typischen hohen Decken, die das Gefühl von räumlicher Großzügigkeit vermittelten. Zugleich ließ die indirekte Beleuchtung die weißgestrichenen Wände beinahe transparent erscheinen – so, als seien sie gar nicht vorhanden. Dieser Eindruck wurde vor allem im Wohnzimmer durch die Bilder an den Wänden und die im Raum verteilten Statuen noch verstärkt. Angesichts der Ölgemälde, der Friese sowie der Reproduktionen von raffaelitischen und präraffaelitischen Engeln konnte Hobbes einen Kommentar nicht unterdrücken: »Sie leben ja inmitten von Engeln.«

»Schließlich unterrichte ich ja auch an der Universität Theologie«, stellte sie sachlich fest.

»Ich finde sie sehr hübsch«, hörte sich Hobbes sagen. Was war los mit ihm? Hatte sie ihn bereits um den kleinen Finger gewickelt?

Ihm war durchaus bewußt, daß sie nicht nur wegen ihres seidig glänzenden, kinnlangen Haars eine sehr attraktive Frau war. Vor allem ihre dunklen, stets suchenden Augen hatten ihn in ihren Bann gezogen.

»Warum interessieren Sie sich für meinen Vater?« fragte Gretta Milano bewußt unverbindlich.

»Nun, das Ganze ist immerhin dreißig Jahre her«, begann er vorsichtig. »Die Akten sind mittlerweile geschlossen worden. Und mein Boß wurde angewiesen, die Dinge ruhen zu lassen.«

*Was erzähle ich da eigentlich?* fragte er sich selbst. *Warum erkläre ich ihr das alles? Es ist doch sonst nicht meine Art, einem Außenstehenden interne Informationen auf die Nase zu binden?* Aber irgendwie hatte Hobbes das Gefühl, daß er bei ihr auf diese Weise genau den richtigen Ton traf.

Aus der Küche war das Pfeifen eines Wasserkessels zu hören. Als sie sich umwandte, um ihn vom Herd zu nehmen, beschloß Hobbes, ihr einfach zu folgen.

»Hören Sie«, begann Gretta Milano, »ich könnte Ihnen erzählen, was mir meine Mutter berichtete, bevor sie starb.«

»Entschuldigen Sie, aber ehrlich gesagt, hatte ich gehofft ...«, begann Hobbes.

Sie hob eine Hand, um ihn so zum Schweigen aufzufordern. »Schon gut. Sagen Sie mir nur, warum Sie zu mir gekommen sind. Ist es pure Neugier, oder ...?«

»Nein«, gestand Hobbes. »Ich bin der Beamte, der den vor kurzem hingerichteten Edgar Reese festgenommen hat.«

»Ich weiß. Ich habe darüber in der Zeitung gelesen.«

»In gewisser Weise hat Reese mir ... den Namen Ihres Vaters genannt«, erklärte Hobbes.

Sie schaute ihm unverhohlen in die Augen. Dann schien ihr plötzlich ein Einfall zu kommen. »Hat Reese während der Exekution gesungen?«

»Nun, das hat er tatsächlich«, gestand Hobbes überrascht.

»Und er hat sie berührt oder nach Ihnen gegriffen oder ...«

Hobbes spürte, wie sich die Härchen in seinem Nacken

aufrichteten. »Er schüttelte meine Hand. Aber woher wissen Sie davon?«

Sie antwortete zwar nicht direkt auf seine Frage, aber ihr Verhalten und ihre Stimme änderten sich merklich, so als ob sie sich zu einer bestimmten Entscheidung durchgerungen hätte. »Möchten Sie auch einen Kaffee?«

»Ja, bitte.«

Sie goß das kochende Wasser über das in eine Filtertüte gefüllte Kaffeemehl. »Ich stelle eine Bedingung: Wir beide haben nie miteinander gesprochen. Und weder Ihre Kollegen noch Ihr Chef erfahren ein Sterbenswörtchen von dem, was ich Ihnen erzähle. Alles bleibt nur unter uns. Sind Sie damit einverstanden?«

»Und das alles nur für eine Tasse Kaffee?« fragte Hobbes lächelnd.

Auch sie rang sich zu einem Lächeln durch und reichte ihm seine Tasse.

»Es gab 1965 einen großen Korruptionsskandal bei der Polizei«, begann sie, nachdem beide Platz genommen hatten. »Ein Jahr später wurde mein Vater für seine besonderen Verdienste ausgezeichnet. Kurz darauf erschoß er sich.«

Hobbes nickte. »Es heißt, beim Reinigen seiner Waffe habe sich wohl versehentlich ein Schuß gelöst.«

»So lautete die offizielle Version«, bestätigte Gretta Milano. »Zwei Jahre später fand ein Reporter jedoch heraus, daß gegen meinen Vater ermittelt worden war. Es ging dabei um folgendes: Er hatte einen mehrfachen Mörder geschnappt, doch nach der Festnahme kam es zu weiteren Morden, die offensichtlich von einem Nachahmungstäter begangen wurden. Er geriet daraufhin in Verdacht, dieser Nachahmungstäter zu sein, und es existierten wohl wichtige Indizien, die gegen ihn sprachen. Die ganze Sache wurde allerdings unter den Teppich gekehrt, um dem Ruf der Polizei nicht zu schaden. Nach dem Tod meines Vaters wurde seine Ehrenmedaille jedoch wieder eingezogen.«

Hobbes wirkte keineswegs überrascht. »Im Klartext gesprochen: Nachdem Ihr Vater sich erschossen hatte, wurde das gesamte gegen ihn vorliegende Beweismaterial vernichtet?«

Gretta Milano nickte langsam. »Der Bürgermeister, der Gouverneur, der Polizeichef, sie alle wollten auf keinen Fall, daß ein öffentlich gefeierter Held plötzlich als Mörder vor Gericht gestellt wurde.«

»Ich verstehe.« Und Hobbes war wirklich zu der Gewißheit gelangt, schlagartig die damaligen Zusammenhänge zu durchschauen. Vermutlich war Milano von einem seiner Vorgesetzten ein Handel vorgeschlagen worden: ›Eine Hand wäscht die andere. Wenn du dir eine Kugel in den Kopf jagst und uns damit die Peinlichkeit ersparst, die ganze Sache an die große Glocke zu hängen, dann werden wir dafür sorgen, daß dein Name in Ehren gehalten wird und deine Familie eine anständige Versicherungssumme und deine Pension erhält.‹ Aber Hobbes hütete sich, ihr seine Vermutung mitzuteilen.

»Das glaube ich nicht«, erwiderte Gretta Milano aufgewühlt. »Mein Vater erwähnte meiner Mutter gegenüber, daß er keine Chance habe, das gegen ihn vorliegende Beweismaterial zu widerlegen. Dabei bin ich mir absolut sicher, daß er mit diesen Morden nicht das Geringste zu tun hatte.«

»Woher wollen Sie das wissen?«

Sie musterte ihn erneut auf höchst intensive Weise.

»Woher wollen Sie wissen, daß er wirklich unschuldig war?« widerholte Hobbes seine Frage.

Sie starrte ihn noch immer an. »Das Ganze liegt schon dreißig Jahre zurück«, wich sie plötzlich aus. »Warum soll ich alte Wunden wieder aufreißen?«

»Weil es für mich außerordentlich wichtig wäre, mehr über die damaligen Ereignisse zu erfahren«, erklärte Hobbes. Ohne Zweifel wußte Gretta Milano mehr, als sie zugab. »Wenn Sie außerdem davon überzeugt sind, daß ein anderer für die Morde verantwortlich war, der möglicherweise noch am Leben ist, dann könnte ich gegen ihn vorgehen. Schließlich gibt es bei Mord keine Verjährungsfrist.«

Der Anflug eines ironischen Lächelns huschte über ihr Gesicht. »Dessen bin ich mir bewußt.«

»Trotzdem sind Sie nicht bereit, die Wahrheit ans Tageslicht zu bringen. Wollen Sie denn nicht, daß der wahre Täter bestraft wird?«

»Natürlich will ich ...«

»Warum helfen Sie mir dann nicht?« hakte Hobbes nach. »Haben Sie Angst, sich in Gefahr zu bringen, wenn Sie mit mir reden?«

»In gewisser Weise ...«, gestand sie.

Beide schauten sich in die Augen

»Das ist der Grund?« vergewisserte er sich.

»Ja«, wiederholte sie.

Beide schauten sich in die Augen.

»Wirklich?« hakte er noch einmal nach.

Sie nickte schweigend.

Er war überzeugt davon, daß sie ihn belog. Hinter ihrer Weigerung, ihm alles zu erzählen, steckte weit mehr, als sie zugab. Aber was konnte er tun? Außerdem schwebte sie möglicherweise tatsächlich in Gefahr.

Hobbes stand auf, um zu gehen.

»Dann vielen Dank für den Kaffee«, sagte er. »Darf ich mich erneut an Sie wenden, wenn sich weitere Fragen ergeben sollten?«

Sie zögerte einen Augenblick. »Es wäre mir lieber, wenn Sie das nicht täten«, sagte sie höflich.

Er nickte nur. Ihre unverhohlene Absage verblüffte ihn doch ein wenig. In ihren Augen war ihr Vater Opfer eines Justizirrtums geworden. Doch sie weigerte sich unumwunden, Hobbes bei seinen Bemühungen zu unterstützen, den Fall neu aufzurollen und ihren Vater möglicherweise zu rehabilitieren. Statt dessen gab sie dem

Detective unmißverständlich zu verstehen, daß er sich zum Teufel scheren sollte.

Er öffnete die Tür, nickte ihr zum Abschied noch einmal zu und machte sich dann auf den Weg, die Treppe hinunterzugehen.

»Glauben Sie an Gott, Mr. Hobbes?« rief sie ihm plötzlich nach.

Es gelang ihr immer wieder, ihn zu verblüffen. »Ja«, erklärte Hobbes. »Ich gehe gelegentlich auch in die Kirche. Bei dem, was man in meinem Job jeden Tag zu sehen bekommt, braucht man seinen Glauben, um Halt zu finden.«

Sie schaute ihm unverwandt in die Augen. »Glauben Sie mir, was Sie in Ihrem Job zu sehen bekommen, ist gar nichts«, erwiderte sie. »Leben Sie wohl und viel Glück.« Mit diesen Worten schloß sie die Tür.

Nachdenklich blieb Hobbes noch einige Sekunden auf dem Treppenabsatz stehen und starrte auf die verschlossene Tür, bevor er sich zum Gehen umwandte.

## 23

Hobbes parkte den Wagen, stieg aus und ging durch die kühle Nachtluft die Straße entlang bis zum Eingang des Hauses, in dem sich sein Apartment befand. Er lebte in Uptown, demselben Stadtteil, in dem er auch arbeitete: einem Viertel, das vor allem von Menschen mit mittlerem und niedrigem Einkommen bevölkert wurde Nach Hobbes' Auffassung genau der richtige Platz für einen Cop.

Die Straße, in der er wohnte, war weder elegant noch schäbig. In ihr standen zahlreiche Mittelklasse-Wohnhäuser, unter deren Dach Einwanderer aus Osteuropa und Asien friedlich mit Familien irischer oder afrikanischer Abstammung zusammenlebten, die bereits vor vielen Generationen in die Vereinigten Staaten gekommen waren.

Blumenkästen, die mit Stiefmütterchen bepflanzt waren, gefegte Bürgersteige, kein Abfall in den Rinnsteinen: So sah der Ort aus, den Hobbes dafür geeignet hielt, Sam großzuziehen. Zudem war diese Straße ebenso wie die angrenzenden relativ sicher vor Einbrüchen und Überfällen, obwohl Hobbes sich darüber im klaren war, daß es keinen absoluten Schutz gab und daß einen das Schicksal überall ereilen konnte.

Seit seinem Besuch bei Gretta Milano beschäftigten ihn noch mehr Fragen als zuvor. Alles schien nur noch komplizierter geworden zu sein. Was Reese anging, zum Beispiel. Woher zum Teufel wußte sie, daß er gesungen und ihn berührt hatte?

Fragen über Fragen, die ihn schon die ganze Heimfahrt über beschäftigt hatten, ohne daß er auch nur im Ansatz eine Antwort gefunden hätte. Auch jetzt noch – auf dem Weg vom Parkplatz zu seiner Wohnung, die einen halben Block entfernt lag – grübelte er unablässig, ohne die wenigen Passanten wahrzunehmen, die ihm begegneten.

*Manchmal glaube ich, daß die Hauptbeschäftigung der Menschen darin beruht, voller Verzweiflung herauszubekommen, was um sie herum eigentlich geschieht.*

Ein Mann, der hier und da stehenblieb, um sich das farbenprächtige Laub der herbstlichen Bäume anzuschauen und die frische Abendluft in tiefen Zügen zu genießen, schlenderte gelassen auf Hobbes zu. Auffällig an dem Mann war nur sein Mantel aus bläulich eingefärbtem Leder und das arrogant wirkende Lächeln auf seinen dünnen Lippen.

*Zum Beispiel die Sache mit Gretta Milano. Natürlich wollte Hobbes unbedingt herausbekommen, was sie nur zu offensichtlich verheimlichte, wovor sie sich fürchtete und warum sie so plötzlich verstummte.*

*Und dann zum Schluß ihre Frage über Gott? Was hatte sie dabei nur im Sinn gehabt?*

Charles, der dahinschlendernde Mann, erreichte Hobbes. Vor kurzem noch ein heruntergekommener Botenjunge mit beschränkten Geistesgaben, trat er nun als teuer gekleideter, selbstbewußter Herr auf.

Als beide auf gleicher Höhe waren, sah er dem Detective in die Augen. Einen Sekundenbruchteil lang begegneten sich die Blicke beider Männer. Hobbes registrierte beiläufig den Anflug eines anzüglichen Lächelns auf den Zügen des ihm unbekannten Passanten. Eine vage Ahnung flackerte kurz in seinem Bewußtsein auf. Doch beide setzten ihren Weg ohne Unterbrechung fort.

*Man kann nie wissen. Der Mann, der einem zufällig auf der Straße begegnet und mit dem man beiläufig einen Blick austauscht: Kennt man ihn nicht irgendwoher? Ist man mit ihm vielleicht gemeinsam auf dieselbe Schule gegangen? Oder ist er einfach nur ein Fremder?*
*Vielleicht ist er ein Dieb, der gerade überlegt, wie er einen am besten überfallen kann? Oder ein wahnsinniger Mörder, der einen – aus welchen Gründen auch immer – auf den ersten Blick haßt? Möglicherweise ist er auch nur ein Schwuler, der einfach sein Glück versucht?*

Am Ende der Straße drehte sich Charles um und beobachtete, wie Hobbes das Gebäude betrat, in dem er wohnte. Daraufhin schlenderte Charles die Straße gemächlich wieder zurück.

*Oder ist das alles nur reine Einbildung?*

Hobbes schloß die Tür zu seinem Apartment auf und trat ein. Plötzlich blieb er stehen. Aus dem Wohnzimmer drangen fremde, flüsternde Stimmen an sein Ohr.

Geräuschlos schloß er die Tür und schlich vorsichtig den dunklen Flur entlang auf das Wohnzimmer zu. Erst der Mann auf der Straße, der ihn so seltsam angeschaut hatte, jetzt die seltsamen Stimmen: Hobbes war nach all den rätselhaften Ereignissen der letzten Stunden mittlerweile sogar darauf gefaßt, auf schaurige Monster zu stoßen, die in der Dunkelheit auf der Lauer lagen.

Als er das Ende des Flurs erreicht hatte, trat er entschlossen ins Wohnzimmer. Art und Sam waren vor dem noch laufenden Fernseher eingeschlafen, in dem ein alter, in Schwarzweiß gedrehter Kriminalfilm lief. Sam hielt mit beiden Armen fest einen alten Teddybär umklammert.

Hobbes mußte unwillkürlich lächeln und schüttelte den Kopf über seine eigene überreizte Fantasie, die offensichtlich mit ihm durchgegangen war.

## 24

Die S-Bahn, die Uptown – den Stadtteil, in dem Hobbes lebte – mit der Castle Street und dem Nachtclub-Viertel im Stadtzentrum verband, endete eine Station später in der Lincoln Street. Auf dem Weg dorthin führte die Bahnstrecke am Van Ness Boulevard vorbei, an der die großen Montagehallen von General Motors lagen. Dort strömten Scharen von Schichtarbeitern in den Zug, die bis zur Endstation fahren mußten, um dann in andere Linien umzusteigen, die sie zu ihren Wohnungen auf der South Side brachten.

Als die S-Bahn an der 14. Straße hielt – dem Bahnhof, von dem aus man zur Castle Street gelangte – war Charles zwischen zwei Pendlern eingekeilt, die mit der Gruppe von Arbeitern aus dem General-Motors-Werk eingestiegen waren.

Einer der beiden war ein dicker Bursche mit einem Lunch-Köfferchen unter dem Arm, der den Spitznamen ›Mouse Face‹ trug. Er war Spezialist für die Montage von Getriebeeinheiten.

Mouse Face hatte seinen Spitznamen bereits als Kind in einem Jugendlager erhalten. Dort hatte ihn einer der selbst noch jugendlichen Betreuer aufs Korn genommen, weil er von allen der kleinste, schwächlichste und ängstlichste Junge gewesen war. Alle hatten ihn herumgestoßen und ausgelacht – und der Name war an ihm hängengeblieben. Ob zu Hause, auf der Straße, beim Spielen oder in der Schule: Überall war er nur Mouse Face, sogar dann noch, als er längst groß und dick geworden war und jede Ähnlichkeit mit einer Maus verloren hatte.

Nach einer verkorksten Schulzeit und ohne je in der Lage gewesen zu sein, eine Beziehung zu einem Mädchen aufzubauen, hatte er sich immer mehr von seinen Mitmenschen zurückgezogen. Als Jugendlicher hatte sein einziges Vergnügen darin bestanden, über einsame Landstraßen zu fahren und dort mit seinem Gewehr auf Katzen, Hunde und Verkehrszeichen zu schießen.

In der Fabrik galt er als wortkarg und unnahbar. Ein junger Bursche, der einmal den Versuch unternommen hatte, sich mit ihm anzufreunden, hatte sich ein blaues Auge eingefangen, weil er seine Nase zu tief in die Angelegenheiten von Mouse Face gesteckt hatte.

Das war vor einem Jahr gewesen. Damals hatte der Betriebspsychologe Mouse Face angeboten, daß die Firma die Kosten für psychiatrische Beratungsgespräche übernehmen würde. Zur allgemeinen Überraschung akzeptierte Mouse Face das Angebot. Und alle waren noch mehr überrascht, als er tatsächlich davon zu profitieren schien. In der Folgezeit traten keine weiteren Wutausbrüche mehr bei Mouse Face auf, und er freundete sich sogar mit ein paar anderen Arbeitern an. Seine Therapie war ein voller Erfolg.

Als er an diesem Abend in die S-Bahn stieg, war er müde und zugleich ein wenig gereizt. Er war von einem Vorarbeiter zu Unrecht gemaßregelt worden, bemühte sich jedoch, den Vorfall nicht persönlich zu nehmen. Aber er fühlte sich dennoch gedemütigt: so, wie es früher der alte Mouse Face getan hatte.

Irgend etwas war während der Bahnfahrt geschehen. Er hatte es gespürt, nachdem dieser schwindsüchtige Bursche, der zwischen ihm und seinem Kollegen gestanden hatte, ausgestiegen war.

Als Charles den Bahnsteig betrat, blickte er sich einen Moment lang unentschlossen um, bevor er dem Ausgang zustrebte, der nach oben auf die Straße führte.

Mouse Face blickte ihm aus dem Fenster des anfahrenden Zuges nach. Auf seinen Zügen lag ein leises Lächeln.

## 25

Hobbes hatte sich eine Dose Bier aus dem Kühlschrank geholt und sich in die Küche gesetzt, um ein wenig zu entspannen. Schließlich erhob er sich von seinem Stuhl und kehrte ins Wohnzimmer zurück, wo immer noch der alte Schwarzweißfilm über den Bildschirm flimmerte. Er stellte den Fernseher ab und rüttelte seinen Bruder sanft an der Schulter.

Art blinzelte ihn verschlafen und orientierungslos an. »Johnny?« fragte er.

»Zeit, endlich ins Bett zu gehen. Los komm, und nimm Sams Sachen mit«, sagte Hobbes und nahm den Jungen auf seine Arme, während Art sich wie ein Kind mit den Fäusten den Schlaf aus den Augen rieb.

Während die beiden Brüder den dunklen Flur entlanggingen, läutete plötzlich das Telefon. Da Art gerade auf Höhe des Apparates war, nahm er den Hörer ab.

»Hallo, wer ist da?« fragte er. »Hallo?«

Als sich niemand meldete, legte Art wieder auf, ohne eine nennenswerte Reaktion zu zeigen. Diese anonymen, nächtlichen Anrufe waren zu einer solchen Routine geworden, daß er sie kaum noch bewußt wahrnahm. Und auch sein Bruder verlor längst kein Wort mehr über sie. Also setzten beide ihren Weg fort und tasteten sich vorsichtig zwischen dem am Boden liegenden Spielzeug hindurch in das von Art und Sam gemeinsam benutzte Schlafzimmer.

Als Charles in seine Wohnung kam, die nicht weit entfernt von der Minigolfanlage an der Castle Street lag, trug er zwei große Einkaufstüten voller Lebensmittel in den Armen, nachdem er unterwegs plötzlich bemerkt hatte, wie hungrig er war. Als er die Tüten aus dem Supermarkt abstellte, blickte er sich verwirrt um. Seine ansonsten stets unaufgeräumte und schmutzige Behausung befand sich in einem makellos sauberen Zustand. Ungläubig inspizierte er die gesamte Wohnung und warf schließlich seine Jacke und seinen Hut auf die Couch.

Nachdem Sam von seinem Onkel ins Bett gebracht und von seinem Vater ausgezogen worden war, läutete erneut das Telefon.

Art deckte den Jungen zu und schaute ihn ein paar Augenblicke lang liebevoll an, bevor er den Blick auf seinen Bruder richtete, der noch in der Tür stand.

»Sag mal, Johnny«, fragte Art mit ruhiger Stimme, »spürst du eigentlich jemals Angst?«

»Manchmal«, gestand Hobbes, der genau wußte, daß sein Bruder ihn sofort durchschaut hätte, falls er ihn belog. Denn auch wenn Arts Hirn irreparabel verletzt worden war, so war er doch keineswegs unsensibel.

Art nickte. Noch immer läutete das Telefon in die Dunkelheit des Raumes hinein.

»Ich auch«, sagte er leise.

Das Telefon verstummte, und tiefe Stille erfüllte die Wohnung.

Charles stand vor dem Herd und bereitete sich gerade ein mit Käse überbackenes Sandwich zu. Überall um ihn herum lagen die verschiedenen Zutaten verstreut, wie es seiner schlampigen Art entsprach.

Er starrte auf das Telefon, als erinnere er sich plötzlich daran, noch einen wichtigen Anruf erledigen zu müssen. Er nahm den Hörer zur Hand und wählte die ihm wohlbekannte Nummer.

»Mrs. Moohr? Hier ist Charles. Ich muß wohl die letzten Tage ... ziemlich betrunken gewesen sein oder so etwas. Jedenfalls habe ich 'ne kleine Gedächtnislücke und weiß nicht mehr so recht, ob ich heute nacht arbeiten muß oder nicht?«

»Du hast doch gekündigt, Charles!« hörte er Mrs. Moohrs Stimme sagen.

»Ich habe gekündigt?«

»Das mußt du doch Wissen. Erst hast du Harry beleidigt und dann gekündigt. Deswegen hat er jemand anderen engagiert.«

Charles stand verständnislos vor dem Küchenschrank und wußte nicht, was er sagen sollte. Dann läutete es an der Tür.

Er machte sich auf den Weg, um nachzuschauen, wer etwas von ihm wollte, ohne den drahtlosen Hörer vom Ohr zu nehmen. »Hören Sie, Mrs. Moohr. Es tut mir wirklich leid, falls ich ... Könnten sie vielleicht noch einmal bei Ihrem Mann ein gutes Wort für mich einlegen?«

Die Frau seines früheren Arbeitgebers klang mittlerweile sehr viel freundlicher. »Das werde ich, Charles. Schließlich haben wir dich immer gemocht. Aber du hast dich schon sehr wunderlich verhalten.« Abrupt unterbrach sie das Gespräch.

Charles legte seufzend den Hörer auf und öffnete die Tür.

Er hatte nicht den Hauch einer Chance. Ohne Vorwarnung wurde er zum Opfer eines brutalen Angriffs, denn mit brachialer Urgewalt fiel ein Mann über ihn her, der in seiner rechten Faust eine Spritze mit einer langen Kanüle wie eine Waffe umklammert hielt.

Wie ein Messer stieß der Angreifer die Kanüle, aus der eine Flüssigkeit spritzte, immer wieder in Charles' Körper. Wilde, geradezu unkontrolliert wirkende Attacken erfolgten auf die Gliedmaßen, den Rumpf, den Kopf und das Herz des Opfers.

Der Junge versuchte erfolglos, sich zu wehren. Er ruderte nur hilflos mit seinen Armen in der Luft, wobei er dem Angreifer mehr zufällig ein paar Schläge versetzte, die jedoch völlig wirkungslos blieben. Statt dessen stach der gnadenlose Berserker weiterhin unablässig auf ihn ein.

Charles wankte zurück und fiel schließlich zu Boden. Widerstandslos mußte er auch die letzten, rasenden Mißhandlungen über sich ergehen lassen, bevor ihm die Sinne schwanden. Doch kurz bevor er in das schwarze Loch fiel, durchzuckte ihn der Gedanke, daß er seinem Angreifer früher schon einmal begegnet war. Wo und wann hatte er ihn nur gesehen …?

Hobbes saß zu Hause vor dem Fernseher und studierte das im Gefängnis gedrehte Video. Zum wiederholten Male starrte er auf die Szene, in der Reese seinen unverständlichen Singsang ausstieß. Der Detective machte sich gerade ein paar Notizen, als das Telefon läutete.

Er nahm ab und lauschte schweigend in den Hörer, doch niemand meldete sich. In einem Anflug von schwarzem Humor folgte Hobbes plötzlich einer Eingebung und hielt daraufhin den Hörer so vor den Lautsprecher des Fernsehers, daß der anonyme Anrufer dem Kauderwelsch des inzwischen Hingerichteten lauschen konnte. Der Detective wäre zwar nicht in der Lage gewesen, eine logische Erklärung für seinen makabren Scherz zu geben, aber er hatte irgendwie das unbestimmte Gefühl, daß er das Richtige tat.

Nachdem Mouse Face den Hörer wieder aufgelegt hatte, inspizierte er lächelnd das Apartment seines Opfers. Zufrieden verspeiste er das überbackene Käsesandwich, das Charles sich erst wenige Minuten zuvor zubereitet hatte.

Während er in dem kleinen Zimmer immer wieder auf und ab schritt, blickte er durch die geöffnete Tür ins Bad und begutachtete sein Werk. Dort lag Charles' nackter Körper, der langsam von der Leichenstarre erfaßt wurde, in der Wanne: auf dem Gesicht den Ausdruck erstaunten Entsetzens.

Mouse Face betrat schließlich die Küche, nahm dort eine Milchtüte aus dem Kühlschrank und eine Packung Cornflakes aus dem Schrank. Dann stellte er beides auf dem Tisch ab, den er kritisch beäugte.

Schließlich korrigierte er die Position der Cornflakes-Packung.

## 26

Hobbes hockte verzweifelt vor seinem Büroschreibtisch. Rings um ihn herum stapelten sich Türme von aufgeschlagenen Unterlagen, in denen er bisher jedoch keinerlei Antwort darauf gefunden hatte, wie es Reese gelungen sein mochte, aus der Todeszelle heraus einen Komplizen zu finden.

Fotos, Zeitungsausschnitte, Polizeiberichte, psychiatrische Gutachten und Berichte des Leichenbeschauers: der Detective durchforstete jedes einzelne Blatt. Sein Instinkt sagte ihm, daß irgendwo in einem der Schnellhefter ein wichtiger Hinweis schlummern mußte, der ihm weiterhelfen würde.

Jonesy trat neben ihn und riß ihn aus seinen Gedanken. »Ich habe einen Ausschnitt des Videobandes am Telefon einem Sprachwissenschaftler vorgespielt«, erklärte er. »Er schien sehr interessiert, er kommt nachher vorbei.«

»Was meint er denn zu Reese' seltsamem Gebrabbel?«

»Es höre sich so an, als handle es sich um so eine Art arabischen Dialekt aus dem mittleren Osten.«

»Hhm. Irgendwas Neues über Muskavich?«

»Nur die Sache mit der Pizza.«

Lou gesellte sich zu den beiden. »Na, auf dem Gebiet bist du ja ein echter Experte«, stichelte er mit einem anzüglichen Grinsen.

Jonesy drehte sich mit gespieltem Ernst um. »Ganz recht. Schließlich wird das Leben doch durch Pizza und andere italienische Köstlichkeiten erst lebenswert. Stimmt's, oder hab' ich recht?« fragte er im Brustton tiefster Überzeugung.

Ohne eine Entgegnung abzuwarten, wandte er sich dann wieder Hobbes zu. »In der Wohnung lag ein Stück Pizza auf einem Teller. Es war mit einer ziemlich ausgefallenen Mischung belegt: nämlich mit Knoblauch, Anchovis und Ananas. Aber *Sal's* drüben an der dreiundzwanzigsten Straße auf der South Side hat genau diese Pizza auf der Karte. Es ist die Nummer 17. Ich weiß es zufällig, weil ich letztes Jahr mal einen Zeugen in seinem Laden verhört habe.«

»Ganz im Ernst, du solltest in unseren Computer ein Verzeichnis einprogrammieren, wo in der Stadt man welche Sorte Pizza bekommt«, lachte Hobbes.

»Es kommt noch besser«, fuhr Jonesy fort. »Da im Magen von Muskavich keine Spur von Pizza zu finden war, muß der Mörder sie sich mitgebracht haben.«

Hobbes war sehr nachdenklich geworden. »Du meinst, der Täter wohnt dort irgendwo in der Nachbarschaft?«

»Das wäre zumindest möglich.«

»Was für eine geniale Schlußfolgerung«, höhnte Lou. »Am besten trägst du sie sofort dem Chef vor.«

Jonesy starrte ihm ungerührt in die Augen. »Das werde ich auch tun, sei ganz unbesorgt. Und ich werde mir erlauben, mich über dich totzulachen, wenn wir den Täter aufgrund meines Hinweises schnappen und ich dann dein dummes Gesicht sehen darf.«

Hobbes brütete bereits wieder über den Unterlagen auf seinem Schreibtisch. Vor ihm ausgebreitet lag Material über Reese' Jugend: Fotos, alte Briefe, Schulzeugnisse und Ausschnitte aus dem Sportteil einer Schulzeitung.

»Da ist er ja schon«, sagte Jonesy plötzlich, woraufhin der Detective aufblickte. Sein Kollege nickte in Richtung Tür, durch die gerade ein großgewachsener, grobknochiger Mann mit einer Brille trat.

»Das ist bestimmt der Sprachwissenschaftler«, erklärte Jonesy und machte sich auf den Weg, um den Besucher zu begrüßen.

»Ich komme gleich nach«, rief ihm Hobbes hinterher und vertiefte sich dann nochmals in eine Serie von frühen Fotos. Konnte man diesem jungen Mann bereits ansehen, daß er später ein psychopathischer Mörder werden sollte? Plötzlich zog der Detective die Augenbrauen zusammen, denn er erinnerte sich daran, etwas gesehen zu haben, das ihn irgendwie stutzig gemacht hatte. Er kramte noch einmal den alten Zeitungsausschnitt hervor, der Reese beim Baseball zeigte.

Hobbes schaute sich das Bild noch einmal aufmerksam an: Reese in der angespannt konzentrierten Haltung des Schlägers, den Blick erwartungsvoll auf den Werfer gerichtet. Etwas an dem Foto paßte nicht!

Nachdenklich untersuchte er immer wieder jeden Zentimeter des Bildes, bis er es schließlich auf die Mitte seines Schreibtisches legte und aus dem Büro eilte.

Im Videoraum hatten Jonesy und der Sprachwissenschaftler Professor Richard Louders bereits begonnen, sich den Film über Reese anzuschauen.

»Haben Sie schon etwas herausgefunden?« erkundigte sich Hobbes, nachdem Jonesy ihn mit Louders bekannt gemacht hatte.

»*Formidable*«, murmelte der Professor, der auf den ersten Blick als Exzentriker zu erkennen war und es offensichtlich genoß, sein Französisch zur Schau zu stellen.

»Das ist wirklich kaum zu glauben«, schwärmte Louders begeistert. »Wer ist dieser Mann? Ein Sträfling?«

»Der Professor meint, daß es sich tatsächlich um eine Sprache handelt«, erklärte Jonesy. »Aber er hat sie noch nie gesprochen gehört.«

»Und was bedeutet das Gemurmel?«

Jonesy zuckte entschuldigend die Achseln. »Ist irgendwas Antikes.«

»Ich vermute, daß es sich um eine biblische Sprache handelt«, erläuterte Louders. »Allem Anschein nach Aramäisch – eine Sprache, die nur noch von wenigen Nomadenstämmen gesprochen wird.« Der Professor strahlte. »*Un Rêve. Quelle joie!*«

»Aber Sie verstehen nicht, was er da sagt?« hakte Hobbes nach, der die Begeisterung des Wissenschaftlers nicht teilen konnte, sondern lediglich an den Fakten interessiert war.

Louders zuckte die Schultern. »Nicht ein einziges Wort«, gestand er, ohne seine Augen von Reese zu lösen. »Seine Bewegungen sind einfach *plaisant*, nicht wahr?« Er warf Hobbes einen kurzen, hoffnungsvollen Seitenblick zu. »Ich würde mich mehr als glücklich schätzen, wenn ich eine Kopie dieser Aufnahme bekommen könnte. Ob das vielleicht möglich wäre?«

Hobbes hatte keine Einwände.
»Sie scheinen ja wirklich Gefallen an unserem Freund gefunden zu haben«, grinste Jonesy und brachte Louders zur Tür. »Wenn Sie noch eine Viertelstunde Zeit haben, können Sie die Kopie gleich mitnehmen.«
*»Bien sûr«*, murmelte der Professor entzückt.
Nachdem Louders den Raum verlassen hatte, ließ Hobbes das Band noch einmal bis zu der Stelle mit dem Priester zurücklaufen und spielte es dann mit abgestelltem Ton ab.
»Aramäisch?« wiederholte Jonesy verwundert.
Plötzlich beugte Hobbes sich vor und rückte noch dichter an die Mattscheibe des Fernsehers heran. »Ich wußte es doch«, knurrte er mit zusammengebissenen Zähnen und spielte immer wieder eine kurze Sequenz ab, in der Reese versuchte, den Priester in seine Zelle zu lokken, während er gleichzeitig drohte, ihn zu töten.
Die Kameraeinstellung wechselte ständig zwischen den Gesichtern der beiden Männer hin und her und offenbarte die aufkeimende Besorgnis des Priesters, der sich schließlich umwandte, leise mit einem Wärter sprach und den Trakt der Todeszelle verließ. Trotz des abgestellten Tons konnte man geradezu hören, wie Reese' Lippen das Wort »Feigling« formten, das er dem Priester hinterherbrüllte. Dann drehte er sich um und blickte winkend direkt in die Kamera, um sich an Hobbes zu wenden: Hey, Johnny, mein Kleiner, sitzt du gerade vorm Fernseher und schaust aufmerksam zu?«
Jonesy ging kopfschüttelnd auf und ab. »Edgar Reese hat als Busfahrer gearbeitet. Er war zwar sicherlich ein gerissener Bursche, in der Schule aber keine große Leuchte. Wie zum Teufel sollte er an derartig spezielle Fremdsprachenkenntnisse gekommen sein? Ein bißchen Holländisch? Okay, das könnte er irgendwo aufgeschnappt haben. Aber Aramäisch? Eine altertümliche Sprache, die nur nur noch unter ein paar verstreuten

Nomadenvölkern existiert? Das alles paßt doch nicht zusammen!«

»Ich habe noch etwas herausgefunden, das nicht paßt«, erwiderte Hobbes. »In Reese' Akten war ein Foto, das ihn auf der High School beim Baseball zeigt. Offenbar schlug und warf er die Bälle mit rechts.«

Die beiden Männer konzentrierten sich auf den Bildschirm. Reese winkte und gestikulierte mit der linken Hand.

Jonesy schüttelte den Kopf. »Er wirft mit der rechten und winkt mit der linken Hand. Na und?«

Anstatt zu antworten, ließ Hobbes das Band noch einmal bis zu der Stelle zurücklaufen, an der Reese sich direkt an ihn wandte, und drehte den Ton wieder hoch, bevor er auf START drückte:

»Hoffentlich paßt du gut auf, Hobbes. Denn jede Geste, jedes Wort ...«

Achselzuckend beugte Jonesy sich vor und stoppte schließlich den Rekorder, um das Videoband herauszunehmen. »Ich lasse die Kopie für Louders machen.«

Die beiden Cops standen auf und traten auf den Flur, um in ihr Büro zurückzukehren.

»Worauf wolltest du hinaus, als du von dieser ›Rechts-links‹-Geschichte angefangen hast?« hakte Jonesy nach, während er einen Blick in den Besucherraum warf, in dem der Professor wartete. »Ich meine, dieser gottverdammte Hurensohn hat irgendwie das Wunder auf die Reihe gekriegt, eine zweitausend Jahre alte Sprache zu sprechen, aber du scheinst beinahe mehr darüber erstaunt zu sein, daß er zwei geschickte Hände hat?«

»Mich erstaunt eben alles an Reese«, erwiderte Hobbes, brach jedoch ab, weil sein Telefon klingelte und er den Hörer abnahm.

»Hallo, mein Freund«, meldete sich eine Stimme am anderen Ende der Leitung. »Wie wär's mit einem weiteren kleinen Hinweis?«

Hobbes lauschte hochkonzentriert. Es war offensichtlich eine andere Stimme als die, die er am Vortag gehört hatte.

»1339 South Grove, Apartment 9«, sagte Mouse Face und hängte dann ein.

Hobbes stieß seinen Kollegen an, der wieder an seinem Schreibtisch Platz genommen hatte. »Sag mal, die Pizzeria, von der du vorhin sprachst ...«

Plötzlich horchte Jonesy auf: »Gute Idee, ich habe auch schon Hunger.« Jonesy hatte immer Hunger, vor allem auf Pizza.

»Du hast mich falsch verstanden«, enttäuschte ihn Hobbes. »Ich wollte nur wissen, ob sie weit von der Grove Street entfernt ist?«

Jonesy sank in sich zusammen. Er wußte nur zu gut, was die Frage und der Blick seines Kollegen zu bedeuten hatten.

## 27

Charles' Apartment war selbst zu seinen besten Zeiten nie ein sehr anheimelnder Ort gewesen. Die Wohnung starrte vor Dreck und hätte schon vor längerer Zelt einen frischen Anstrich benötigt. Doch im trüben Licht der Abenddämmerung wirkte das enge Loch noch beklemmender, zumal es allem Anschein nach Schauplatz eines Kampfes gewesen war: Überall lagen umgeworfene Möbel, zerbrochene Gläser, Speisereste und vergossene Flüssigkeiten am Boden, ein Regal war halb zusammengebrochen.

Trotz des allgemeinen Chaos fiel Hobbes im Vorbeigehen besonders das nur halb gegessene überbackene Käsesandwich auf, das in der Küche auf der Anrichte lag.

Im Bad stießen er und Jonesy auf die unbekleidete Leiche eines hageren, jungen Mannes, der mit dem Gesicht nach oben in der Badewanne lag.

Zahnbürste und Zahncreme lagen fein säuberlich ausgerichtet auf dem Waschbeckenrand. Beides war offensichtlich erst vor kurzem benutzt worden, da die Bürste noch feucht war und das Becken – wie Hobbes feststellte – nach Zahncreme roch.

Ein Mitarbeiter des Leichenbeschauers drehte die Leiche auf die Seite, um deren Rücken untersuchen zu können, stellte dann jedoch die alte Position wieder her. Im Gesicht des Toten, auf seinen Armen und auf seiner Brust waren überall nadelfeine Einstiche zu erkennen. Auf der schmalen Brust prangte zudem eine große, mit schwarzem Filzstift geschriebene »2«.

Hobbes blickte nachdenklich in Charles' weit aufgerissene Augen, die noch in ihrer Todesstarre namenloses Entsetzen verrieten. Der Vierteldollar in der rechten Hand des Detective rotierte immer schneller, und zwar nicht nur, weil Hobbes angespannt und konzentriert war, sondern weil er zugleich spürte, wie eine unerklärliche Furcht in ihm aufstieg.

Gemeinsam mit Jonesy verließ er das Bad und inspizierte die Küche, in der vor allem die verrostete Spüle, ein paar Ameisenfallen und der Rest vom Sandwich auffielen – bis die Blicke der beiden Cops auf den Tisch fielen. Es waren vier Gegenstände, die dort – geradezu pedantisch ausgerichtet – standen: eine Packung Cornflakes, ein Tetrapak Milch, eine Zuckerdose und eine Schüssel mit einer nur halb gegessenen Portion.

»Genau wie in der Wohnung von Muskavich«, sagte Jonesy leise.

»Ja.«

»Als ob er sich über uns lustig machen will.«

Hobbes sah sich um und überprüfte die Wände, besonders die dem Küchentisch gegenüberliegende, da sie in der Wohnung des Russen dort das Rätsel mit Lyons und

Spakowski gefunden hatten. Doch hier hing nur ein Spiegel an der Wand, wie der Detective beinahe erleichtert feststellte. Eine weitere Botschaft wäre auch wohl des Guten zu viel gewesen.

Und doch …?

Hobbes gab sich noch nicht zufrieden. Es war zwar höchst unwahrscheinlich, aber vielleicht hatte der Mörder ja dennoch …?

Zögernd trat er vor den Spiegel und bewegte ihn zur Seite. Sein Instinkt hatte ihn nicht getrogen. Deutlich lesbar stand eine neue Mitteilung an der Wand:

? ? ? = schau in den Spiegel

Gebannt starrte Hobbes auf die Schrift und erinnerte sich an das Rätsel in der Wohnung von Muskavich:

Lyons
? ? ?
Spakowski

Der Detective fand als erster seine Sprache wieder. »Was will er damit sagen? Daß der Mann in der Lücke zwischen Lyons und Spakowski – dieser Robert Milano – etwas mit mir zu tun hat?«

Jonesy zuckte nur geistesabwesend die Achseln und war zu keinem klaren Gedanken fähig.

Hobbes wandte sich kopfschüttelnd ab und ging langsam in der Küche auf und ab. »Weißt du, was das Verrückteste an der ganzen Sache ist?«

Jonesy blickte ihn nur wortlos an. *Was ist an dieser ganzen Sache nicht verrückt?* dachte er bei sich.

»Als ich gestern abend nach Hause ging, kam mir auf dem Bürgersteig ein fremder Kerl entgegen, der mich so ansah, als ob er mich kennen würde«, erklärte Hobbes, »verstehst du, was ich meine?«

Jonesy nickte. »Sicher. Na und?«

Hobbes zögerte einen Moment, weiterzusprechen. Es war einfach zu unglaublich. »Es war der Bursche, der jetzt dort in der Badewanne liegt«, stieß er schließlich hervor.

»Du willst mich wohl verscheißern?« knurrte Jonesy.

»Keineswegs«, widersprach Hobbes matt.

»Das ergibt doch alles keinen Sinn. Zumindest bin ich zu blöd, um mir auf all das einen Reim zu machen.«

»Da bist du nicht der einzige«, bestätigte Hobbes. Während seiner gesamten Laufbahn hatte er noch nie einen Fall bearbeitet, der diesem auch nur im entferntesten ähnlich gewesen wäre. Und er hatte nicht einmal den Hauch einer Idee, wie all das zusammenpassen sollte.

Die eintretende Stille wurde unterbrochen, als Bill Clark, ein Beamter der Spurensicherung, in die Küche trat. In seiner Hand, die in einem extra dicken Latexhandschuh steckte, hielt er die große Spritze, mit der Mouse Face sein Opfer traktiert hatte. Noch immer befand sich erkennbar etwas Flüssigkeit im Kolben der Spritze.

»Was für eine Überraschung«, kommentierte Hobbes mit unüberhörbarem Sarkasmus, während er selbst einen Handschuh über seine Rechte zog und die Spritze entgegennahm.

»Wir haben sie unter der Couch gefunden«, erklärte Clark.

Hobbes schraubte vorsichtig den oberen Teil der Spritze ab und schnupperte an deren Inhalt. Zuerst roch er gar nichts, dann jedoch nahm seine Nase zumindest einen leichten Geruch wahr.

»Kannst du feststellen, ob es ein Gift ist?« fragte Jonesy. »Vermutlich irgend so ein Teufelszeug, das selbst einen Elefanten in weniger als einer Minute auf die Bretter schicken würde.«

Hobbes reichte die Spritze an Clark zurück. »Sofort ins Labor damit.«

Der Spurensicherungsexperte verstaute das Beweisstück in einem speziellen Beutel und machte sich umgehend auf den Weg.

»Und was hat die verdammte »2« auf der Brust des Toten zu bedeuten?« überlegte Jonesy laut. »Am Donnerstag hat er seinem Opfer eine »18« verpaßt, und jetzt plötzlich eine »2«?

Auch Hobbes konnte nur ratlos die Achseln zucken. Was er sah und erlebte, ließ sich einfach nicht mit der ihm vertrauten Realität in Einklang bringen.

Unterdessen wurde der Tote ins Leichenschauhaus gebracht, und Lou kehrte von seiner Befragung der Nachbarn und übrigen Hausbewohner zurück.

»Wer war dieser Bursche überhaupt?« fragte Hobbes, während er den Abtransport der Leiche verfolgte. Irgendwie schien es ihm, als ob er seit kurzem nur noch tote Männer betrachtete.

»Ein gewisser Charles Olom«, sagte Lou. »Aber es sieht so aus, als ob dies nicht sein richtiger Name gewesen ist. Wir überprüfen gerade seine Fingerabdrücke.«

Hobbes nickte. Als er sich zum Gehen wandte, blickte ihn sein eigenes Gesicht aus dem Spiegel heraus an. Der Ausdruck, der auf seinen Zügen lag, hätte selbst einem Teufelsaustreiber Angst eingejagt.

## 28

Hobbes saß grübelnd an seinem Schreibtisch und versuchte, eine Antwort auf die Frage zu finden, warum ein Komplize oder sogar mehrere Komplizen von Reese es auf sich nehmen sollten, ein solch makabres Theater zu veranstalten. Was konnten sie sich nur davon versprechen? Schließlich war es doch wohl ausgeschlossen, daß jemand zwei Morde begangen hatte, nur um Reese zu rächen und Hobbes einen Schrecken einzujagen?

Nein, hier ging etwas ganz anderes vor sich, dessen war sich der Detective sicher. Und er wußte nur zu gut, daß er bisher nichts anderes getan hatte, als den für ihn ausgelegten Ködern nachzujagen. Es war höchste Zeit, dem makabren Spiel ein Ende zu bereiten, bevor ein weiterer Mensch sein Leben lassen mußte. Doch es gab dafür einfach noch zu viele offene Fragen.

Warum zum Beispiel hatte Reese sich so große Mühe gegeben, ihn so viele Rätsel knacken zu lassen? Und warum fiel es ihm jetzt nur so schwer, die Lösung zu all dem zu finden? Schließlich war Hobbes doch dafür bekannt, daß er nur ein paar kleine Mosaiksteinchen brauchte, um in Windeseile das ganze Bild rekonstruieren zu können. Warum versagten seine Fähigkeiten plötzlich? Um was für ein verrücktes Spiel handelte es sich, in dem ihm eine solch düstere Rolle aufgedrängt wurde? Und welches Ende würde das Ganze nehmen?

Oder waren das alles womöglich nur Hirngespinste? Maß er dem toten Reese nicht viel zu große Bedeutung bei? Denn wie sollte es möglich sein, daß ihn dessen Rache noch aus dem Grab heraus verfolgte?

Mit leerem Blick starrte Hobbes deprimiert vor sich hin.

*Hobbes konnte die Dinge einfach nicht ruhen lassen. Schließlich ist es ein elementares menschliches Bedürfnis, die Wahrheit herauszufinden. Dieses Bedürfnis gleicht dem Gefühl unstillbaren Durstes und kann einfach nicht ignoriert werden.*

*Es ist so, als ob man spürt, daß man von etwas belauert wird, das sich außerhalb des eigenen Blickwinkels befindet. Man weiß, daß es da ist, auch wenn man es nicht sehen kann.*

*Doch man sucht verzweifelt danach … man muß einfach danach suchen: Solange, bis man es schließlich gefunden hat – was immer es auch sein und wohin auch immer es führen mag.*

Wie schon oft zuvor, besonders aber in dieser Situation, war Jonesy ein lebenswichtiger Halt für Hobbes. Wann immer Gefahr drohte, daß er den Boden unter den Füßen verlor und in einen Abgrund stürzte, war sein Partner da, um ihn rechtzeitig daran zu erinnern, daß er nur ein Cop und kein Priester war, der sich auf einem Kreuzzug gegen das Böse in der Welt befand.

Jonesy hatte eine harte Jugend hinter sich. Weil seine Mutter erkrankt war, war er als Dreizehnjähriger von seinem Vater für ein Jahr von der Schule genommen worden, um sich zu Hause um seinen fünfjährigen Bruder und seine zweijährige Schwester zu kümmern.

Er wuchs zu einem großen und kräftigen Burschen heran und wurde zu einem hervorragenden Footballspieler im Team der McKinley High School, die auf der South Side lag. Vier Jahre lang spielte er in der Mannschaft und errang mit ihr zusammen vier Meisterschaften in der High-School-Liga. Die letzten beiden Jahre war er Mannschaftskapitän.

Während dieser Zeit machten ihm die Talentsucher einiger Profi-Teams interessante Angebote. Aber Jonesy hatte es sich fest in den Kopf gesetzt, Cop zu werden, und zwar vor allem aus einem Grund: Auf den langen Busfahrten zu Auswärtsspielen las er gern und hatte sich einmal von seinem Trainer eine Ausgabe von Truman Capotes *Kaltblütig* ausgeliehen.

Die Geschichte hatte ihn so gefesselt, daß er fortan nur noch den Wunsch verspürte, es den im Buch dargestellten Polizisten gleichzutun und Mörder zu jagen. Zur Hölle mit Football und den anderen Kindereien auf dem College.

Also verließ Jonesy die Schule, arbeitete zunächst als Gabelstaplerfahrer bei einer Kartonfabrik, sparte jeden Cent und schrieb sich nach einigen Jahren als Student am John-Jay-College für Kriminalistik ein. Nachdem er dort einen Abschluß erworben hatte, kehrte er in seine Heimatstadt zurück und bewarb sich umgehend bei der Polizeiakademie.

Seitdem ging er ganz und gar in seinem Beruf auf, auch wenn seine Tätigkeit anfangs nur darin bestanden hatte, Streife zu fahren. Selbst die von den meisten seiner Kollegen gefürchteten Einsätze, bei denen es darum ging, familiäre Streitigkeiten zu schlichten, stellten für ihn nur eine willkommene Gelegenheit dar, eines seiner größten Talente einzusetzen: seine Redegewandtheit. Jonesy genoß den legendären Ruf, auch die wütendsten Streithähne im Handumdrehen beruhigen zu können.

Es störte ihn keineswegs, wenn einige seiner Kollegen ihn wegen seiner Gabe als *Briefkastentante* verspotteten. Viel schlimmer war für ihn, daß er anfangs noch für die Bewachung von Gefangenen an das Gericht oder an ein Krankenhaus abgestellt wurde. Zu derartig passiver Untätigkeit verurteilt, wirkte er stets wie ein Vulkan, der kurz vor dem Ausbruch stand.

Er und Hobbes waren im gleichen Jahr zu Detectives ernannt worden und bildeten seitdem ein Team, das aus Hobbes' Sicht nicht besser hätte sein können. Denn sein hünenhafter Partner kannte absolut keine Furcht. Noch nie war er in irgendeiner Situation auch nur einen Schritt zurückgewichen, sondern allenfalls zwei vorangeprescht.

Genau betrachtet, gab es allerdings doch etwas, vor dem Jonesy sich fürchtete: Immer dann, wenn Lieutenant Stanton ihn zu sich beorderte, wurde er von der Angst erfüllt, sein Vorgesetzter könne ihm aus irgendwelchen Gründen vom Dienst suspendieren.

Die Tür zu Stantons Büro stand weit offen. Jonesy saß auf dem Besucherstuhl vor dem Schreibtisch seines Vorgesetzten.

»Wie steht's mit den Ermittlungen in den beiden Mordfällen?« erkundigte sich der Lieutenant.

»Der eine ist rätselhafter als der andere«, seufzte Jonesy kopfschüttelnd.

»Wegen der Verbindungen zu Reese?«

»Ja.«

»Und wer immer die Morde begangen hat, hat es irgendwie auch auf Hobbes abgesehen?«

Jonesy zuckte die Achseln. »So sieht es jedenfalls aus.«

Stanton spähte durch die offene Tür zu Hobbes' unbesetztem Schreibtisch hinüber. »Und wie wird er damit fertig?«

»Hobbes? Wer soll das wissen? Wer ist schon in der Lage, ihn zu durchschauen. Aber ich denke, er ist okay.«

»Gut. Aber behalte ihn bitte ein bißchen im Auge. Und wenn er Nerven zeigen sollte, dann möchte ich es nicht als letzter erfahren, verstanden?«

»Verstanden«, bestätigte Jonesy grinsend. »Und wenn ich mir in die Hosen mache, werde ich eine Notiz ans Schwarze Brett hängen.«

Mit diesen Worten machte sich der Detective auf den Weg zurück zu seinem Schreibtisch. Hobbes war nicht mehr da. Er hielt sich allerdings nicht weit entfernt auf.

Im Eingangsbereich des Polizeireviers thronte der wachhabende Sergeant an einem Pult hinter einer hölzernen Balustrade, die den allgemein zugänglichen Teil von den dahinterliegenden Büros und Zellen trennte.

Hobbes trat an ein Schlüsselbrett hinter dem Pult, nahm einen der dort an Haken aufgehängten Schlüssel an sich und stieg dann eine Treppe hinunter ins Kellergeschoß des Gebäudes. Dort befanden sich an einem Ende Spinde und Waschräume, in denen sich die Cops umziehen und duschen konnten. Hobbes trottete jedoch in die andere Richtung auf die Asservatenkammer zu, in der Beweisstücke und andere sichergestellte Gegenstände gelagert wurden. Dort hatten Lou und er hinter der altertümlichen Eisenkette das Brett mit den Auszeichnungsplaketten für die *Polizisten des Jahres* gefunden.

Hobbes schloß die Zugangstür auf und blickte sich nach seinem Eintreten suchend um, da es nicht leicht war, sich inmitten der unzähligen Kartons, Akten und überfüllten Regale zu orientieren.

Zuerst inspizierte der Detective die Beschriftungen auf den Kartons mit den Mordfällen: Tötungsdelikte 1983, 1982 ...

Als er das Jahr fand, nach dem er gesucht hatte, nahm er sich die entsprechenden Unterlagen vor und sah sie ebenso konzentriert wie gründlich durch.

Plötzlich hielt er inne und studierte die Druckseite eines Berichtes genauer: »... Als die drei Polizeibeamten Milanos Hütte erreichten, hörten sie plötzlich den Schuß eines Gewehrs.«

Dann stieß der Detective auf eine Fotografie: ein menschlicher Körper, der mit ausgestreckten Armen und dem Gesicht nach unten auf dem Küchenfußboden lag.

Als Hobbes die Seite umblätterte und dabei eine Karte fand, wollte er diese näher untersuchen. Doch mit einem Mal spürte er wieder, daß er beobachtet wurde. Ruckartig hob er den Kopf ...

Lou, der sich auf der anderen Seite der Balustrade befand, trug einen Trainingsanzug und kam offenbar gerade vom Training.

»Ich hörte nur ein Geräusch«, sagte er und blickte anzüglich auf die Karte in Hobbes' Hand. »Was treibst du denn da. Etwa historische Studien?«

Hobbes nickte nur und hielt die Karte so, daß Lou sie nicht sehen konnte.

»Na dann, bis morgen«, verabschiedete sich Lou und schlenderte davon, noch immer aus den Augenwinkeln auf den Karton starrend, den der Detective sich gerade vornahm.

*Was soll dieses ganze Herumspionieren?* fragte sich Hobbes. Lou war wirklich so aufdringlich wie ein Parasit. Immer wurde er von der ständigen Furcht getrieben, andere Cops könnten bessere Fälle bekommen und besser informiert sein als er. Deshalb steckte er seine Nase stets auch in Dinge, die ihn absolut nichts angingen. Er war wirklich eine wahre Pestbeule, die man nur schwer loswurde.

Oder steckte hinter Lous beinahe krankhafter Neugier noch etwas anderes? Gab es für sein übertriebenes Interesse an Hobbes' derzeitigen Ermittlungen etwa noch einen anderen Grund?

Der Detective verwarf diesen Gedanken. Er kannte den Cop nun bereits seit sechs Monaten: lange genug, um herauszufinden, daß Lou LaCava nichts weiter als ein ausgesprochener Kotzbrocken war.

*Aber man läßt eben nichts unversucht und spielt alle denkbaren Möglichkeiten durch.*

Hobbes setzte sein Studium der Karte fort.

*Robert Milano. Eine Leiche auf dem Küchenfußboden. Eine Karte, auf der eine Hütte eingezeichnet ist. Irgendwie hängt all das zusammen und beinhaltet einen Hinweis auf des Rätsels Lösung. Aber wie, zum Teufel, sieht dieser Zusammenhang aus?*

Im Kopf des Detective formte sich langsam, aber sicher eine Idee. Sie würde ihn wahrscheinlich auch nur in eine Sackgasse führen. Aber es war immerhin einen Versuch wert, nicht einfach nur dazusitzen und auf den nächsten brutalen und bizarren Mord zu warten, oder auf den nächsten Schachzug des Psychopathen, dessen Ziel es offenbar war, ihn in den Wahnsinn zu treiben.

Hobbes faltete die Karte zusammen und steckte sie in seine Innentasche.

# 29

Bei der – wie immer – chaotischen Basketballpartie bestand das höchste Ziel darin, daß alle möglichst viel Spaß hatten und mit heiler Haut den Platz verließen.

Während Art über das Spiel »live« berichtete, gaben sich Hobbes, Sam und dessen Freund Toby Mühe, ein paar Körbe gegen Ron, den leicht übergewichtigen Nachbarn, und dessen zwei Söhne zu erzielen. Die beiden Erwachsenen auf dem Platz hielten sich jedoch an die stillschweigende Übereinkunft, die Kinder als »Stars« ins rechte Licht zu setzen und sich selbst zurückzuhalten.

Arts Bericht tat ein übriges. Er bemühte sich, buchstäblich jedes einzelne und noch so unbedeutende Detail zu kommentieren. »Johnny weicht nach rechts aus, läuft jetzt wieder nach links herüber und paßt zu Sam, der ein Dribbling riskiert. Er umspielt Ernie und ist noch immer am Ball … Noch immer steht es unentschieden.«

»Das stimmt doch gar nicht!« protestierte Toby und hüpfte mit hochgereckten Armen auf und ab, um so zu signalisieren, daß er anspielbereit war.

»Es steht *nicht* unentschieden«, korrigierte Art seinen Bericht. »Sammy dribbelt sich durch die gegnerischen Reihen und sucht nach einer Anspielstation.«

»Es steht 19 : 17«, meldete sich Sam zu Wort.

»19 : 17?« fragte Art. »Und wer liegt in Führung?«

»Wir natürlich!« rief Sam.

»Okay«, bestätigte Art. »Also liegen wir in Führung. Wer führt den Ball? Toby. Toby läuft auf den Korb zu, er setzt zum Wurf an und … einen Augenblick … was ist jetzt geschehen?«

Art war überfordert, weil Toby den Ball wieselflink zu Hobbes abspielte und dieser ebenso schnell zu Sam paßte, der schließlich einen Korb erzielte.

»Was ist los?« fragte Art. »Haben wir etwa …?«

Als Sam, Toby und Hobbes in die Luft sprangen und ihren Sieg feierten, merkte auch Art, was los war.

»Wir haben gewonnen. Wir haben das Spiel gewonnen. Es war auf beiden Seiten ein harter Kampf, liebe Sportfreunde. Aber der sensationelle Korbwurf von … wer war noch der Schütze?«

»Das war wirklich ein großartiges Spiel, Jungs«, wandte sich Hobbes an die andere Mannschaft. »Ihr wart einfach toll.«

»Bitte, Mr. Hobbes«, bat Toby, »noch ein einziges Spiel.«

»Ja, Onkel John, bitte«, flehte nun auch Sam.

»Ich kann jetzt wirklich nicht länger mit euch spielen, Sammy, weil ich noch eine weite Fahrt vor mir habe«, erklärte Hobbes. »Aber dein Dad kann doch jetzt für mich mitspielen.«

Sam warf seinem Vater einen schrägen Seitenblick zu. »Er hat aber doch zwei linke Hände und Füße«, entgegnete er mit leiser Stimme, erntete jedoch einen Blick seines Onkels, der keinen Zweifel daran aufkommen ließ, was er von der Bemerkung des Jungen hielt.

»Tut mir leid«, entschuldigte sich Sam sofort. »Ich weiß ja, daß Dad … aber ich wollte doch nur …«

Im gleichen Augenblick bemerkte Hobbes die korpulente Gestalt, die sich auf sie zu bewegte. Es war Jonesy, der seinem Gesichtsausdruck nach zu urteilen – Arbeit mitbrachte.

»Hey, das ist sein Partner bei der Polizei«, raunte Sam seinem Freund Toby zu.

Hobbes ging seinem Kollegen entgegen, dessen ehemals athletische Figur mit den Jahren etwas aus dem Leim gegangen war. »Wie wär's? Willst du nicht für mich weitermachen? Ich bin nämlich gerade im Aufbruch.«

»Das würde ich gerne tun, aber ich habe vergessen, meine Sportschuhe mitzubringen«, erwiderte Jonesy mit gespieltem Bedauern. »Hat Tiffany dich nicht erreicht?«

»Ich habe meinen Beeper zu Hause gelassen. Was gibt's denn?«

Jonesy schüttelte den Kopf. »Der Fall wird immer verrückter.«

Hobbes zog die Augenbrauen zusammen. Was sollte bei dieser verqueren Geschichte noch verrückter werden können, als es ohnehin schon war?

»Also? Spuck's schon aus.«

»Wir wissen jetzt, wer Charles Olom ist. Sein richtiger Name ist Mickey Noons. Er wurde in Kanada geboren und ist illegal eingewandert.«

»Na, das ist doch wenigstens ein Anfang«, erwiderte Hobbes.

»Das Beste kommt aber noch«, winkte Jonesy ab. »Es besteht kein Zweifel daran, daß es Noons war, der Muskavich getötet hat, denn seine Fingerabdrücke wurden überall im Apartment des Toten gefunden.«

So unglaublich diese Mitteilung auch war, auf irgendeine Weise brachte dies alles einen Sinn in Hobbes' Überlegungen.

»Noons bringt also Muskavich um, legt ihn in die Badewanne und holt sich die Packung mit den Cornflakes heraus«, rekonstruierte Jonesy das Geschehen. »Drei Tage später widerfährt ihm dann dasselbe Schicksal. Und zwar exakt dasselbe!«

Hobbes nickte. »Ja. Was auch kein Wunder ist, da sowohl Noons als auch Muskavich von ein und demselben Mörder getötet wurden.«

»Du meinst durch einen Dritten?« vergewisserte sich Jonesy ungläubig. »Du meinst, es handelt sich um so eine Art Ringrichter, der die Kampfhähne aufeinander gehetzt hat?«

»Genau das.«

»Aber wer sollte so etwas tun?« fragte Jonesy. »Wer könnte hinter all dem bloß stecken?«

»Das weiß ich auch noch nicht«, gestand Hobbes, der

den wirklichen Sachverhalt nicht einmal erahnte. »Vielleicht hängen meine dunklen Befürchtungen auch einfach damit zusammen, daß ich irgendwie ein verdammt schlechtes Gefühl bei der ganzen Sache habe.«

»Falls es dich trösten sollte, mir geht es genauso«, bestätigte Jonesy.

## 30

Hobbes steuerte den Wagen aus der Stadt hinaus über die weitgespannte Hängebrücke nach Norden. Da an diesem Vormittag erstaunlich wenig Verkehr herrschte, benötigte er nur etwas mehr als eine Stunde, bis die Straße begann, sich langsam aber stetig in die Höhe zu schrauben. In Serpentinen überwand sie die meist nur von Gestrüpp bewachsenen Bergrücken und blanken Felshänge, bis sie schließlich in den dahinter liegenden Wald eintauchte. Er bestand aus alten, vom Wind in eine Richtung gebogenen Pinien und gigantischen Redwoods sowie aus Laubbäumen, deren spätherbstliches Laub in voller Pracht leuchtete.

Die Landschaft um ihn herum war atemberaubend schön. Hier war bereits der erste Schnee gefallen, vor dem sich die dunklen Fichten und das strahlende Rot, Orange und Gold der Ulmen und des Ahorn farbenfroh abhoben. Es war eine einsame Gegend, in der es keinerlei Ortschaften mehr gab, sondern zunächst allenfalls noch hier und da vereinzelte Häuser und Hütten – und schließlich nur noch den Wald, die Stille und die Einsamkeit.

Als die Straße nach einer Kurve in eine enge Schlucht hineinführte, war diese durch die hohen Hänge auf beiden Seiten und die dichten Pinienreihen beinahe von jeglichem Sonnenlicht abgeschottet, so daß Hobbes plötzlich von dem Gefühl überwältigt wurde, in ein geisterhaftes, geradezu unirdisches Reich vorzudringen.

Bald folgte – beinahe beruhigend in dieser Weltabgeschiedenheit – eine offensichtlich erst vor wenigen Jahren von Menschenhand errichtete Stahlbrücke, die über einen reißenden Fluß führte. Allerdings verengte und verschlechterte sich die Straße nun immer weiter, bis es sich nur noch um eine geschotterte Piste ohne jegliche Hinweisschilder handelte. Hobbes warf sicherheitshalber einen Blick auf seine Straßenkarte, setzte dann aber seinen Weg fort – bis sich eine halbe Stunde später die Schotterstrecke gabelte, ohne jeden Hinweis darauf, wohin die beiden Wege führten.

Diesmal holte Hobbes die handgezeichnete Skizze hervor, die er in der Asservatenkammer des Polizeireviers gefunden hatte. Er faltete sie auseinander und studierte sie minutenlang, bis er sich – auch nicht viel klüger als zuvor – dazu entschloß, dem linken Weg zu folgen.

Bald lenkte Hobbes seinen alten Plymouth nur noch eine Art Brandschneise entlang, ständig nach irgendwelchen Anhaltspunkten Ausschau haltend, die ihm verraten würden, ob er sich auf dem richtigen Weg befand. In einem bewaldeten Tal kam er schließlich an einem alten Hinweisschild vorbei, das jedoch wohl schon vor langer Zeit von einem Meisterschützen in Stücke geschossen worden war.

Ein paar hundert Meter weiter endete der Weg. Hobbes wendete den Wagen mühsam und kehrte zu dem zerstörten Wegweiser zurück. Er stieg aus und schaute sich suchend um, bis er schließlich die Abzweigung entdeckte, die im dicht verwucherten Unterholz beinahe nicht mehr zu erkennen war.

Diesmal führte die Strecke über wildes Gras und Kletterpflanzen hinweg an weißen Pinien, Wacholder und an hohen Ahornbäumen vorbei auf eine Lichtung, auf der plötzlich das Blockhaus von Robert Milano in seinem Blickfeld auftauchte.

Der Detective ließ den Wagen im Schrittempo ausrollen und stieg aus, um die beinahe unwirkliche idyllische Schönheit des abgeschiedenen Ortes zu genießen. Vom Blockhaus führte ein Pfad hinab zum Ufer eines Sees, um den sich ringsumher dichter Wald erstreckte. Hier war es so feierlich still wie in einer Sakristei. Und Hobbes hatte in der Tat auf den ersten Blick den Eindruck, als ob es sich bei diesem Fleckchen Erde eigentlich um eine Art heiligen Ort handeln müsse, der frei von jeglichem Bösen und Gottlosen war.

Doch er wußte es besser. Genau an diesem Ort hatte sich Robert Milano eine Kugel in den Kopf gejagt.

Hobbes wurde zunächst vom Anblick der gleißenden Wasseroberfläche des Sees und von dem sanften Plätschern der Wellen so sehr eingelullt, daß er gar nicht bemerkte, wie ein Tier unter den Stufen zum Eingang des Blockhauses hervorhuschte. Das Geräusch veranlaßte ihn jedoch dazu, sich dem zweigeschossigen Haus zuzuwenden und sich vor seinem geistigen Auge dessen ursprünglichen Zustand auszumalen. Es war gewiß einmal solide und gepflegt gewesen und hatte sich harmonisch in die herrliche Landschaft eingefügt.

Doch von diesem ursprünglichen Zustand war nicht viel übriggeblieben, denn das verfallene Haus machte nun einen ausgesprochen jammervollen Eindruck: Es mußten wohl betrunkene Jäger oder zerstörungswütige Jugendliche gewesen sein, die die Fenster zerschossen oder eingeworfen hatten; zudem wucherte Gras und Unkraut aus verschiedenen Rissen im Fundament. Hobbes' innere Beklemmung, die sich langsam breitmachte, wuchs noch mehr, als ihm ein plötzlicher Windstoß einen kalten Schauer über den Rücken laufen ließ. Er umrundete das Haus und folgte dem Pfad zu einem kleinen Bootssteg, dessen Bretter jedoch schon sehr morsch waren und bei jedem Schritt erbärmlich ächzten.

Der Detective kehrte nur zögernd zum Haus zurück. Eine innere Stimme riet ihm, dessen Schwelle nicht zu übertreten, sondern schnellstens wieder in seinen Wagen zu steigen und in die laute und schmutzige, aber auch wohlbekannte und vertraute Stadt zurückzukehren.

*Ich glaube, was den Menschen oft am allerschwersten fällt, ist der Entschluß, weiterzumachen und eine Sache zu Ende zu bringen.*
*Ich will damit sagen, daß sie eigentlich lieber die Augen verschließen wollen und so tun, als wüßten sie von nichts. Aber da ist irgend etwas Unbekanntes außerhalb ihres Horizontes, das sie zugleich doch anzieht und fasziniert.*

Hobbes atmete tief durch und schüttelte den Anflug von Verzagtheit ab. Dann trat er auf das Haus zu.

## 31

Obwohl draußen die Sonne hell am Himmel stand, war es im Inneren des Hauses finster, weil die in den Fensterrahmen verbliebenen Scheibenreste von einer Jahrzehnte alten Staub- und Schmutzschicht überzogen waren.

Hobbes versuchte gar nicht erst, den verrotteten Stromgenerator in Gang zu setzen, um elektrisches Licht benutzen zu können, sondern holte seine Taschenlampe hervor. Die Luft war feucht und faulig, und überall roch es nach Schimmel. Ob es hier wohl auch Ratten und Schlangen gab? Oder gar spukende Geister?

Die altmodischen Sommerhausmöbel, auf die der Lichtkegel der Taschenlampe fiel, verrieten, daß das Haus bessere Tage erlebt hatte. Der Wandspiegel, auf den Hobbes sich zubewegte, war allerdings so verdreckt, daß er kaum mehr den Lichtstrahl reflektierte.

Er trat in den Raum, der vermutlich einmal die Küche gewesen war, jetzt aber vollkommen leerstand. Keine Möbel oder Haushaltsgeräte waren mehr vorhanden, das wenigstens noch angedeutet hätte, daß sich hier jahrelang eine Familie zur Sommerfrische zurückgezogen hatte.

Auf dem Fußboden entdeckte Hobbes einzelne Farbmarkierungen, die er zunächst nicht zu deuten wußte. Erst als er mit den Füßen den sich seit langem angesammelten Unrat beiseite geschoben hatte, offenbarte sich ihm ein schauriger Anblick: nämlich die mit farbigem Klebeband umrissenen Konturen eines am Boden ausgestreckten Körpers – der Leiche Milanos. Hier also hatte er sich umgebracht.

Hobbes folgte einer engen Treppe hinauf in das Dachgeschoß des Hauses, das mit einem kleinen Balkon versehen war und insgesamt drei Zimmer beherbergte.

In den beiden kleineren Räumen standen neben leeren Kommoden kurze Bettgestelle. Hier hatten offensichtlich die Kinder geschlafen. Der Detective wandte sich dem größeren Zimmer zu. Darin befand sich an der einen Wand eine Art Schrank, dessen Front aus einem Vorhang bestand. Da dieser zurückgezogen war, konnte Hobbes ein paar zerschlissene Kleidungsstücke eines Mannes erkennen, darunter auch ein Arbeitshemd und einen Overall.

An den Wänden befand sich nichts außer einem alten Kalender aus dem Supermarkt. Erst als Hobbes auf das Fenster zuging, bemerkte er, daß sich auch an der anderen Zimmerseite ein Schrank befand. Der Detective hielt inne, als er bemerkte, daß sich dessen Vorhang leicht bewegte. Dahinter mußte also irgend etwas sein – oder irgend jemand!

Hobbes zog seinen Dienstrevolver aus dem Halfter, bevor er seitlich an den Vorhang herantrat und ihn mit einem Ruck beiseite riß.

Nichts. Nicht einmal ein paar alte Kleidungsstücke, sondern lediglich ein zerbrochenes Fenster, unter dem sich auf dem Boden ein Haufen Blätter gesammelt hatte, die vom Wind hereingetragen worden waren.

Auf dem Tisch des im Erdgeschoß befindlichen Wohnzimmers entdeckte Hobbes ein paar alte Fotos. Im Schein der Taschenlampe war zu erkennen, daß eines von ihnen eine Großmutter im Kreise ihrer erwachsenen Kinder und ihrer Enkel zeigte. Bei dem anderen handelte es sich ebenfalls um ein Familienfoto: Milano zusammen mit seiner glücklich strahlenden Frau und einem erst wenige Monate alten Säugling. Hobbes studierte die Gesichter. Die Frau war ein Ebenbild Grettas. Kein Zweifel, es handelte sich um ihre Mutter.

Der Detective legte die Fotos wieder zurück auf den Tisch und blickte sich unentschlossen um. Tatsächlich war er absolut ratlos, wo er weitersuchen sollte. Er wußte ja nicht einmal, *wonach* er eigentlich suchte.

Schließlich war er nur wegen Reese überhaupt hierhergekommen. Denn erst durch ihn war er auf Milano aufmerksam gemacht worden, der hier sein tragisches Ende gefunden hatte.

Hobbes war einzig und allein der logischen Schlußfolgerung nachgegangen, daß er hier – an dem Ort, an dem Milano sich das Leben genommen hatte – den Schlüssel zu dem Geheimnis finden konnte, durch das der ehemalige Cop in den Tod getrieben worden war. Darüber hinaus bestand kein Zweifel daran, daß Reese offenbar großen Wert darauf gelegt hatte, Hobbes dazu zu bringen, sich mit Milanos Schicksal zu beschäftigen. Aber warum eigentlich, fragte sich Hobbes? Sollte wirklich ein Zusammenhang zwischen den aktuellen Morden und den Ereignissen bestehen, in die Milano vor dreißig Jahren verstrickt gewesen war? Und falls es tatsächlich einen solchen Zusammenhang gab, was zum Teufel hatte dann Reese mit der ganzen Sache zu tun?

Auch wenn Hobbes das untrügliche Gefühl hatte, wieder nur in eine der makabren Fallen zu stolpern, die Reese scheinbar von langer Hand für ihn vorbereitet hatte, so war ihm doch auch klar, daß er keine andere Chance hatte, die rätselhaften Fälle aufzuklären und möglicherweise weitere Morde zu verhindern.

Der Detective trat auf den Flur hinaus und sah sich dort um. Ihm fiel vor allem der große Kühlschrank auf, der direkt neben der Küchentür stand und neben dem mehrere Kartons übereinandergestapelt waren. Erst jetzt entdeckte Hobbes, daß sich hinter den Kartons eine Tür befand.

Er räumte den Stapel beiseite und öffnete die Tür. Vor ihm führte eine Treppe in den Keller des Hauses hinunter. Hobbes lenkte den Schein der Taschenlampe nach unten und tastete sich hinab.

Milano hatte den Keller des Hauses als eine Art Arbeitszimmer genutzt. Es gab einen Schreibtisch, auf dem verschiedene Papiere und Akten gestapelt lagen. Daneben befand sich an der Wand eine Tafel, an der ein paar Zettel hingen sowie ein Diagramm, auf dem mehrere Namen mit Pfeilen verbunden worden waren. Überrascht schaute Hobbes sich um: Offensichtlich hatte Milano hier an seinem größten Fall gearbeitet. Dann machte sich der Detective fieberhaft an die Suche.

Er studierte zunächst das Diagramm und untersuchte dann die Duplikate von Polizeiunterlagen und blätterte durch handschriftliche Aufzeichnungen: nichts. Anschließend durchstöberte Hobbes mit gleichem Erfolg ein Regal mit Büchern über wahre Kriminalfälle.

Enttäuscht gestand er sich ein, wieder in einer Sackgasse gelandet zu sein, und blickte frustriert um sich. Er war im ganzen Haus auf nichts gestoßen, das irgendeinen Hinweis auf das Motiv für Milanos Selbstmord geliefert oder auch nur eine entfernte Verbindung zwischen ihm und Reese angedeutet hätte.

Eher zufällig richtete Hobbes den Strahl seiner Taschenlampe auf die Holzbalken über seinem Kopf, als plötzlich etwas seine Aufmerksamkeit erregte.

Vielleicht handelte es sich nur um eine Täuschung, aber er beschloß, der Sache doch genauer auf den Grund zu gehen. Er trat näher an ein Regal heran, in dessen oberstem Fach sich sechs oder sieben alte, in Leder gebundene Bücher befanden, die so sehr von Schmutz und Spinnweben überzogen waren, daß sie kaum noch zu erkennen waren.

Hobbes stieg auf einen Stuhl, holte die Bücher herunter und legte sie auf den Schreibtisch. Solch einen Fund hatte er hier wirklich nicht erwartet. Nicht nur, daß die Bände wirklich sehr alte, antiquarische Ausgaben waren; sie behandelten vor allem Themen, die nicht unbedingt die typische Lektüre eines Großstadtcops darstellten. Neben einer Bibel handelte es sich um Werke, die sich mit religiöser Kunst sowie mit altertümlichen Zivilisationen und Glaubensformen beschäftigten.

Eines der Bücher zeigte auf seinem Einband die furchterregende Darstellung eines Dämons. Aus einem anderen Buch schaute ein Lesezeichen hervor. Als Hobbes das Buch an der gekennzeichneten Stelle aufschlug, sah er eine Abbildung der berühmten Deckenmalerei in der Sixtinischen Kapelle vor sich: Gott, wie er seine Finger ausstreckt, um Adam Leben einzuhauchen.

Der Detective untersuchte auch noch die übrigen, großformatigen Bände. Dabei bemerkte er, daß sich zwischen zweien eine Langspielplatte befand. Verwundert zog Hobbes sie hervor. Es handelte sich um eine Platte der Rolling Stones, die aus den 60er Jahren stammte. Hobbes blickte auf die Rückseite des Covers, um zu sehen, welche Aufnahmen auf der Platte waren. Bei einem der Titel erstarrte Hobbes: *Time is on my Side.*

Er spürte, wie er von einer großen inneren Erregung erfaßt wurde.

# 32

Konnte das wirklich nur ein Zufall sein, daß er hier – an diesem unwirklichen Ort – auf den alten Rolling-Stones-Titel *Time is on my Side* stieß: denselben, den Reese auf seinem Weg in die Hölle gesungen hatte?

Aber wie sollte es Reese gelungen sein, bereits vor dreißig Jahren eine Spur zu legen, die offenbar keinen anderen Zweck verfolgte, als Hobbes jetzt in den Wahnsinn zu treiben? Gleichzeitig verwirrt und wütend darüber, wie eine Marionette an den unsichtbaren Fäden eines rätselhaften Spielers zu zappeln, inspizierte Hobbes den Raum aufs neue. Nirgendwo war ein Plattenspieler zu sehen. Reese hatte doch bisher immer an alles gedacht. Warum gab es dann hier keinen Plattenspieler?

Hobbes hielt inne und schaute nach oben auf das Regalfach, aus dem er die Bücher herausgenommen hatte. Milano hatte sie an einer Stelle deponiert, an der sie nur schwer zu finden waren ... und zwar ohnehin nur von jemandem, der einen Einblick in seinen Fall hatte und gezielt suchte.

Dem Detective kam eine Idee. Sollte er bisher Ursache und Wirkung miteinander vertauscht haben? War es möglich, daß nicht Reese, sondern Milano alles vorausgeplant hatte? Konnte es nicht sein, daß der Rolling-Stones-Song eine Botschaft enthielt, die für Milano von Bedeutung gewesen war – oder für den Mörder, den er damals in die Gaskammer geschickt hatte?

Möglicherweise handelte es sich bei Reese nur um einen Nachahmungstäter. Aber selbst wenn diese Vermutung zutreffen sollte, blieb es immer noch rätselhaft, warum Reese eine Mordserie nachgeahmt haben sollte, die bereits dreißig Jahre zurückgelegen hatte. Doch möglicherweise hatte Milano das Stones-Album hier tatsächlich als Warnung für jemanden versteckt, von dem er annehmen mußte, daß er eines Tages an diesen Ort kommen würde.

Hobbes untersuchte Vor- und Rückseite des Covers genau, ohne jedoch etwas finden zu können. Dann zog er die Platte mitsamt ihres Staubschutzes heraus, um beides genau zu inspizieren. Im Inneren des Staubschutzes wurde er tatsächlich fündig.

Es handelte sich um ein Schwarzweißfoto, auf dem allerdings keine eindeutig bestimmbare Abbildung zu erkennen war, sondern lediglich eine schwarze Fläche, in deren Mitte sich ein weißes Oval und am Rand die unscharfen Konturen eines – so schien es zumindest – altmodischen Holzschlittens befanden. Auf der Rückseite des Bildes standen in verblaßter Tinte nur drei Wörter geschrieben: »Schau dich um«!

Hobbes wandte sich wieder der schwarzen Fläche mit dem weißen Oval zu. An der einen Seite des Fotos war ein dünner weißer Strich zu sehen, den der Detective näher betrachtete. Er kam zu dem Ergebnis, daß es sich dabei um die Ecke eines Raumes handeln konnte.

Wieder blickte er sich suchend um – bis sein Blick auf die gegenüberliegende Wand fiel. Sie war dunkel gestrichen, aber an der Kante, an der sie die Zimmerdecke berührte, war ein heller Streifen zu sehen, wie auf dem Foto. Daneben lag am Boden ein hölzerner Schlitten, der allem Anschein nach von der Wand gefallen war.

Hobbes hielt das Foto hoch und verglich es mit der Wand. Ja, das mußte die richtige Stelle sein. Ein wesentlicher Unterschied war allerdings nicht zu übersehen: An der Wand gab es kein weißes Oval.

Hobbes trat dicht vor die bezeichnete Stelle und fuhr mit der Hand vorsichtig über die gestrichene Oberfläche der Wand, trat dann wieder ein paar Schritte zurück und betrachtete sie erneut, wobei er sich in Milanos Situation zu versetzen versuchte.

Als Hobbes erneut seine Blicke schweifen ließ, entdeckte er bald, wonach er gesucht hatte. In einer dunklen Ecke des Raumes lagen und standen in einem selbstgezimmerten Regal einige Werkzeuge sowie Farbdosen, Lappen, Stahlwolle und eine ungeöffnete Flasche Terpentin.

Hobbes nahm einen Spachtel zur Hand und begann, damit die Farbe von der Mitte der Wand abzukratzen. Als er eine größere Fläche freigelegt hatte, tränkte er einen alten Lappen mit dem Terpentin, wischte über die bereits grob bearbeitete Stelle und entfernte auf diese Weise auch die letzten Farbreste. Schritt für Schritt kam das zum Vorschein, worauf Hobbes gehofft hatte: ein weißes Oval.

Bei näherer Betrachtung stellte sich heraus, daß sich in dem weiß gefärbten Feld mehrere tiefe Kratzer befanden. Erregt stellte der Detective fest, daß es sich bei ihnen allem Anschein nach um einige hieroglyphenähnliche Schriftzeichen handelte.

Wieder nahm Hobbes das Terpentin zur Hand und bearbeitete die Stelle erneut solange, bis mit einiger Mühe eine Reihe krakeliger Buchstaben sichtbar wurden.

Daraufhin trat Hobbes zurück und las verwundert die Inschrift:

A Z A Z E L

Vollkommen verständnislos starrte Hobbes auf das ihm unbekannte Wort.

Was bedeutete es wohl? Es konnte kein Zweifel daran bestehen, daß es sich bei diesem Wort um Milanos geheime Botschaft handelte. Aber vor wem hatte er es verbergen wollen? Und wer hatte es finden sollen?

Noch immer stolperte Hobbes von einem Rätsel zum nächsten. Plötzlich drang ein Geräusch an sein Ohr, als ob oben die Tür zur Seeseite gegen die Wand schlug.

*Das muß der Wind sein,* beruhigte Hobbes seine überstrapazierten Nerven, horchte aber dennoch in die nachfolgende Stille hinein. Ein paar der Bretter über ihm schienen leise zu knarren, sonst war nichts zu hören. Vermutlich huschten dort oben nur ein paar Ratten oder andere Tiere über den Boden. Dennoch beschloß Hobbes, dieses verfluchte Haus so schnell wie möglich zu verlassen.

Er notierte rasch das von ihm freigelegte Wort in seinem Notizbuch, klemmte sich Milanos Bücher unter den Arm, stieg – vorsichtig um sich spähend – die Treppe hinauf und eilte dann rasch hinaus ins Freie.

Die Dämmerung war bereits hereingebrochen. So schnell er konnte, hastete Hobbes zu seinem Wagen und wendete ihn mit durchdrehenden Reifen.

Der Druck, der seit einigen Tagen auf seiner Seele lag, war durch seinen Besuch in Milanos Haus noch größer geworden.

Warum hatte sich Milano vor dreißig Jahren solche Mühe gegeben, dieses rätselhafte Wort so gut vor neugierigen Blicken zu verbergen? Wovor hatte er solche Angst gehabt, daß er sich sogar das Leben genommen hatte?

Es konnte sich nur um eine Warnung handeln. Aber wovor?

## 33

Als Hobbes das *Dugout* betrat, waren die meisten Cops noch auf Streife unterwegs, so daß er den hinteren Teil der Bar ganz für sich allein hatte.

Gracie brachte ihm die beiden Biere, die er bestellt hatte, zog sich dann jedoch sofort wieder an die Bar zurück: Weniger, weil dort ihr griechischer Freund Paul auf sie wartete, sondern vor allem, weil sie sehr genau wußte, wann ein Cop allein gelassen werden wollte.

Eines der beiden Biere stürzte der Detective sofort hinunter, um auf diese Weise seine überreizten Nerven ein wenig zu beruhigen und die Beklommenheit wegzuspülen, die ihn im Keller von Milanos Blockhaus überfallen und während der ganzen Fahrt zurück in die Stadt nicht mehr losgelassen hatte.

An der zweiten Flasche nippte er nur, während er sich darüber klarzuwerden versuchte, ob er das Ganze nicht einfach besser vergessen oder ob er dumm genug sein sollte, nach Antworten auf all das Warum und Weshalb zu suchen?

*Man sitzt in einer Bar, man trinkt etwas, man versucht zu vergessen. Aber es funktioniert einfach nicht, weil das Schicksal etwas anderes mit einem vorhat.*
*Man spürt es mit jeder Faser seines Körpers, daß da etwas ist, das man nicht sehen kann, das aber übermächtig und gleichzeitig furchteinflößend ist.*
*Wenn man diesen Punkt erreicht hat, bleibt einem nichts übrig, als Farbe zu bekennen. Entweder man ist schwach und gibt auf, oder man ist stark und geht der Sache auf den Grund, ohne danach zu fragen, welche Konsequenzen damit verbunden sein werden.*

Hobbes hatte seine persönliche Herausforderung direkt vor sich auf dem Tisch liegen – nämlich Milanos Bücher: das *Lexikon der Engel, einschließlich der gefallenen Engel,* ein Buch über *Geschichte und Anwendung der Magie,* ferner *Der Zauberer,* die *Einführung in das Reich der Dämonen* sowie das in Latein verfaßte Werk *Parvi Lucii Libellus de Mirabilus Naturae Arcanis.*

Sein Selbsterhaltungstrieb sagte ihm, daß es besser sei, sich auf die ganz normale Polizeiroutine zu beschränken, auch weiterhin nur auf konventionelle Weise nach Zeugen, Beweisstücken, Fingerabdrücken und irgendwelchen anderen greifbaren Hinweisen auf die Mörder von Muskavich und Noon zu suchen und die Verbindungen zu Reese als Unsinn abzutun. Schließlich war der

Bursche längst tot und sein Leichnam irgendwo verscharrt.

Seine Neugier aber sagte ihm, daß er es sich niemals verzeihen würde, den Kopf einfach in den Sand gesteckt und nicht wenigstens einen Blick in die Bücher geworfen zu haben, und wenn auch nur aus dem Grund, um herauszufinden, wer oder was sich hinter dem Wort »Azazel« verbarg. Vielleicht stieß er bei der Lektüre ja doch noch auf eine brauchbare Spur?

Doch selbst im günstigsten Fall würde er sich auf sehr unsicheren Boden begeben, auf dem man sehr leicht zu Fall kommen konnte, gestand Hobbes sich ein. Er hatte mehr als einmal miterlebt, was aus Cops geworden war, die sich ihre Finger an zwielichtigen Hellsehern verbrannt hatten und damit nicht nur ihren eigenen Ruf, sondern auch den des gesamten Reviers verspielt hatten.

Hobbes starrte noch immer auf die alten Lederbände. Aber war die Befürchtung nicht übertrieben, daß gerade jemand wie er, der viele Berufsjahre als routinierter Kriminalist auf dem Buckel hatte, plötzlich seinen kühlen Kopf verlieren würde, nur weil er einen Blick in ein paar alte Bücher über Mythologie warf?

Also nahm er kurzentschlossen das erstbeste aus dem Stapel zur Hand, schlug es auf und las hier und dort eine Seite. Hobbes war gerade bei seinem vierten Bier, als sein Blick auf einen Absatz fiel, der sich mit der Beschreibung von bösartigen und mächtigen Kreaturen einer längst vergessenen Welt beschäftigte und in diesem Zusammenhang auch den Dämon »Azazel« erwähnte.

Dem Text zufolge verfügte Azazel nicht nur über sieben Schlangenköpfe mit vierzehn Gesichtern, sondern auch über zwölf Flügel. Er wurde beschrieben als der unbestrittene »Fürst der Hölle« und »Verführer der Menschheit«.

Eher gelassen nahm Hobbes die Beschreibung zur Kenntnis und erfuhr ferner, daß Azazel zu den Dämonen gezählt wurde, die in den Körper von Menschen schlüpften, um auf diese Weise ihr Unheil zu treiben. Dann stieß der Detective jedoch auf eine Zeile, die ihm das Blut in den Adern gefrieren ließ: »Diese Dämonen wechseln durch Berührung von einem Menschen zum anderen.«

Auch wenn seine Vernunft sich weigerte, ihn ernsthaft in Betracht zu ziehen, so schoß ihm doch ein verwegener Gedanke durch den Kopf. Hatte Gretta Milano ihn nicht gefragt, ob Reese ihn »berührt« oder nach ihm »gegriffen« habe? Unwillkürlich wiederholte sich vor seinem geistigen Auge die Szene, in der Reese seine Hand gefaßt und auf merkwürdige Weise betastet hatte.

Hobbes schüttelte dieses Bild ebenso ab wie die Erwägung eines Zusammenhanges zwischen der Äußerung Gretta Milanos und dem Satz in jenem alten Buch in seinen Händen. Kein Mensch mit einigermaßen gesundem Menschenverstand, der es gewohnt war, das Chaos dieser Welt mit Hilfe vernunftgeleiteter Prinzipien zu erklären, konnte auch nur einen Gedanken an diesen mythologischen Unsinn verschwenden. Hobbes hatte immer nach einer ganz einfachen Devise gehandelt: Finde heraus, was passiert ist, und sammle harte, unumstößliche Beweise! Laß alles andere außer acht!

Schluß mit all diesem Unsinn!

Hobbes trank den Rest seines Bieres aus, klemmte sich die Bücher unter den Arm und beschloß, seine Zeit nicht länger mit Dämonen zu verschwenden. Er winkte Dick zum Abschied zu und verließ dann die Bar, um sich auf den Weg zu seinem Wagen zu machen, den er ein paar Blocks entfernt geparkt hatte.

*Wenn Hobbes in Ruhe nachdenken wollte, ging* er *immer ein Stück spazieren.*

Er ließ sich Zeit, überquerte gemächlich die Straße und schlenderte unter der S-Bahn-Trasse entlang. Seine einsame Gestalt zeichnete sich vor den Lichtern der Stadt als scharf geschnittene Silhouette ab.

*Er mochte die Nacht. Vor allem die dunklen Straßen und den Geruch der Nacht. Denn gerade nachts bekommt man eine Ahnung von einer ganz anderen Welt, die neben der alltäglichen existiert.*

Es war nichts anderes als ein Trick, den er anwandte, wenn er etwas getrunken hatte: Geh erst mal ein Stück und komm wieder zu klarem Verstand, bevor du in den Wagen steigst und losfährst. Es war der Trick eines umsichtigen Mannes.

*Manchmal hat man das Gefühl, daß einem die ganze Welt gehört, ... daß man allein dort draußen in der Dunkelheit steht und eins mit ihr wird.*
*Man fühlt sich ruhig und entspannt. Und man hat das Gefühl, als könne man auch noch die entferntesten Lichter der Stadt erreichen.*

Hobbes gelangte in einen schwach beleuchteten Straßenabschnitt, der nur von wenigen Laternen gesäumt wurde und an einer hohen Mauer entlang führte, die das Echo seiner Schritte scheinbar überlaut zurückwarf.

Plötzlich veränderte sich der eher träumerisch-versonnene Gesichtsausdruck des Detective. Mit einem Mal war er wieder ganz der wachsame Cop.

*Wohl jeder kennt das Gefühl, beobachtet zu werden, auch wenn man es oft erst im nachhinein wahrnimmt.*

Er hörte Schritte hinter sich. Ohne stehenzubleiben, konzentrierte sich Hobbes auf die Geräusche hinter sich. Ja, kein Zweifel. Jemand folgte ihm.

*Manchmal ist es aber auch nur so, daß man sich selbst und seinen eigenen Hirngespinsten nachjagt.*

Hobbes blickte über seine Schulter zurück.

Nichts war zu sehen.

Unbeirrt setzte er seinen Weg zunächst fort, blieb dann jedoch unvermittelt stehen und fuhr herum.

Auch jetzt war niemand in Sicht. Und auch die Schritte, die er noch eine Sekunde zuvor gehört hatte, waren verstummt.

Erneut ging Hobbes weiter und – hörte im selben Augenblick wieder die Schritte.

Dem Detective drängte sich unwillkürlich der Gedanke auf, daß sich ein *unsichtbarer* Verfolger an seine Fersen geheftet hatte. Wie sonst war das Ganze zu erklären?

Hobbes verlangsamte sein Tempo und faßte einen Entschluß. Er konnte jetzt nicht einfach versuchen, sich ängstlich davonzustehlen, sondern er mußte seinem Verfolger – wer immer es auch war – die Stirn bieten.

Wie bereits zuvor blieb er plötzlich stehen, machte diesmal aber auf dem Absatz kehrt und lief zurück in die Richtung, aus der er die Schritte vernommen hatte. Durch den Stapel Bücher aus Milanos Keller behindert, rannte er, so schnell er konnte, die Straße zurück, angestrengt in alle Richtungen spähend.

Weder hinter den parkenden Autos noch in einem der dunklen Hauseingänge war eine Menschenseele zu sehen. Allem Anschein nach war Hobbes vollkommen allein und lediglich ein Opfer seiner überreizten Nerven.

Erschöpft und gereizt blieb er stehen und beschloß, den Weg zu seinem Wagen fortzusetzen, als er aus den Augenwinkeln eine Bewegung wahrnahm: Jemand rannte die aus Stahl und Beton gefertigte Treppe zur S-Bahn-Station hinauf.

Wild entschlossen sprintete Hobbes los, schwang sich über das Treppengeländer und nahm drei Stufen auf einmal. Aus dem Gejagten war ein Jäger geworden, doch auf wessen Spur mochte er sich befinden?

Als er den Bahnsteig erreichte, konnte er nur noch den Rücklichtern eines abfahrenden Zuges hinterherblicken. Der Zug war schon ein gutes Stück entfernt. Es war unmöglich, daß der Flüchtende, dem Hobbes nachgehetzt war, ihn noch erreicht hatte. Dazu war sein Vorsprung zu gering gewesen. Doch der Bahnsteig war völlig menschenleer.

Der Detective wollte nichts unversucht lassen und spähte hinter eine Werbetafel und in einen unverschlossenen Abstellraum: nichts.

Kopfschüttelnd und innerlich aufgewühlt machte sich Hobbes daran, die Treppe wieder hinabzusteigen. Im selben Augenblick huschte ein Schatten über die Gleise auf die gegenüberliegende Seite des Bahnsteigs.

Noch immer blickte Hobbes suchend um sich, blieb erneut stehen, kniff die Augen zusammen und starrte in die Dunkelheit, ohne jemanden zu entdecken. Schließlich gab er auf und machte sich langsam davon.

Währenddessen trat jenseits der Gleise der körperlose Schatten desjenigen, den Hobbes verfolgt hatte, hinter einem Pfeiler hervor.

Kurz darauf fuhr ein Zug in die S-Bahn-Station ein. Als sich die Türen wieder automatisch schlossen, saß Mouse Face, der schwergewichtige Arbeiter aus dem General-Motors-Werk, an einem der Fenster. Hämisch grinsend starrte er vor sich hin.

## 34

Es war ein kalter, aber klarer und sonniger Tag: ein Tag, an dem niemand auf die Idee gekommen wäre, darüber nachzusinnen, ob es so etwas wie ein Reich der Finsternis gab. Während Hobbes seinen Wagen die Residential Street entlangsteuerte und schließlich gegenüber von Gretta Milanos Haus einparkte, kämpfte er daher noch mit seinen Selbstzweifeln.

Machte er sich nicht lächerlich, wenn er zugab, daß ihm dieser abergläubische Unsinn zu denken gegeben hatte? Was sollte er ihr überhaupt sagen? Worüber sollte er mit ihr sprechen? Und was für Antworten konnte er von ihr erwarten, zumal er unangekündigt und gegen ihren ausdrücklichen Willen bei ihr aufkreuzte?

Hobbes stieg gerade aus seinem Wagen, als Gretta Milano ihr Apartment verließ. Der Detective lief rasch über die Straße, um sie abzufangen.

»Ich bin gestern im Blockhaus Ihrer Familie gewesen«, begann er ohne Umschweife, während er neben ihr herging. Für lange Einleitungen war jetzt nicht der Augenblick, zumal er nicht wußte, ob und wie lange sie ihm ihre Zeit opfern würde.

Gretta Milano wirkte keineswegs überrascht, ihn so plötzlich wiederzusehen. Zumindest zeigte sie keinerlei erkennbare Reaktion, sondern ging einfach weiter.

»Ein wirklich schöner Tag, nicht wahr?« stellte sie fest und blickte ihn ausdruckslos an. »Die Bäume, die Luft, die …«

»Ja, ja, wunderschön«, stimmte Hobbes ungeduldig zu und stellte ihr übergangslos jene Frage, die ihm am meisten auf der Seele brannte: »Was bedeutet ›Azazel‹? Ihr Vater schrieb diesen Namen auf eine Wand im Keller, verdeckte ihn jedoch mit einer dicken Schicht Farbe. In einem Lexikon, das ich ebenfalls dort fand, heißt es, daß Azazel so etwas wie der ›böse Geist der Natur‹ sei – was immer das heißen mag?«

Er lachte – mehr aus Verlegenheit – kurz auf.

Währenddessen setzte sie ihren Weg wortlos fort und blickte ihn nur ein paar Sekunden lang von der Seite an, als überlege sie, ob sie ihm überhaupt antworten sollte.

»Ein paar weitere Bücher, mit denen sich Ihr Vater offensichtlich beschäftigt hat, handeln von Dämonen«, fuhr Hobbes fort. »Können Sie mir vielleicht erklären, was das alles zu bedeuten hat? Ich jedenfalls kann mir auf all das keinen Reim zu machen.«

Gretta Milano hatte ihren Wagen erreicht, steckte den Schlüssel ins Türschloß und drehte sich zu ihm um.

»Gehen Sie mir bitte aus dem Weg!« forderte sie ihn auf – keineswegs unhöflich, aber mit einer Entschiedenheit, die keinen Widerspruch duldete.

Überrascht trat Hobbes zurück, woraufhin sie in ihren Wagen stieg. Sie war bereits im Begriff, den Motor zu starten, als sie sich anders zu besinnen schien und die Seitenscheibe herunterkurbelte.

»Wenn Sie noch einen Funken Freude am Leben haben, oder wenn es auch nur einen Menschen geben sollte, an dem Ihr Herz hängt, dann sehen Sie zu, daß dieser Fall jemand anderem übertragen wird!« riet sie ihm in ernstem Ton.

Über Hobbes' Züge huschte ein ungläubiges Lächeln. »Das kann ich leider nicht tun, Miss Milano«, entgegnete er, ohne zu zögern. »Das hier ist nun mal ganz allein meine Aufgabe.«

Sie nickte bedächtig, als wolle sie auf diese Weise die tiefere Bedeutung seiner Worte bestätigen. Ohne ein weiteres Wort zu verlieren, ließ sie den Motor an, setzte zurück und fuhr davon.

Hobbes blickte ihr nach und kehrte dann zu seinem eigenen Wagen zurück. Eine ganze Weile blieb er grübelnd hinter dem Steuerrad sitzen. Kalter Schweiß trat ihm auf die Stirn. Erst jetzt wurde ihm klar, daß er vor allem deswegen das Gespräch mit ihr gesucht hatte, um von ihr die Bestätigung zu erhalten, daß die ganze Geschichte mit den Dämonen nur ein absurdes Hirngespinst ihres Vaters gewesen war. Er hatte insgeheim gehofft, daß sie ihn wie einen dummen Jungen für seine Naivität auslachen würde.

Aber nichts dergleichen war geschehen. Statt dessen hatte sie ihm eine nachdrückliche Warnung mit auf den Weg gegeben und dazu beigetragen, daß das Unglaubliche wieder ein Stückchen mehr an Glaubwürdigkeit gewonnen hatte.

Hobbes hatte plötzlich das Gefühl, als verliere er zunehmend den Halt in der ihm bisher vertrauten Welt und als öffne sich unter ihm ein Abgrund, der ihn zu verschlingen drohte.

## 35

Das Büro schien ihm mit einem Mal so bedrückend eng, daß er geradezu Platzangst bekam. Wozu diese Berge nutzlosen Papiers, diese Schränke voll verstaubter Akten, wenn die Wahrheit dort draußen irgendwo auf den Straßen, in irgendeinem schäbigen Apartment oder in einem entlegenen Blockhaus in den Bergen zu finden war?

Als Jonesy eintrat, reichte Denise ihm ein Fax, das ihr soeben übermittelt worden war. Hobbes' Partner starrte mit zusammengezogenen Augenbrauen auf das Papier, während er den Weg zu seinem Schreibtisch zurücklegte.

Dort hatten die beiden Detectives Fotos von den zwei ermordeten Männern und ihren verwüsteten Wohnungen an die Wand geheftet. Hobbes ließ seinen Blick von einer Aufnahme zur nächsten wandern, von der Hoffnung getrieben, irgendwo einen Hinweis darauf zu finden, was in aller Welt hier vorging.

Plötzlich stand Stanton mit einigen Papieren hinter ihm.

»Was ist das?« fragte Hobbes.

»Das sind die Telefonrechnungen von Muskavich und Noon«, erklärte der Lieutenant.

Während Hobbes die Blätter entgegennahm, um einen

Blick auf sie zu werfen, deutete Stanton beiläufig auf jeweils einen unterstrichenen Eintrag auf beiden Rechnungen.

»Schau dir mal diese Anrufe an! Sie wurden etwa zu der Zeit getätigt, als die beiden Männer getötet wurden.«

»Das heißt ... das heißt, der Mörder rief bei *mir zu Hause* an, als er ...?«

Stanton nickte. »Danach sieht es aus.«

Hobbes dachte nach. »Hör mal, du weißt doch, daß Reese mich früher andauernd angerufen hat.«

»Aber Reese ist tot«, erwiderte der Lieutenant achselzuckend.

»Ja, aber wer immer für all das hier verantwortlich ist, muß mit Reese unter einer Decke stecken oder ihn zumindest bewußt nachahmen. Und er ruft mich noch immer zu Hause an«, faßte Hobbes seine Schlußfolgerungen zusammen. »Großer Gott, wie oft muß ich denn noch meine Telefonnummer ändern?«

»Je öfter du sie ändern mußt, desto mehr sieht es danach aus, als ob ein Insider seine Finger im Spiel hat«, erwiderte Stanton mit teilnahmsvoller Stimme.

»Du meinst – ein Cop?«

»Genau das!« Stanton gab ihm einen freundschaftlichen Hieb gegen die Schulter. »Hör mal, ich habe wirklich nichts damit zu tun, aber ein paar von den Oberschlauen in der Chefetage kriegen langsam kalte Füße, daß sie irgendwann dumme Fragen beantworten müssen ... Na ja, *ich* weiß natürlich, daß das alles Unsinn ist, aber diese Schreibtischhengste kommen nun mal auf komische Gedanken«, deutete der Lieutenant vorsichtig an. »Verstehst du, was ich damit sagen will?«

»Allerdings«, bestätigte Hobbes, dem urplötzlich klar wurde, daß er selbst durch die mysteriösen Vorfälle mehr und mehr in die Schußlinie geriet.

Stanton nickte verlegen und machte sich dann davon, während ihm der Detective hinterhersah.

»Langsam finde ich das Ganze nicht mehr komisch«, knurrte Hobbes zu Jonesy gewandt, als ihm der ratlose Gesichtsausdruck seines Partners auffiel. »Und was ist mit dir los?«

Jonesy hielt das Fax hoch, das Denise ihm gegeben hatte. »Die Übersetzung der aramäischen Sätze, die Reese in der Todeszelle von sich gab.«

Er reichte Hobbes das Papier und zitierte die Nachricht aus dem Gedächtnis: »›Es gelingt mir nicht, durch Berührung in dich einzudringen.‹ – Was soll der Unsinn? – ›Also werde ich dich hetzen, und es gibt keinen Winkel, in dem du mir entkommen könntest! Und wenn auch das nicht reicht, dann gibt es noch andere Möglichkeiten für mich, an mein Ziel zu gelangen.‹ – Was ist das bloß für ein Quatsch? Ich glaube, wir brauchen eine Übersetzung der Übersetzung! Was meinst du?«

Hobbes spürte erneut, wie ihm am ganzen Körper kalter Schweiß ausbrach. Mühsam brachte er nur ein steifes Nicken zustande.

## 36

Für einen außenstehenden Betrachter hätte die Szene in Hobbes' Apartment nicht friedlicher sein können, denn auf den ersten Blick verbrachten die drei dort Anwesenden einen gemütlichen und erholsamen Abend.

Im Wohnzimmer waren Art und Sam in ein Brettspiel vertieft, in dessen Verlauf Vater und Sohn von Zeit zu Zeit in glucksendes Lachen und laute Ausrufe ausbrachen.

Nebenan in der Küche war Hobbes jedoch mit etwas beschäftigt, das den häuslichen Frieden in seiner Wohnung Lügen strafte. Der Detective saß am Küchentisch, auf dem er die Bücher aus Milanos Keller ausgebreitet hatte. Schon seit Stunden beschäftigte er sich mit den seltsamen Texten. Und seine bisherigen Leseeindrücke hatten keineswegs dazu beigetragen, seine innere Aufgewühltheit zu besänftigen.

Er lehnte sich zurück und hing seinen Gedanken nach, während er an seiner Tasse Kaffee nippte. Er war eigentlich überhaupt nicht der Typ, sich auf irgendwelche Provokationen und Anzüglichkeiten einzulassen. Lou zum Beispiel hatte schon seit Ewigkeiten versucht, ihn auf die Palme zu bringen. Aber gegen seine Sticheleien war Hobbes immun, da er viel zu sehr von seiner täglichen Arbeit in Anspruch genommen wurde und solche Sprüche mit großer Gelassenheit entgegennahm.

*Jedenfalls bis jetzt,* dachte Hobbes selbstironisch, denn durch Reese hatten sich die Dinge grundlegend geändert. Er zog zwei der Bücher näher zu sich heran, um sich einige markierte Stellen nochmals anzuschauen.

»Man kann sie nicht sehen oder erkennen«, hieß es in dem einen, und in dem anderen: »Sobald sie in einen Menschen eingedrungen sind, durchschauen sie ihn vollkommen, und sie sprechen alle Sprachen.«

Hobbes schüttelte ungläubig den Kopf, dachte aber konzentriert über etwas nach. Über etwas, das er auf keinen Fall versäumen sollte: eine kleine Lebensversicherung.

Er schritt über den mit Laub übersäten Campus der Universität. Seine zielstrebigen, langen Schritte zeigten jedoch deutlich, daß ihn nicht Nostalgie hierhergetrieben hatte, sondern ein ganz bestimmter Zweck.

Er ging auf ein graues, neugotisches Gebäude zu, das vor mehr als hundert Jahren gebaut worden war und jene düstere Bedrohlichkeit ausstrahlte, die man sonst nur von einem Haus in einem Gruselfilm oder auf einem Universitätsgelände erwartete. Die jungen, frischen Gesichter, die überall in dem Gebäude zu sehen waren, schufen jedoch einen lebendigen Kontrast zu dem allgegenwärtigen Grau.

Hobbes fragte sich zum wiederholten Male, ob er das Richtige tat, indem er an diesem Ort voller jugendlichem Lebensoptimismus Antworten auf seine absurden Fragen suchte. Doch die Entscheidung wurde ihm aus der Hand genommen, da in diesem Augenblick Professor Louders inmitten von Studenten aus dem Gebäude trat und sich voller Begeisterung an einen seiner Schüler wandte.

»Man kann sich wirklich leicht täuschen lassen«, hörte Hobbes ihn sagen. »Die Kadenz ist dieselbe, aber die Sprachmuster sind jeweils sehr unterschiedlich.«

Überrascht, den Detective vor sich zu sehen, blieb Louders stehen. *»Alors! Quel co-incidence! Oh mon dieu«*, plapperte er. »Ich nehme an, sie bekamen mein Fax?«

»Das habe ich«, bestätigte Hobbes, während er neben dem Professor herging. »Und ich muß sagen, daß der ganze Fall durch ihre Übersetzung eine wahrlich faszinierende Herausforderung darstellt.«

Besser hätte Hobbes den Nerv des Professors nicht treffen können. Denn was konnte einen Wissenschaftler mehr freuen, als das seine Ergebnisse und Schlußfolgerungen im akademischen Sinne eine Herausforderung bildeten?

»Das war durchaus beabsichtigt«, lachte Louders. »Ich vermute jedenfalls, daß die Sätze des Mannes auf dem Videoband aus einem altertümlichen Text stammen, den ich jedoch bisher nicht genau identifizieren konnte.«

»Aber ich bitte Sie, Herr Professor. Machen Sie sich deswegen keine Umstände«, beruhigte ihn Hobbes. »Ich bin eigentlich aus einem ganz anderen Grund hier …«

Louders wandte sich ihm ruckartig zu. »Sie haben doch nicht etwa noch einen von der Sorte an der Hand?« fragte er. »Es würde mir wirklich großes Vergnügen bereiten, meine Studien an einem lebenden Objekt fortsetzen zu können.«

»Damit kann ich leider nicht dienen«, sagte Hobbes. »Ich möchte eigentlich nur, daß Sie mir beibringen, wie man etwas in einer bestimmten Sprache sagt.«

»Ach so. Nichts leichter als das«, erwiderte Louders. »In welcher Sprache denn?«

## 37

Hobbes saß erneut im Videoraum des Polizeireviers. Mit der Übersetzung von Professor Louders in Händen, verfolgte der Detective zum wiederholten Male die Szene, in der Reese seine Hand fordernd durch die Gitterstäbe reckte, bis Hobbes ihm – nach anfänglichem Zögern – seine Rechte reichte.

In dem Augenblick, in dem sich beider Hände berührten, legte Reese seinen Kopf schräg auf die Seite und starrte Hobbes eindringlich in die Augen – so, als erkenne er etwas in ihm wieder. »Du bist doch wirklich ein guter Junge«, sagte er und versuchte, Hobbes' Hand auf seltsame Weise zu betasten.

Der Detective sah auf dem Bildschirm, wie er die Hand zurückzog: »Schließlich bin ich nicht dein Priester.«

»Und ob du das bist.«

Dann war Reese in jene unverständliche Sprache verfallen, die Louders als Aramäisch identifiziert hatte.

Hobbes las die Übersetzung: »Es gelingt mir nicht, durch Berührung in dich einzudringen. Ich könnte zwar von dir Besitz ergreifen, wenn ich erst einmal zum Geist geworden bin, aber das werde ich nicht tun …«

Der Detective zermarterte sich das Hirn. Schön, das war also die übersetzte Fassung, aber auch sie ergab keinen Sinn. Was, zum Teufel, sollte dieses Gerede bedeuten? Hobbes verzog sein Gesicht zur Grimasse und schlug mit der flachen Hand auf das Blatt. »Ich könnte zwar von dir Besitz ergreifen, wenn ich erst einmal zum Geist geworden bin ...«

Was für ein Quatsch?

Unterdessen wurde Hobbes, der kopfschüttelnd seinen Blick zwischen Bildschirm und Übersetzung hin und her wandern ließ, von einem Augenpaar beobachtet.

»Lieber werde ich dich hetzen, und es gibt keinen Winkel, in dem du mir entkommen könntest ...«

Die Besitzerin des Augenpaares, das Hobbes beobachtete, strich an der schmalen Scheibe entlang, die sich in einiger Höhe befand. Es handelte sich um eine Katze.

Sie hockte sich auf den Fenstersims, fixierte den Detective noch eine Weile und sprang schließlich auf den Boden hinunter, um auf den Haupteingang des Reviers zuzustreben.

»... und es gibt keinen Winkel, in dem du mir entkommen könntest ...«, wiederholte Hobbes. »Und wenn das nicht reicht, gibt es noch andere Möglichkeiten für mich, an mein Ziel zu gelangen. Noch viele andere.«

Hobbes stand kurz davor, eine dieser Möglichkeiten zu erkennen.

Die Katze lief am Seitenflügel des Gebäudes entlang, bis sie den Eingang erreichte. Dort sprang sie die Treppe hinauf und eilte zielstrebig auf einen Taxifahrer zu, der gerade seine Zigarette an der Außenfassade ausdrückte. Schnurrend rieb sie sich an seinem Bein.

## 38

Der Taxifahrer – ein korpulenter Bursche mittleren Alters – stieß die schweren Holztüren auf, betrat die Eingangshalle des Reviers und trottete schwerfällig auf den Tresen des dort sitzenden Beamten zu.

Zur gleichen Zeit verließ Hobbes den Videoraum und ging ebenfalls auf den Tresen zu.

Der Taxifahrer griff in seine Innentasche und zog mit angewinkeltem Ellbogen einen Zettel hervor, auf dem ein Name notiert stand. Dabei stieß er leicht gegen einen schlaksigen Cop mit blondem Schnurrbart namens Joe.

Der Fahrer legte den Zettel auf den Tresen und deutete mit dem Zeigefinger auf den Namen: »Hier soll heute ein gewisser Richard Suckle entlassen werden. Er hat ein Taxi bestellt.«

Hobbes nahm sich aus einem der Fächer einen Umschlag, auf dem sein Name stand, und machte sich auf den Weg zurück in sein Büro.

Unterdessen durchquerte Joe die Eingangshalle Richtung Ausgang, als ihm die gerade hereinkommende Tiffany über den Weg lief. »Hey, Tiff«, begrüßte er sie und faßte ihren Arm. »Du siehst heute ja einfach umwerfend aus.«

Sie quittierte sein Kompliment mit einem knappen Kopfnicken – Was ist denn mit dem heute los? – und strebte dann ebenfalls dem Büro zu.

Dort angekommen, wurde sie von Denise gerufen, die ihr von ihrem Platz aus mit einem Stapel Formulare zuwinkte.

»Die Hafteinweisung für Bobby Striggers«, erklärte Denise und überreichte ihr die Papiere. Dabei berührten sich die Hände der beiden Frauen.

Anschließend hielt Denise erneut Ausschau nach einem der anderen Cops und eilte dann, mit einem Schnellhefter unter dem Arm, zu Lous Schreibtisch hinüber. Mit ihrer Linken nahm sie Lous mächtige rechte Pranke und drückte ihm wortlos die Unterlagen in die Hand.

*Meist ist man bei den Dingen, die man alltäglich verrichtet, davon überzeugt, daß man weiß, was man tut und was um einen herum geschieht. Doch dann spürt*

*man eines Tages, daß sich eine Tür öffnet, von deren Existenz man zuvor nicht einmal etwas geahnt hat.*
*Und unvermittelt drängt sich einem die unerklärliche Gewißheit auf, daß es noch ganz andere Welten und Wirklichkeitsebenen gibt.*
*Aber ebenso plötzlich, wie sich diese geheimnisvolle Tür geöffnet hat, schließt sie sich auch wieder.*
*Und man fragt sich verwirrt, ob man nur Opfer seiner eigenen Fantasie geworden ist.*

Lou starrte zunächst Denise hinterher und erhob sich dann von seinem Platz, wobei er unauffällig ein Stück Plastikfolie mitnahm, in die zuvor ein Sandwich eingewickelt gewesen war. Langsam bewegte er sich auf Hobbes zu.

»Hey, Hobbes, ich hätte eine Frage an dich.«

Der Detective schaute von seinen Unterlagen auf. »Schieß los.«

Lou beugte sich auf großspurige Weise über den Schreibtisch und senkte seine Stimme. »Neulich unten im Keller, hast du da nicht in irgendeiner alten Akte gelesen?«

Einen endlos scheinenden Augenblick lang hatte Hobbes das Gefühl, als stelle Lou eine unmittelbare körperliche Bedrohung für ihn dar. Wollte er ihn etwa über den Tisch hinweg angreifen?

»Ja und?«

Lous Hand fuhr langsam über die Tischplatte. »Es sah so aus, als ob du eine Karte in der Hand hieltest.«

Während beide Männer sich gegenseitig in die Augen blickten, gelang es Lou, mit der Plastikfolie unbemerkt Hobbes' Kugelschreiber an sich zu nehmen.

»Bist du irgendwo hingefahren?«

Hobbes wurde wachsam. Was sollte diese ganze Fragerei? »Ja«, erwiderte er. »Ich bin hinaus aufs Land gefahren.«

Lou richtete sich wieder auf. »Es tut einem wirklich gut, ab und zu mal aus der Stadt herauszukommen, stimmt's?«

»Hhm-hhm.«

Lou setzte ein breites Lächeln auf. »Früher bin ich einmal zu einem Haus in den Bergen gefahren, das an einem kleinen See lag. Ich sage dir, dort war es einfach wunderschön.«

Hobbes nickte nur knapp und wartete ungeduldig darauf, daß Lou ihn endlich in Ruhe lassen würde.

Ohne daß Hobbes es sehen konnte, schloß Lou seine rechte Pranke um den Kugelschreiber. »Das ist der Grund, warum ich so neugierig bin zu erfahren, wohin du gefahren bist.«

Hobbes faßte Lou scharf ins Auge, während dieser – noch immer lächelnd – im Zeitlupentempo Schritt für Schritt vor ihm zurückwich.

Irgend etwas an Lous Verhalten war heute noch unerträglicher als sonst. Aber Hobbes war nicht in der Lage, dieses gewisse Etwas genauer zu bestimmen. »Warum willst du das wissen?«

Lous Lächeln verzerrte sich zu einem breiten, höhnischen Grinsen, und zu Hobbes' grenzenloser Verblüffung begann er plötzlich, leise zu singen: »Time ... is on my side ... Yes, it is ...«

Hobbes starrte ihn fassungslos an. Das war doch ganz und gar unmöglich? Woher wußte Lou ...?

Während dieser sich rückwärts immer weiter von Hobbes entfernte, stieß er mit dem vorbeikommenden Lawrence zusammen. Unauffällig wechselte dabei der in Plastikfolie gewickelte Kugelschreiber von Lous zu Lawrence' Hand – und nicht nur der Kugelschreiber: auch das Lied.

»Time ...«, begann Lou erneut, doch plötzlich sang Lawrence die Zeile weiter: »... is on my side ... Yes it is.«

Fasziniert verfolgte Hobbes das unglaubliche Schauspiel, das sich vor seinen Augen vollzog. Während Lawrence – noch immer singend – seinen Weg fortsetzte, klopfte er einem farbigen Cop namens Mike auf die Schulter. Und wieder erlebte Hobbes, wie sich das Verhalten der beiden Männer übergangslos veränderte. Nun war es Mike, der den alten Rolling-Stones-Song vor sich hin sang: »I'll come runnin' back ...«

Mit einem Satz sprang Hobbes auf.

»Hey, Mike!« rief er dem Cop hinterher, der dem Ausgang zustrebte. Ohne stehenzubleiben, starrte der ihn nur kurz mit leerem Blick an.

Wild entschlossen, eilte Hobbes ihm nach.

## 39

Als Hobbes aus der Bürotür stürmte, blickte er zunächst in Richtung Ausgang, aber dort war Mike nicht zu sehen. Der Detective wandte sich daraufhin um: Dort stand der farbige Cop, direkt hinter dem Tresen in der Eingangshalle. Hobbes ging auf ihn zu.

»Hey, Mike, was für einen Song hast du da gerade gesungen?«

Der Cop blickte ihn verständnislos an. »Wovon sprichst du? Habe ich etwas gesungen?«

Hobbes begriff, daß dieses gewisse Etwas, dieser Einfluß, diese Macht ... – noch immer traute sich Hobbes nicht, die Bezeichnung Dämon auch nur in seinen Gedanken zu verwenden – ... wieder von Mike gewichen war. Deshalb wirbelte der Detective herum und spähte um sich.

Zwei Leute verließen gerade das Revier: eine grauhaarige, wohlfrisierte Geschäftsfrau, die eine teure Handtasche über dem Arm trug, und ein elegant gekleideter, ausgesprochen kleinwüchsiger Mann, der beinahe wie ein Zwerg wirkte. Als beide durch die Tür traten, wandte sich der zwergenhafte Mann um, fixierte Hobbes – und grinste.

Der Detective eilte den beiden nach.

Er flog geradezu durch die schweren Eingangstüren und nahm die Treppe vor dem Portal im Sprung. Aufgewühlt suchte er die belebte Straße in allen Richtungen nach dem Mann und der Frau ab, ohne sie zunächst irgendwo ausmachen zu können.

Doch dann entdeckte er den Zwerg, der sich immer noch in Begleitung der Frau befand.

»Hey!« brüllte er ihm nach. »Hey, Sie!«

Der Winzling schien sein Rufen allerdings nicht zu hören. Täuschte sich Hobbes, oder beschleunigte der Kerl tatsächlich seinen Schritt? Noch immer unsicher, wie er sich verhalten sollte, eilte Hobbes den beiden schließlich nach.

Dann kam ihm plötzlich eine Idee. Eine solche Situation hatte er zwar nicht vorhergesehen, aber diese war genau so gut wie jede andere, um einen Versuch zu wagen, das Gelernte anzuwenden.

»*Innah yahdah-hahnah d'minnou aht!*« rief er dem Zwerg nach. »Ich weiß, wer du bist.«

Es war nicht der kleinwüchsige Mann, der auf den Ruf reagierte, sondern die grauhaarige Geschäftsfrau an seiner Seite. Sie wandte ihren Kopf ruckartig um und blieb stehen.

Als Hobbes ihr in die kalten Augen sah, wußte er, wen er vor sich hatte: Sie war Azazel.

Wie vom Donner gerührt, erstarrte Hobbes. »Großer Gott, was nun?« murmelte er vor sich hin.

Die Frau musterte ihn von oben bis unten und trat dann ein paar Schritte auf ihn zu: »Aramäisch«, stellte sie mit einem ironischen Lächeln fest. »Wirklich clever.«

»Vielen Dank«, erwiderte Hobbes trocken.

Sie unternahm keinerlei Versuch, vor ihm zu fliehen Im Gegenteil: Sie blickte ihn hochmütig an – in der rechten Hand seinen in die Plastikfolie eingewickelten Kugelschreiber.

Hobbes nahm all seinen Mut zusammen und näherte sich ihr weiter. »Es stimmt tatsächlich. Ich weiß, wer du bist.«

Ihr Gesichtsausdruck verriet noch immer dreiste Überheblichkeit, so als kaufe sie ihm seine Behauptung nicht ab.

»Du bist Azazel«, sagte Hobbes, der seinen eigenen Ohren nicht traute, daß er diese Worte über seine Lippen brachte.

Der Gesichtsausdruck der Frau durchlief unglaublich schnell verschiedene Phasen der Veränderung: Erst zeigte er Überraschung, dann Ungläubigkeit und schließlich blanke Wut. Ihre Augen verengten sich zu schmalen, roten Schlitzen. Plötzlich klang ihre Stimme heiser: »Woher hast du diese Information? Aus Milanos Haus?«

Hobbes starrte sie nur wortlos an.

»Ja, gewiß hast du sie von dort«, knurrte sie. »Du mußt dort etwas gefunden haben.« Ihr ganzes Gesicht wurde von Zornesröte überzogen »Aber es wäre besser für dich gewesen, wenn du es nicht herausgefunden hättest, mein Freund.«

Sie streckte ihre Hand aus und berührte den kleinwüchsigen Mann an ihrer Seite, der sich daraufhin zu Hobbes umwandte: »Denn ich werde zu verhindern wissen, daß du es jemandem weitererzählst.«

Der Zwerg wirbelte herum und stieß einen fetten Passanten an, dessen Augen Hobbes daraufhin zu durchbohren schienen. »Hüte dich vor meiner Rache!« rief er ihm drohend und kalt zu.

Dann rempelte der fette Mann eine schmalgesichtige Friseuse an, die Hobbes ebenfalls einen kurzen, haßerfüllten Blick zuwarf, bevor sie im Vorbeigehen einen asiatischen Studenten berührte. Auch er musterte den Detective mit kalter Erbarmungslosigkeit, um dann einen wohlsituierten Anwalt mit einer dicken Aktentasche zu streifen, der Hobbes ebenfalls mit einem drohenden Seitenblick bedachte.

Hobbes war es durchaus bewußt, daß er miterlebte, wie der Dämon von einem zum nächsten wechselte und sich auf diese Weise aus dem Staub machte. Er bemerkte allerdings nicht, daß dabei auch sein Kugelschreiber weitergereicht wurde. Er bemerkte nur, daß jedes neue Opfer, in das der Dämon eindrang, ihm mörderische Blicke zuwarf.

Irgendwann war der Zeitpunkt gekommen, an dem es Hobbes nicht mehr möglich war, den permanenten Wechsel des Dämons weiterzuverfolgen. Denn binnen weniger Sekunden hätten es mehrere hundert Menschen sein können, in denen Azazel sich wiederum nur vorübergehend aufhielt.

Hobbes stand noch immer regungslos mitten auf der Straße. Er dachte darüber nach, was ihm die grauhaarige Geschäftsfrau zugerufen hatte, und plötzlich wurde ihm klar, daß er einen Fehler gemacht hatte.

## 40

Hobbes kehrte auf das Revier zurück und betrat das Großraumbüro. Dort gingen sowohl Lou als auch Lawrence ihren gewohnten Aufgaben nach. Äußerlich war den beiden nichts anzumerken. Aber vielleicht hatten sie irgendwelche Erinnerungen an das seltsame Geschehen, das sich hier erst vor wenigen Minuten zugetragen hatte?

Lou sah nur kurz von seinem Schreibtisch auf, als Hobbes wortlos auf ihn zu trat. »Was gibt's?« erkundigte er sich.

»Ich wollte von dir nur wissen, was das Theater vorhin sollte?« fragte Hobbes.

»Was für ein Theater?«

»Vorhin ... als du dieses Lied gesungen hast.«

»Ich?« erwiderte Lou verblüfft. »Ich habe nicht gesungen. Lawrence hat gesungen, soweit ich mich erinnere, oder vielleicht auch Mike. Irgendwas aus den 60ern, glaube ich.« Lou setzte ein schiefes Grinsen auf. »Dabei hasse ich die verdammtem 60er wie die Pest.«

Hobbes nickte nur nachdenklich. Es war hoffnungslos. So würde er nie etwas herausbekommen. Er ging zu seinem Platz zurück und suchte den Zettel, auf dem er sich Gretta Milanos Telefonnummer notiert hatte. Dann rief er sie an. Während er darauf wartete, daß sie sich meldete, wollte er sich noch rasch ein paar Notizen machen und begann, nach seinem Kugelschreiber zu suchen.

»Man darf doch hier wirklich nichts liegenlassen«, murmelte er vor sich hin und wandte sich dann laut an Jonesy: »Hast du vielleicht meinen Kugelschreiber genommen?« Sein Kollege bedachte ihn nur mit einem Kopfschütteln, woraufhin Hobbes unter allen Papieren auf seinem Schreibtisch nachsah und auch den Fußboden ringsum absuchte.

Wie hätte der Detective auch ahnen können, daß sein Kugelschreiber zu diesem Zeitpunkt bereits weit entfernt war, mehrere Male den Besitzer gewechselt hatte und sich mittlerweile in den Händen einer jungen Schauspielerin befand, die gerade aus einem Bus stieg und das Schreibgerät gedankenlos in ihrer Handtasche verstaute.

Gretta Milanos Büro auf dem Universitätsgelände war rundum mit Büchern vollgestopft. Doch zwischen den zahllosen Bänden lugten gemalte und aus Gips geformte Engel hervor, die das Arbeitsreich der Dozentin hüteten. Bei genauerem Hinsehen gesellten sich zu den Engeln noch andere religiöse Gegenstände aus verschiedenen

Kulturkreisen und ließen das Büro beinahe als eine Art geweihte Stätte erscheinen: So hing über der Tür eine aus dem Mittelalter stammende und mit Illustrationen versehene Schriftrolle mit einem religiösen lateinischen Text. Zudem befanden sich im Zimmer ein Abendmahlskelch, ein Buddha, ein Kreuz sowie ein altägyptisches Henkelkreuz.

Als das Telefon läutete, wandte sich Gretta Milano von ihrem Computerbildschirm ab und langte über einen Stapel von Referaten ihrer Studenten hinweg nach dem Hörer: »Hallo, wer ist da, bitte?«

»Hier spricht Hobbes«, meldete sich der Detective, wobei es ihm tatsächlich gelang, trotz seiner inneren Erregung ruhig zu wirken. »Ich habe *ihn* tatsächlich gesehen! *Er* war hier, in meinem Büro. Ich muß unbedingt mehr über die ganze Sache erfahren – und zwar so schnell wie möglich.«

Innerlich stieß sie einen Seufzer aus. Der Anruf überraschte sie keineswegs: Im Gegenteil, es war nur eine Frage der Zeit gewesen, bis sich dieser Polizist wieder melden würde. Dennoch antwortete die Frau nicht sofort, sondern dachte erst über die möglichen Folgen nach, die ihre Antwort nach sich ziehen würde.

## 41

Der Rathausplatz war gerade wegen seiner Belebtheit genau der richtige Treffpunkt für jemanden, der anonym bleiben und ein Gespräch führen wollte, das von niemandem belauscht werden konnte. Aus diesem Grund hatten sich Gretta Milano und Hobbes gerade hier – am Rande eines riesigen Mosaiks – verabredet.

Beide redeten zwar offen miteinander, konnten jedoch nicht verbergen, daß sie trotz aller Sicherheitsvorkehrungen das unbestimmte Gefühl hatten, beschattet zu werden.

»Ich möchte zuerst klarstellen, daß ich mir bewußt bin, in welcher Lage Sie sich befinden«, begann Hobbes, dem erneut ein Schauer über den Rücken lief, als er daran dachte, daß der Dämon in jedem der Passanten ringsherum stecken konnte.

»Das, was Ihren Eltern zugestoßen ist, tut mir wirklich leid«, fuhr der Detective fort. »Aber ich muß einfach wissen, was hier vorgeht, verstehen Sie das?« Er blickte sie beinahe flehentlich an. »Denn wenn dieses ... dieses Wesen das ist, was es zu sein scheint, nämlich das, was in den Büchern steht ...« Hobbes redete hilflos um den heißen Brei herum, da er das Wort »Dämon« nicht über die Lippen brachte. »Ich meine, glauben *Sie* denn an dieses ganze Zeug?«

Tatsächlich wurden Gretta Milano und Hobbes von jemandem beobachtet, und zwar aus sicherer Entfernung. Dabei hätte es sich der heimliche Beobachter durchaus leisten können, näher an die beiden heranzukommen.

Aber er operierte lieber aus weiter Ferne. Denn wozu hätte er ohne Not riskieren sollen, am Ende doch erkannt zu werden und sich den Spaß vorzeitig zu verderben.

»... glauben Sie denn an dieses ganze Zeug? Ist das alles wirklich Realität?«

Auch diesmal antwortete sie erst, nachdem sie eine ganze Weile nachgedacht hatte. »Ich glaube vor allem, daß sich sehr viel mehr im verborgenen abspielt, als wir in unserer Realität wahrnehmen.«

»Zu dieser Erkenntnis bin ich auch schon gelangt«, erwiderte Hobbes nicht ohne Ironie. »Schauen Sie, ich versuche doch nichts anderes, als mir einen Reim auf all diese seltsamen Dinge zu machen. Aber ich bin einfach nicht in der Lage, eine logische Erklärung für das zu finden, was in der letzten Zeit um mich herum geschieht. Vielleicht werde ich sogar ein ähnliches Ende finden wie Ihr Vater, wer weiß? Immerhin wurde ich erst heute von … *jemandem* … bedroht.«

Hobbes starrte in den Himmel. »Und nicht zu vergessen: Auch Reese hat mich im Gefängnis kurz vor seiner Hinrichtung auf Aramäisch verflucht. Er verkündete mir, daß er mich eines Tages so oder so kriegen würde. Aber ich frage mich, wer oder was hinter dem Ganzen steckt?«

Gretta Milano nickte nur ruhig, da Hobbes' Geständnisse sie keineswegs zu verblüffen schienen. »Was hat Ihnen Reese noch gesagt?«

»O nein, so läuft das Spiel nicht!« protestierte der Detective erregt. »Jetzt bin ich an der Reihe, Fragen zu stellen, und Sie werden sie mir beantworten, okay? Denn wenn ich nicht bald ein paar wichtige Antworten erhalte, dann … dann bin ich wirklich bald geliefert.«

Als Gretta Milano erneut das Wort ergriff, klang ihre Stimme zwar gedämpft und sanft, aber überraschenderweise sehr entschlossen. »Die Antwort ist, daß wir am besten nichts hören, nichts sehen und nichts wissen sollen. Das heißt, es ist wie bei der Mafia: Es gibt sie eigentlich gar nicht!«

»Na schön«, wurde sie von Hobbes unterbrochen. »Das ist immerhin schon ein Anfang. Aber was hat es mit diesen … Wesen auf sich? Woher stammen sie? Und worum, zum Teufel, handelt es sich dabei genau?«

Sie starrte ihn nachdenklich an und zögerte noch immer. Nein, er kannte allem Anschein noch nicht alle Zusammenhänge, aber er stellte ihr zumindest die richtigen Fragen.

»Mr. Hobbes«, begann sie vorsichtig, »zwischen Himmel und Erde gibt es einige Phänomene, die nur dadurch zu erklären sind, daß ein Gott existiert.«

Sie unterbrach ihre Erläuterungen, um ihm die Möglichkeit zu geben, sich erst einmal mit ihren Gedanken vertraut zu machen. »Außer dem Allmächtigen gibt es auch Engel. Einige von ihnen haben sich gegen Gott versündigt und sind als ›Gefallene‹ verstoßen worden. Die Strafe für die Schlimmsten und Ruchlosesten unter ihnen, die zu Handlangern des Satans wurden, bestand darin, daß sie ihrer äußeren Gestalt beraubt wurden. Seither können sie nur überleben, wenn sie in einem fremden Körper Unterschlupf finden. Aus diesem Grund versuchen die gefallenen Engel meist, sich in Menschen einzunisten, um so ihre Verderbtheit und Rachsucht wirkungsvoll in die Welt hineinzutragen.«

»Moment mal«, wurde sie von Hobbes gebremst, der abwehrend seine Hände hob, denn das alles war doch zu viel für ihn. »Meine Arbeit baut auf Beweisen und Fakten auf. Aber was Sie da sagen ...«

»Auch ich halte mich an Fakten und Beweise«, konterte Gretta Milano. »Aber fragen Sie sich doch einmal, inwiefern Sie in der Lage sind, die von Ihnen gesammelten Beweise und Fakten auf herkömmliche, ›normale‹ Art und Weise zu deuten!«

Hobbes' Schweigen war beredt genug, auch wenn er sich innerlich noch immer dagegen sträubte, Gretta Milanos Argumentation anzuerkennen.

»Sie behaupten also, daß Edgar Reese ...«

»... daß Edgar Reese zu der Zeit, als Sie ihm vor der Hinrichtung begegneten, nicht er selbst war ...«, ergänzte sie, bevor Hobbes den Schlußpunkt des Gedankens setzte: »... sondern Azazel!«

Gretta Milano nickte mit starrem Blick. »Ja. Azazel: Die linkshändige Ausgeburt der Hölle, die ihre Verworfenheit gern singend verkündet.«

»Wie Reese«, bestätigte Hobbes. »Aber warum ist er gerade auf mich als Opfer verfallen?«

»Dämonen sind einsame, heimatlose Kreaturen ... Parasiten, die sich immer nur für begrenzte Zeit in ihrem jeweiligen Wirt einnisten können. Dabei suchen sie sich bevorzugt Opfer aus, die von Natur aus willensschwach oder krankhaft veranlagt sind, denn mit ihnen haben sie ein leichtes Spiel. Bei Ihnen, Mr. Hobbes liegen die Dinge anders. Sie haben Azazel provoziert.«

»Weil ich Reese geschnappt habe ... seinen damaligen Wirt?«

»Sie haben auf jeden Fall seine Aufmerksamkeit erregt«, bestätigte Gretta. »Darüber hinaus sind Sie für ihn ein ausgesprochen hartgesottener Gegenspieler. Sie erzählten doch, wie Reese im Gefängnis Ihre Hand betastete. Azazel versuchte auf diese Weise, in Ihren Körper einzudringen, aber Sie haben sich als zu willensstark und widerstandsfähig erwiesen. Deshalb scheiterte sein Versuch, und er ist nun dazu gezwungen, nach anderen Möglichkeiten zu suchen, wie er Sie aus dem Weg räumen kann.«

Hobbes wurde plötzlich alles klar. »Das heißt, er versucht mit mir dasselbe abgekartete Spielchen aufzuziehen, das schon Ihrem Vater zum Verhängnis geworden ist: gefälschte Beweise, die Morde ...«

Gretta Milano nickte, und blickte ihn schweigend an.

»Damit wären die Fronten geklärt«, seufzte Hobbes. »Aber was können wir gegen Azazel tun? Wie können wir ihn vernichten – falls dies überhaupt möglich ist?«

»Ich denke schon. Und es gibt mehr Leute außer mir, die dieser Meinung sind«, deutete sie vielsagend an. »Es gibt nämlich eine verschworene Gruppe Eingeweihter, die sich allerdings aus Sicherheitsgründen untereinander nicht persönlich kennen. Auch ich habe nur ein paar geheime Telefonnummern von Anschlüssen in Stockholm und Neu-Delhi.«

Sie warf dem Detective einen entschuldigenden Blick zu, da sie nur zu gut wußte, wie unglaublich das alles für seine Ohren klingen mußte. »Keiner von uns kennt mehr als zwei der Nummern, damit nicht das ganze Netz zerstört wird, falls einer von uns unter den Einfluß eines Dämons gerät.«

»Sie glauben also, daß man diese Kreatur tatsächlich in die Knie zwingen kann?« fragte Hobbes verblüfft.

»Wir wissen immerhin, daß es nur eine begrenzte Zahl an Dämonen gibt und daß sie zudem durchaus sterblich sind«, erläuterte Gretta. »Darüber hinaus hat Gott alten jüdischen Lehren zufolge sechsunddreißig Menschen jeder Generation dazu bestimmt, den Kampf gegen die Dämonen aufzunehmen: *Lamed Vav*, so werden diese Auserwählten auf Hebräisch genannt.«

Hobbes starrte sie ungläubig an. »Moment mal. Sie wollen damit doch nicht etwa andeuten, daß ich einer von diesen sechsunddreißig ...?«

Gretta Milano zuckte die Achseln. »Vielleicht sind Sie tatsächlich einer dieser Auserwählten, vielleicht auch nicht«, sagte sie vage. »Aber Sie sind immerhin ein Mensch, der es zu seinem Lebensziel erkoren hat, für das Gute in dieser Welt zu kämpfen.«

»Okay, okay«, winkte der Detective verwirrt ab und bemühte sich darum, sich auf die praktischen Konsequenzen all dieser unglaublichen Offenbarungen zu konzentrieren. »Sie sagten, Gott habe dafür gesorgt, daß es nur eine begrenzte Zahl an Dämonen gebe und daß sie sterblich seien. Ohne von Ihnen erfahren zu wollen, woher Sie Ihr Wissen haben, möchte ich Ihnen nur eine einzige Frage stellen: Wenn diese Wesen sterblich sind, dann muß es doch auch möglich sein, sie zu töten?«

»Ja. Es muß nur die richtige Person sein.«

»Und woher weiß man, wer die richtige Person ist?«

»Diese Frage kann Ihnen niemand beantworten, Mr. Hobbes«, lächelte Gretta Milano. »All dies sind Fragen des Schicksals und der göttlichen Vorsehung. Der richtige Mann ...«

»Oder die richtige Frau?«

»... oder die richtige Frau«, bestätigte sie.

»Also wäre es durchaus denkbar, daß ich es wäre ... oder Sie ... oder sonst jemand ...?«

Gretta nickte. »Die richtige Person mit der richtigen Einstellung und dem entsprechenden Wissen ...«

Plötzlich schoß Hobbes ein Gedanke durch den Kopf. »Das ist also der Grund ...? Sie haben all die Jahre nichts anderes getan, als sich auf diese Aufgabe vorzubereiten?«

Sie antwortete nicht, doch der Ausdruck in ihren Augen verriet, daß der Detective ins Schwarze getroffen hatte.

»Darf ich Ihnen eine persönliche Frage stellen?« fuhr er fort.

»Alles, was sich zwischen Menschen abspielt, ist persönlich.«

»Leben Sie deshalb allein? Weil Sie sich nur Ihrer Mission verschrieben haben?«

»Nun, es macht schon einen Unterschied, ob man nur seinen eigenen Kopf riskiert oder andere mit in Gefahr bringt«, gestand sie zögernd.

»Reden Sie nur weiter«, ermunterte sie Hobbes.

Sie warf ihm einen nachdenklichen Blick zu. Gespräche dieser Art überschritten zweifellos die Grenze zwischen unverbindlicher Plauderei und intimer Selbstoffenbarung. Bevor sie diese Grenze überschritt, mußte sie sich entscheiden, ob sie ihm trauen konnte oder nicht. Sie rang sich dazu durch, das Risiko auf sich zu nehmen.

»Wenn ich mit einem Partner zusammenleben würde, würde ich mit ihm alles teilen wollen: mein Leben, meine Gedanken und meine Arbeit. Falls ich dies jedoch täte, dann würde ich ihn unter Umständen großen Gefahren aussetzen. Und ich habe nicht das Recht dazu, dies zu tun.«

»Sie könnten ja vorerst mit mir Vorlieb nehmen«, sagte Hobbes. »Ich meine, Sie *müssen* natürlich nicht, aber wenn Sie mit jemandem sprechen *möchten,* dann stehe ich Ihnen jederzeit zur Verfügung«, beeilte er sich hinzuzufügen.

Sie blickte ihm offen in die Augen. »Es ist sehr schön,

daß Sie das sagen. Und ich danke Ihnen dafür.« Sie lachte ein wenig verlegen.

»Wie auch immer«, versuchte Hobbes, den Faden wiederaufzunehmen, verhedderte sich jedoch im Wirrwarr der vielen Unwägbarkeiten, die unausgesprochen zwischen ihnen in der Luft hingen: »Ich wollte nur … ich meine, ich …«

Wieder lachte Gretta. »Ich muß mich dringend auf den Weg machen. Um zwölf Uhr habe ich ein Seminar und ich möchte meine Studenten nicht warten lassen.«

Beide verabschiedeten sich mit einem scheuen Lächeln voneinander und eilten dann in entgegengesetzter Richtung auseinander.

Nach ein paar Schritten wandte sich Gretta Milano um und warf Hobbes noch einmal einen ebenso ermutigenden wie warmherzigen Blick zu – der dem heimlichen Beobachter am gegenüberliegenden Ende des Platzes keinesfalls entging.

Nur ein kurzer Moment des Zögerns, dann fällte er seine Entscheidung, wem von den beiden er folgen würde.

## 42

Während Gretta Milano zielstrebig die belebte Einkaufsstraße entlangschritt und wegen der schneidenden Kälte die Hände gegeneinander rieb, folgte ihr mit einigem Abstand auf der anderen Straßenseite ein älterer Mann mit glatt zurückgekämmtem grauem Haar, das über seinen Kragen herabhing. Unter seinem dunklen Regenmantel schimmerte eine modische, lilafarben gemusterte Krawatte hervor. Der Mann, der langsam immer näher zu ihr aufschloß, pfiff einen Song vor sich hin: »Time … is on my Side …«

Gretta blickte sich um, da sie ein unerklärliches Kribbeln im Nacken spürte. Aber es war nichts Auffälliges oder gar Alarmierendes zu sehen, nur Gesichter von Menschen, die in alle möglichen Richtungen strebten. Dennoch: Ihr Mißtrauen war geweckt.

Sie setzte ihren Weg fort, blieb jedoch kurz darauf vor dem Schaufenster eines Textilkaufhauses stehen. Plötzlich gewahrte sie das Spiegelbild des grauhaarigen Mannes in der Scheibe. In seiner linken Hand glänzte ein metallischer Gegenstand.

Wie elektrisiert eilte sie davon. Der pfeifende Mann blieb ihr jedoch auf den Fersen, zunächst noch verhalten und eher schlendernd, dann jedoch mit deutlich beschleunigtem Schritt immer näher kommend.

Gretta erreichte die gläserne Drehtür, die in das Café des Kaufhauses führte. Als sie in den sich öffnenden Türausschnitt trat, bemerkte sie aus den Augenwinkeln eine rasche Bewegung hinter sich: Ein Arm, dessen Hand ein großes, blitzendes Jagdmesser umklammerte, fuhr auf sie nieder. Doch im selben Augenblick polterte das Messer vor ihr auf den Boden, da der Arm durch die Drehbewegung der Tür gegen die Wand gepreßt wurde. Entsetzt fuhr Gretta herum und starrte – nur durch die Glasscheibe getrennt – in das grimassenhaft verzerrte Gesicht des grauhaarigen Mannes, dessen linke Hand, begleitet von einem häßlichen Knirschen, in einem absurden Winkel zum Arm abstand. Dennoch stemmte sich der Mann mit seinem ganzen Gewicht gegen die Tür und bemühte sich unablässig, die junge Frau mit seiner offensichtlich gebrochenen Hand zu berühren. Vor Schreck wie gelähmt, starrte Gretta regungslos auf die nach ihr greifende Hand, die ihrer Schulter immer näher kam.

Ihr Türausschnitt gab den Weg in das Innere des Cafés frei. Doch anstatt in die ausweglose Falle zu tappen, stemmte sie sich nun ihrerseits gegen die Tür, um wieder ins Freie zu gelangen. Als der Grauhaarige jedoch ihre Absicht erkannte, blockierte er mit seinem rechten Fuß die Drehbewegung der Tür, so daß es nun gar keine Fluchtmöglichkeit mehr für sie gab. Und seine gebrochene Linke war nur noch wenige Zentimeter von ihrem Gesicht entfernt.

Während sie sich, erneut von Panik erfaßt, nach hinten bog, um der Berührung zu entgehen, starrte er in ihr Gesicht.

»Du bist mehr als nur Hobbes' Flittchen«, knurrte der Grauhaarige mit kehliger Stimme. »Ich sehe es deinen Augen an. Du weißt etwas.«

Verzweifelt versuchte Gretta, die Tür wieder in Bewegung zu setzen, doch ihre Kräfte reichten nicht aus.

»Wer bist du?« drang die gräßlich dröhnende Stimme des Mannes an ihre Ohren.

Sie mobilisierte ihre letzten Energiereserven und stemmte sich mit jeder Faser ihres Körpers gegen die Tür. Tatsächlich spürte sie mit einem Mal einen leichten Ruck – und fand sich plötzlich auf der Straße wieder.

Durch den unerwartet fehlenden Widerstand wurde auch der Grauhaarige nach draußen geschleudert und geriet ins Straucheln. Er kam jedoch blitzartig wieder auf die Beine und setzte ihr nach.

Grettas Vorsprung reichte aus, um in ein gerade frei werdendes Taxi zu springen und die Tür hinter sich zu schließen. Aufatmend wähnte sie sich bereits in Sicherheit, als sie erneut – diesmal nur durch die Seitenscheibe getrennt – die teuflische grinsende Fratze des Mannes neben sich erblickte, dessen Finger über das Glas kratzten.

Reflexartig verriegelte sie die Tür.

»Fahren Sie los, schnell!« herrschte sie den Fahrer an, woraufhin sich das Taxi in den Verkehr einfädelte.

Als Gretta durch die Heckscheibe nach hinten spähte, erblickte sie den Mann, der ihr noch immer grinsend hinterhersah und ihr nachwinkte. Ein außenstehender Beobachter hätte den Eindruck gewinnen können, daß er ein alter Bekannter von ihr war. Äußerst befremdend wirkte an der Szene nur, daß die linke Hand, mit der der grauhaarige Mann ihr nachwinkte, offensichtlich nur noch von den Sehnen am Arm gehalten wurde und auf grauenhafte Weise unkontrolliert hin und her baumelte.

## 43

Sie starrte empor zu der majestätischen Kuppel der gotischen Kirche, die zu Ehren Gottes erbaut worden war. Unter diesem Dach suchte Gretta oft Zuflucht, um andächtig zu beten und zumindest für kurze Zeit das unablässige Gefühl der Furcht hinter sich zu lassen, das ihr Leben außerhalb dieser Mauern bestimmte.

In demütiger Haltung saß sie auf einer der Bänke und ließ ihren Blick über die Kerzen, das Kruzifix und die Engelsdarstellungen in den buntverglasten Fenstern wandern. Zuvor hatte ihre Seele an diesem Ort stets Ruhe und Entspannung gefunden, aber heute war alles anders. Heute zitterte sie sogar hier vor Angst.

Hobbes betrat die Kirche durch den Seiteneingang und kam, nachdem er sie entdeckt hatte, durch den Mittelgang auf sie zu. Gretta hatte ihn angerufen, sobald sie von dem Taxi zu einer Telefonzelle gebracht worden war, die ihr sicher genug erschien.

Nachdem der Detective neben ihr Platz genommen hatte, begann sie widerwillig und selbstanklagend über ihr schockierendes Erlebnis zu berichten: »Ich bin einfach vor ihm davongelaufen. Er war in meiner unmittelbaren Nähe, aber ich lief einfach davon, ohne auch nur den Versuch zu unternehmen, ihn unschädlich zu machen.«

»Machen Sie sich keine Vorwürfe. Sie waren doch überhaupt nicht darauf vorbereitet«, versuchte Hobbes, sie zu trösten.

»Gerade das ist es ja«, erwiderte sie zerknirscht. »Man

muß eben jederzeit darauf vorbereitet sein.« Ein trauriges, selbstironisches Lächeln huschte über ihre Züge. »Wissen Sie eigentlich, daß ich niemals wirklich geglaubt habe, in diese Situation geraten zu können? Ich hoffte immer nur, daß Gott mir einst einen Engel senden würde, weil ich mich stets bemüht habe, ein tugendhaftes Leben zu führen. In meiner bodenlosen Naivität beschäftigte ich mich sogar mit der Frage, ob Engel tatsächlich Flügel haben.«

Hobbes betrachtete sie mit einem verständnisvollen Lächeln. »Weiß er, wer Sie sind?«

Gretta schüttelte den Kopf.

»Dann dürfen wir uns ab sofort nicht mehr sehen«, stellte Hobbes fest, »damit er nicht durch mich zu Ihnen geführt wird.«

Sie wußte, daß der Detective recht hatte, auch wenn sie – wie er – enttäuscht und traurig war. So viele Jahre hatte sie mit ihren Sorgen und Ängsten allein zurechtkommen müssen und nur gelegentlich eine der beiden ihr bekannten Telefonnummern gewählt, um für wenige Minuten über Ozeane hinweg ein anonymes Gespräch zu führen, das kaum Trost bot. Zum ersten Mal in ihrem Leben hatte sie in Hobbes einen Menschen gefunden, mit dem sie von Angesicht zu Angesicht über diesen schrecklichen Dämon, der schon ihren Vater in den Tod getrieben hatte, sprechen konnte.

Vielleicht gehörten sie und Hobbes tatsächlich zu den sechsunddreißig Auserwählten ihrer Generation. Aber selbst wenn dies nicht der Fall sein sollte, verlieh allein der Gedanke an diese Möglichkeit ihr Kraft und Zuversicht.

Mit diesem Gedanken war allerdings auch eine schwere Bürde verbunden. Sofern man – wie Gretta es tat – ernsthaft in Erwägung zog, zu den Auserwählten zu gehören, dann mußte man damit leben, eine ungeheure Verantwortung zu tragen. Denn die Legende besagte, daß es nur den Auserwählten in die Hände gelegt sei, den Fortgang des Lebens auf Erden zu sichern und daß Gott keinesfalls von sich aus das Böse vertreiben und endgültig besiegen würde.

Aber wie sollte sich Gretta für den bevorstehenden Kampf wappnen? Hatte sie überhaupt eine Chance, ihn allein zu bestehen?

*Gott im Himmel, verurteile mich nicht wieder dazu, meinen Kampf einsam fortzusetzen, wie ich es all die Jahre zuvor getan habe,* flehte sie innerlich, biß jedoch die Zähne zusammen, um ihre Gedanken nicht laut auszusprechen. Stumm hob sie ihren Blick zu den auf den Kirchenfenstern abgebildeten Schutzengeln und straffte ihre Haltung, um Hobbes nichts von ihren Seelenqualen merken zu lassen.

## 44

Hobbes steckte seinen Kopf in das Büro des Lieutenant, der hinter seinem Schreibtisch saß und mit einem Becher Kaffee in der Hand die morgendlichen Berichte las.

»Du wolltest mich sprechen?«

»Ja, komm rein«, bestätigte Stanton.

Hobbes schloß die Tür hinter sich und zog unbewußt einen Vierteldollar aus seiner Hosentasche, bevor er sich setzte.

»Sag mal«, begann Stanton, »diese Morde gehen dir wohl ziemlich an die Nieren, was?«

Hobbes verzog die Lippen zu einem ironischen Lächeln. »Wir kennen uns schon zu lange, als daß du so um den heißen Brei herumreden müßtest. Also heraus mit der Sprache! Was ist los?«

»Na schön. Wo hast du dich aufgehalten, als Muskavich und Noons ermordet wurden?«

»Wo ich war?« fragte Hobbes beinahe amüsiert. »Was

soll die Frage? Werde ich etwa verdächtigt, die beiden ermordet zu haben?«

»Sicher nicht von mir, aber ...«

Schlagartig wich jede Belustigung aus dem Gesicht des Detective. »Was soll dieser Quatsch? Geht es immer noch darum, daß meine Nummer in den Telefonrechnungen der beiden Toten auftaucht? Haltet ihr mich wirklich für so blöde, daß ich erst die zwei Kerle umlege und dann bei mir zu Hause anrufe?«

»Es gibt noch etwas anderes«, seufzte Stanton, »nämlich deine Fingerabdrücke.«

Hobbes blickte ihn entgeistert an. »Meine Fingerabdrücke?«

Der Lieutenant nickte wortlos.

»Worauf?«

Stanton lenkte seinen Blick vielsagend auf die rechte Hand des Detective.

Hobbes folgte seinem Blick und öffnete die Hand. »Auf einer Münze? Ihr habt eine Münze mit meinen Fingerabdrücken gefunden? Soll das ein Witz sein? Wo soll denn ...?«

»In Noons Apartment.«

Hobbes nickte nachdenklich. »Langsam begreife ich die Zusammenhänge«, sagte er leise. »Jemand legt gezielt falsche Fährten und will mir das Ganze in die Schuhe schieben.«

»Tatsächlich?« erwiderte Stanton, der seinen Untergebenen scharf musterte.

»Nun mach mal 'n Punkt, Stan«, explodierte Hobbes. »Jemand könnte sich die Münze zum Beispiel besorgt haben, als ich mit ihr etwas bezahlt habe. Möglicherweise hat sie auch jemand von meinem Schreibtisch mitgehen lassen.«

Plötzlich mußte er an seinen Kugelschreiber denken, der ihm am Vortag abhanden gekommen war. Was mochte ihn noch alles erwarten? Denn es stellte kein Problem dar, seine Fingerabdrücke von dort aus auf einen anderen Gegenstand zu übertragen.

»Nun«, bestätigte Stanton. »Wir haben ja von Anfang an immer wieder gesagt, einiges spreche für die Annahme, daß ein Cop der Täter sein könnte.«

Hobbes starrte ihn an. Die Doppeldeutigkeit der Aussage war nicht zu überhören gewesen.

»Jetzt hör mal zu, John«, wechselte Stanton plötzlich die Tonlage. »Ich werde alles tun, um dir aus dieser Lage herauszuhelfen. Aber dabei mußt du mir helfen. Und ich weiß, daß du sehr viel mehr in der Hinterhand hast, als du zugibst. Also heraus mit der Sprache! Wen hast du in Verdacht?«

Da der Detective mit Stantons Scharfsinn bestens vertraut war, unternahm er erst gar nicht den Versuch, ihm etwas vorzumachen. Verzweifelt schüttelte Hobbes den Kopf: »Du würdest es mir nicht glauben, Stan, sondern mich schlichtweg für verrückt erklären.«

»Das ist doch Unsinn, John«, versuchte der Lieutenant ihn mit sanfter Stimme zu überreden. »Laß es wenigstens auf einen Versuch ankommen.«

Hobbes blickte ihm offen in die Augen und wog die Möglichkeit ab, seinen Vorgesetzten einzuweihen. Nein, es war sinnlos. Hobbes selbst konnte das ungeheuerliche Geschehen kaum begreifen, obwohl er unmittelbar betroffen war und alles mit eigenen Augen und Ohren miterlebt hatte. Wie in aller Welt hätte er Stanton davon überzeugen können? Der Lieutenant würde geradezu dazu gezwungen sein, Hobbes für übergeschnappt zu halten und ihn umgehend aus dem Verkehr zu ziehen.

»Ich kann dir nur so viel sagen«, verriet Hobbes. »Erinnerst du dich an den Fall Robert Milano? Nun, dasselbe üble Spielchen, das damals mit ihm gespielt wurde, wiederholt sich nun bei mir. Es ist dieselbe Geschichte: Jemand versucht, mir ein paar Morde in die Schuhe zu schieben, um mich auf diese Weise abzuservieren.«

Stanton starrte ihn mit einem nachdenklichen Gesichtsausdruck an. Doch die in Hobbes aufkeimende Hoffnung, Verständnis bei seinem Vorgesetzten und Freund zu finden, schlug bald in Resignation um, als er bemerkte, daß der Lieutenant ihn offensichtlich schon jetzt auf Anzeichen einer geistigen Verwirrung hin musterte.

»Du solltest meinen Rat befolgen und dir ein paar Tage freinehmen, John. Fahr nach Hause zu deiner Familie, und schalte erstmal ein bißchen ab. Dann sehen wir weiter.«

Die beiden Männer blickten sich eine ganze Weile lang stumm an.

Dann erhob sich Hobbes und verließ wortlos das Büro. Seine Lage begann sich zuzuspitzen – wie damals bei Milano. Auch Grettas Vater hatte den Preis dafür bezahlt, daß es ihm gelungen war, einen mehrfachen Mörder dingfest zu machen. Nun hatte Hobbes dafür gesorgt, daß Reese zur Hölle fahren mußte. Und Reese hatte ihm Milanos Namen unter die Nase gehalten, mit der Absicht, den Detective auf diese Weise in eine ausweglose Situation zu treiben.

Hobbes hatte das Gefühl, als werde seine Brust von einem Eisenreifen umschlossen, der sich immer enger zusammenzog.

## 45

Der Detective verließ das Revier am frühen Nachmittag. Er fuhr jedoch nicht direkt nach Hause, sondern wollte zuerst noch ein wenig frische Luft schnappen, um einen klaren Kopf zu bekommen. Zu diesem Zweck steuerte er den Wagen hinaus aus der Stadt auf den Highway, der parallel zum Fluß verlief.

Doch die erhoffte Wirkung blieb aus. Auch hier fühlte

sich Hobbes verfolgt und in die Enge getrieben. Und er ertappte sich dabei, wie er jedes Fahrzeug in seiner Nähe argwöhnisch beäugte. Schließlich nahm er die nächste Ausfahrt und machte sich auf den Heimweg.

Als er den Wagen gegenüber von seinem Apartment auf der anderen Straßenseite parkte und ausstieg, hörte er plötzlich eine vertraute Stimme über sich: »Hallo, Onkel John.«

Hobbes blickte erstaunt nach oben in die Krone der großen Kastanie, in der Sam und Toby auf einem der Äste hockten. Sam grinste zu ihm hinunter und winkte ihm übermütig zu.

Der Detective winkte zurück und setzte dann seinen Weg zum Apartment fort – nachdem ihn für den Bruchteil einer Sekunde ein Gedanke aufgeschreckt hatte, der jedoch nur halb in sein Bewußtsein gedrungen war.

Erleichtert, seine Wohnung ohne besondere Zwischenfälle erreicht zu haben, trat Hobbes in den Flur. Deutlich hörbar lief im Bad die Dusche. Entspannt sichtete Hobbes seine Post und öffnete die Tür zu seinem Arbeitszimmer. Alles war so, wie er es verlassen hatte. Der Detective atmete erleichtert auf: Hier in seinen eigenen vier Wänden konnte ihm nicht viel zustoßen.

Er trat in sein Schlafzimmer, legte dort sein Jackett ab und begann, sein Hemd aufzuknöpfen, als er plötzlich innehielt und sich beunruhigt umschaute.

Irgend etwas war anders als noch am Morgen.

Seine Augen suchten jeden Quadratzentimeter des Zimmers ab, bis sein Blick auf den Schreibtisch fiel. Auf ihm lagen nur wenige Gegenstände, aber ihm fiel auf, daß sie in Unordnung gebracht worden waren. Und zwar in einer Weise, als ob Hobbes geradezu darauf aufmerksam gemacht werden sollte, daß jemand in seinen Privatsachen herumgeschnüffelt hatte.

Hobbes trat an den Tisch – und sah auf den ersten Blick, daß etwas fehlte. Er blickte in die Schubladen des

Tisches, untersuchte den Boden und das angrenzende Regal, doch es bestand kein Zweifel.

Er verließ stirnrunzelnd sein Zimmer und stieß dabei auf Art, der gerade im Bademantel den Flur entlangging.

»Hallo, Art. Sag mal, hast du vielleicht mein Adreßbuch gesehen?«

»Was soll ich gesehen haben?«

»Mein Adreßbuch«, wiederholte Hobbes und trat näher auf seinen Bruder zu.

Art schüttelte nur nervös den Kopf und bemühte sich allzu offensichtlich, Hobbes aus dem Weg zu gehen.

Hier stimmte doch etwas nicht, zumal Art zwar ein Handtuch vor sein Gesicht hielt, allerdings ohne sich damit abzutrocknen.

Hobbes stellte sich seinem Bruder in den Weg und zog sanft dessen Hand mit dem Frotteetuch herab. Art hatte ein blaues Auge.

»Ich bin gestürzt«, sagte er wenig überzeugend und versuchte, die Verletzung mit einem Lächeln herunterzuspielen.

Hobbes starrte ihn ungläubig an: »Wie bitte?«

»Ich bin mit meinem Gesicht auf den Boden geschlagen.«

»Art«, ermahnte ihn Hobbes mit freundlicher Stimme. »Man bekommt kein blaues Auge davon, daß man zu Boden stürzt.«

»Nein?«

Der Detective schüttelte den Kopf.

»Oh«, stammelte Art ziemlich nervös. »Na ja … weiß du …«

»Nun beruhige dich erstmal«, redete ihm Hobbes gut zu und legte seinem Bruder tröstend die Hand auf den Arm. »Und dann sag mir, was passiert ist.«

»Es war Sammy«, seufzte Art widerwillig. »Er hat mich geschlagen.«

Hobbes wurde kreidebleich. Von einem Moment auf den anderen sah er alles klar vor Augen. Sein Gefühl draußen auf der Straße hatte ihn nicht getrogen.

Er fuhr ruckartig herum und blickte durch das Fenster nach draußen auf die Kastanie. Wie in Zeitlupe wiederholte sich die Szene vor seinem geistigen Auge, erschien ihm jetzt jedoch in einem völlig anderen Licht: Er war gerade im Begriff gewesen, aus dem Wagen zu steigen und über die Straße zu gehen, als er Sams Stimme von oben aus dem Baum hörte. Im nachhinein fiel Hobbes auf, daß die Stimme seines Neffen auf merkwürdige Weise ironisch geklungen hatte. Aber das war noch nicht alles gewesen.

Zu dem Jungen hinaufschauend, war ihm aufgefallen, daß Sam zwar gelächelt und ihm zugewinkt hatte. Doch sein Lächeln war doch sehr eigenartig gewesen und hatte auf ihn seltsam überlegen, ja beinahe niederträchtig gewirkt.

Und Sam hatte ihm mit der *linken* Hand zugewunken, während er in seiner rechten das Adreßbuch seines Onkels hielt.

Art riß seinen Bruder aus dessen Gedanken: »Aber er hat es nicht böse gemeint, Johnny. Wirklich nicht. Es war wirklich nur ein Versehen, oder zumindest ...«

*Es gibt Momente, in denen man die Dinge um einen herum plötzlich mit ganz anderen Augen sieht.*
*Was einem zuvor noch vertraut und harmlos erschien, offenbart sich schlagartig als fremd und bösartig.*
*In solchen Momenten sollte man sich erst einmal ruhig hinsetzen und tief durchatmen.*

Ohne Arts Entschuldigungsversuche zu beachten, stürmte Hobbes bereits zur Wohnungstür. Alles hatte seine Grenzen. Und diesmal war der Dämon wirklich zu weit gegangen.

## 46

Als der Detective die Wohnungstür aufriß und ins Treppenhaus trat, stieß er beinahe mit Sam zusammen. Wutentbrannt packte er den Jungen bei den Schultern und schüttelte ihn, während er ihm drohend in die Augen starrte. Doch Sam reagierte nur mit Furcht und Bestürzung.

»Onkel John, was ist denn los?« fragte er, da er sich offensichtlich keinen Reim darauf machen konnte, warum Hobbes so außer sich war.

Trotz seiner Erregung bemerkte der Detective sofort, daß sein Neffe nicht mehr unter dem Einfluß des Dämons stand, und schaltete schnell. »Sam, sag mir rasch, wo Toby steckt!«

»Toby? Der spielt noch draußen ... glaube ich wenigstens.«

Hobbes gab dem Jungen einen aufmunternden Klaps auf die Schulter und sprang dann ohne jede weitere Erklärung die Treppe hinab.

Als er in den Sonnenschein des Spätnachmittags hinein auf die Straße stob, wurde sein Blick geradezu magnetisch von Toby angezogen, der – in Hobbes' Adreßbuch lesend – auf der Motorhaube eines Autos saß, das auf der gegenüberliegenden Straßenseite geparkt war.

»Laß meine Familie in Ruhe!« brüllte der Detective ihm zu.

Toby hob aufreizend gelassen den Kopf und bedachte Hobbes mit seinem selbstsicheren, arroganten Lächeln, das diesen an den Rand der Selbstbeherrschung brachte.

»Wenn du dich an mir rächen willst, dann geht das nur uns beide an. Aber laß meine Familie aus dem Spiel.«

»Warum sollte ich das tun?« erwiderte der Junge mit einer Stimme, die eindeutig nicht die von Toby war. »Erst hast du mich gejagt, und jetzt jage ich dich und die Deinen.«

Außer sich vor Wut, sprintete Hobbes über die Straße auf den Jungen zu, doch mit der für ein Kind typischen Gewandtheit sprang Toby leichtfüßig von dem Wagen und lief davon.

Der Detective hetzte die Straße hinab, so schnell er konnte, doch es gelang Toby sogar noch, den Abstand zu seinem Verfolger zu vergrößern. Ohne nach links und rechts zu blicken, jagte der Junge in selbstmörderischer Manier durch den fließenden Verkehr, wodurch er einige Fahrer zu Vollbremsungen und gefährlichen Ausweichmanövern zwang. Nur knapp passierte er einen heranbrausenden Möbelwagen, wobei er das Adreßbuch verlor, und rannte dann auf einen Mann in einer dunklen Jacke zu, der stehengeblieben war, um dem lebensgefährlichen Treiben des Jungen zuzusehen.

Als Hobbes sah, daß Toby den Mann im Vorbeilaufen am Arm berührte und kurz darauf keuchend innehielt, um nach Luft zu schnappen, verlangsamte er sein Tempo.

»Geh nach Hause, Toby – und zwar sofort!« wandte er sich im Tonfall eines besorgten Elternteils an den Spielgefährten seines Neffen, während er ihn nur kurz musterte und sein Hauptaugenmerk bereits auf den Mann in der dunklen Jacke konzentrierte, der sich schon ein paar Schritte entfernt hatte und sich gerade zu Hobbes umdrehte.

Nach dem kurzen Blickkontakt strebte der Mann eilig auf einen ausladenden, amerikanischen Straßenkreuzer älteren Baujahrs zu. Während er einstieg, sich am Handschuhfach zu schaffen machte und anschließend etwas auf das Armaturenbrett legte, näherte sich Hobbes dem Wagen mit wachsender Vorsicht.

Mißtrauisch verfolgte er, wie sich der Mann sein Hemd vom Leib riß und sich dann vorbeugte, wodurch dem Detective die Sicht versperrt wurde. Was zum Teufel trieb der Bursche dort nur?

Alles, was er mitbekam, war nur, daß der Mann an seiner Brust herumhantierte. Aber dafür erkannte der näher kommende Hobbes den Gegenstand, den der Mann auf das Armaturenbrett des Wagens gelegt hatte: Es handelte sich unzweideutig um eine Pistole.

Dem Detective lief ein kalter Schauer über den Rücken. Ein Schußwechsel auf offener Straße war das letzte, was er erwartet hatte.

Doch während Hobbes noch unschlüssig, wie er sich verhalten sollte, an Ort und Stelle verharrte, lehnte sich der Mann aus dem Seitenfenster und eröffnete bereits das Feuer auf ihn. Blitzartig warf sich Hobbes zu Boden, um zwischen zwei parkenden Wagen Deckung zu suchen und gleichzeitig seine 9-mm-Automatik aus dem Holster zu ziehen.

Als keine Schüsse mehr zu hören waren, rappelte sich Hobbes wieder auf, stellte fest, daß er unverletzt war, und lugte vorsichtig in Richtung des Schützen.

Der Mann in der dunklen Jacke stand mitten auf der Straße und hielt die auf den Boden gerichtete Waffe in beiden Händen. Sein Gesicht zeigte einen unnatürlich gelassenen Ausdruck.

»Was ist los mit dir, mein Freund?« brüllte er zu Hobbes hinüber. »Hast du Angst, dich dem Kampf mit mir zu stellen?«

Der Detective zermarterte sich das Hirn. Blieb ihm überhaupt eine Wahl? Wenn diese bösartige Kreatur nicht ihren Willen bekam, war ihr durchaus zuzutrauen, daß sie wahllos in die Passanten feuerte. Das konnte und wollte Hobbes nicht verantworten. Dann hielt er lieber seinen eigenen Kopf hin.

Er holte tief Luft, wappnete sich für die bevorstehende Konfrontation und trat – den Arm mit der Waffe an seiner Seite herabhängend – aus seiner Deckung, so daß sich die beiden Männer wie in einem Western von Angesicht zu Angesicht zum tödlichen Duell gegenüberstanden.

Das Gesicht seines Kontrahenten verzog sich zu einem

Grinsen. »Ich wußte, daß du herauskommen würdest«, tönte er mit heiserer Stimme. »Ich kenne dich nämlich, Hobbes. Ich kenne dich sehr ganu. *Innah yahdah-hahnah d'minnou aht!*«

Langsam, sehr langsam hob der Mann die Waffe.

Verzweifelt fragte sich Hobbes, wie er reagieren sollte. Durfte er auf sein Gegenüber feuern, ohne mit letzter Sicherheit zu wissen, ob er es mit dem bösartigen Dämon oder nur mit einem Unschuldigen zu tun hatte, der lediglich Opfer der Umstände geworden war? Unfähig, die Initiative zu ergreifen, haderte Hobbes mit seinem Gewissen. Großer Gott, er konnte diesen Mann doch nicht einfach wie einen Gewaltverbrecher oder psychopathischen Killer niederschießen?

Plötzlich riß der Mann die Arme empor und richtete seine Pistole auf die Brust des Detective. Jetzt war keine Zeit mehr für Grübeln und Nachdenken. Reflexartig brachte Hobbes seine Dienstwaffe in Anschlag und drückte ab.

Der Mann drehte sich um seine eigene Achse und stürzte dann zu Boden. Den Kopf zur Seite gedreht und ein Knie leicht angewinkelt, blieb er reglos liegen.

Noch immer wachsam und aufs Höchste angespannt, näherte sich der Detective – vorbei an seinem auf der Straße liegenden Adreßbuch – dem leblosen Körper.

Es handelte sich um einen Mann mittleren Alters ohne irgendwelche auffälligen Merkmale, der eine dunkle, wattierte Winterjacke trug. Noch vor wenigen Sekunden hatte es sich bei ihm um ein beseeltes Wesen gehandelt, das geatmet und Zukunftspläne geschmiedet hatte. Jetzt lag nur noch ein dem Vorfall preisgegebener Haufen Fleisch auf dem Asphalt, der das Pech gehabt hatte, einem Dämon als Unterschlupf zu dienen.

Hobbes beugte sich nieder und hielt seine Hand vor den geöffneten Mund des Mannes, sorgsam darauf achtend, den Körper nicht zu berühren. Es war kein Atem mehr festzustellen. Der Detective seuftze vor Erleichterung. Gewiß, er hatte einen Menschen getötet, aber, Gott sei Dank, zugleich auch den Dämon.

Doch hatte er das wirklich?

Gebannt verfolgte nicht nur Hobbes, sondern auch eine nur wenige Meter entfernt stehende, korpulente Frau, wie ein undefinierbares, schemenhaftes Etwas von der Leiche des Mannes aufstieg und sich von ihr entfernte. Es gab jedoch noch eine weitere Zeugin des ebenso faszinierenden wie unheimlichen Vorgangs: ein hübsches, sechzehnjähriges Mädchen mit langen, schwarzen Haaren, das sich – wie jeden Tag um diese Zeit – auf seinem Heimweg von der Schule befand.

Das unbegreifliche Geschehen überwältigte sie derart, daß sie unfähig war, sich von der Stelle zu rühren: Selbst dann noch, als das schattenartige Gebilde sich auf sie zu bewegte – und schließlich Besitz von ihr ergriff.

Ein Lächeln glitt über ihre Züge. Dann strich sie sich selbstbewußt die Haare aus dem Gesicht und warf Hobbes einen herausfordernden Blick zu.

Doch der Detective nahm bereits keinerlei Notiz mehr von ihr. Nachdem er den Vorgang mit stummem Entsetzen verfolgt hatte, waren seine Augen zurück zu dem Toten gewandert. Je weiter sich die Blutlache unter der Leiche ausbreitete, desto geringer wurde plötzlich auch Hobbes' eigene Lebensenergie. In seinem Kopf herrschte mit einem Mal eine entsetzliche Leere. Und der Boden unter seinen Füßen schien zu beben. Ansonsten wirkte alles um ihn herum lautlos und tot. Nur ein einziges Geräusch drang an sein Ohr: ein niederträchtiges, höhnisches Lachen, das von dem jungen Mädchen ausgestoßen wurde.

Hobbes fuhr herum und fixierte, noch immer ungläubig, ihren spöttischen Blick. Er bebte am ganzen Körper. Das alles durfte einfach nicht wahr sein. Aber es hatte keinen Sinn, sich etwas vorzumachen.

»Komm, mein Freund, wach endlich auf!« rief das Mädchen in rauhem, vulgärem Ton. »Wie du siehst, bin ich nicht so leicht flachzulegen.«

In herausfordernder Pose tat sie einen Schritt auf ihn zu. »Sofern mein jeweiliger Wirt zu Tode kommt und ich mich als Geist bewege, kann mir einfach niemand widerstehen«, gurrte sie lachend. »Was wirst du jetzt also tun? Willst du mich vielleicht verhaften? Oder zuerst durchsuchen? Und was wirst du Stanton bloß erzählen, du Armer? So ein Pech aber auch. Ich bin wirklich schon sehr gespannt darauf, was du dir jetzt einfallen lassen wirst.«

Kalt lächelnd drehte sie sich um und schlenderte davon.

Von unsäglichem Grauen erfüllt, starrte Detective Hobbes ihr nach. »Wenn es dir nur um meinen Kopf geht, warum tötest du mich dann nicht einfach?« brüllte er ihr nach.

Sie wandte sich um, offensichtlich überrascht über seine Frage. »Aber ich möchte doch noch ein bißchen Spaß haben«, jammerte sie wie ein Kind, dem man sein Spielzeug wegnehmen will, bevor sie die Stimme zu einem verruchten Flüstern absenkte: »Ist dir etwa der Spaß schon vergangen?«

Als sie daraufhin ihren Weg fortsetzte, schaute Hobbes ihr nur wortlos nach, bevor er den Blick erneut auf die Leiche zu seinen Füßen senkte. Er hatte das Gefühl, als rinne ihm kalter Schweiß aus allen Poren seines Körpers. Kein Zweifel. Er hatte soeben einen vollkommen unschuldigen Menschen getötet, ohne daß er dabei auch nur einen Schritt weitergekommen wäre, Azazel unschädlich zu machen.

Als ihm diese Erkenntnis in ihrer vollen Bedeutung bewußt wurde, sank Hobbes ermattet neben der Leiche auf den Asphalt der Straße – unfähig, noch einen klaren Gedanken zu fassen oder sich auch nur zu rühren.

# 47

Auch als Passanten an Hobbes herantraten und ihm Fragen stellten, verharrte er mit leerem Gesicht am Boden, ohne irgendeine Reaktion zu zeigen. Für ihn geschah all das Treiben um ihn herum in einer anderen Welt, die für ihn unerreichbar weit entfernt war. Erst als er aus den Augenwinkeln wahrnahm, daß sich mehrere Polizeiwagen mit eingeschaltetem Blaulicht näherten, erhob er sich unter großen Mühen und ging langsam um die Leiche herum. Der Detective war noch immer absolut fassungslos und wirkte wie ein Schatten seiner selbst.

Im Handumdrehen waren mehrere Polizisten damit beschäftigt, den Platz mit gelbem Leuchtband abzusperren, während die Besatzung einer Ambulanz den auf der Straße liegenden Körper auf eventuelle Lebenszeichen hin untersuchte. Nachdem sie nur noch den Tod feststellen konnten, gaben sie dem ebenfalls bereits eingetroffenen Leichenbeschauer ein Zeichen, daß es sich unzweifelhaft um einen Fall für ihn handelte. Unterdessen markierten die Spurensicherungsexperten mit Kreide jede am Boden liegende Geschoßhülse. Mittlerweile hatten sich neben mehreren TV-Übertragungsteams auch zahlreiche Schaulustige am Tatort versammelt.

»Der Kerl in der dunklen Jacke stand mitten auf der Straße, brüllte dem anderen irgendwas zu und schoß dann auf ihn«, gab ein gut gekleideter, älterer Mann zu Protokoll. »Dann ist der andere aus der Deckung hervorgekommen und auf den ersten zugegangen. Als dieser dann erneut seine Waffe auf den anderen richtete, blieb dem nichts übrig, als zurückzufeuern.«

»Sie haben also zweifelsfrei gesehen, daß der Mann, der jetzt am Boden liegt, zuerst geschossen hat?« vergewisserte sich Lou, während er sich Notizen machte.

»Absolut«, bestätigte der Zeuge. »Meine Frau hat auch alles gesehen und kann meine Aussage bestätigen.«

Hobbes hatte sich noch immer nicht gefangen, aber Stanton, der inzwischen ebenfalls eingetroffen war, führte seinen Freund und Mitarbeiter an den Rand der Absperrung. Ohne auch nur eine Spur von seiner gewohnten Ironie in der Stimme, redete der Lieutenant mit ernstem Gesicht auf Hobbes ein.

»Weißt du eigentlich, wen du da erschossen hast?« fragte er scharf. »Einen Lehrer!« Er zuckte die Achseln. »Ich weiß wirklich nicht, was ich dazu sagen soll. Das Ganze ist – vorsichtig ausgedrückt – mehr als merkwürdig. Aber du scheinst dich ja langsam zu einem Experten für solche Situationen zu entwickeln ... was ebenfalls merkwürdig genug ist.«

Erregt stapfte Stanton neben der Leiche auf und ab, über die gerade eine Decke ausgebreitet wurde, da die Spurensicherungsexperten ihre Untersuchungen abgeschlossen hatten.

Nach wie vor verfolgte Hobbes das Geschehen wie gelähmt und mit ausdruckslosem Gesicht.

»Wir wissen zwar, daß der Mann als erster geschossen hat, denn das haben alle Zeugen übereinstimmend bestätigt«, fuhr Stanton fort. »Aber wir wissen auch, daß er nur Platzpatronen geladen hatte und daß er die Waffe aus einem gestohlenen Auto entwendete. Das ergibt doch alles keinen Sinn!«

»Das Ganze war von A bis Z geplant«, sagte Hobbes plötzlich.

»Ach nein?« fragte Stanton voller Sarkasmus und fuhr herum. »Der Mann dort hatte also die Absicht, sich von dir auf offener Straße erschießen zu lassen? Selbstmord durch eine Kugel, die ein Cop abgefeuert hat. Wenigstens mal was Neues.«

Plötzlich veränderte sich Hobbes' Haltung schlagartig. »Ich bin gleich zurück«, erklärte er knapp und schlüpfte unter dem gelben Absperrband hindurch.

»Hey, wo willst du denn hin?« rief ihm Stanton

verblüfft hinterher. »Ich bin noch längst nicht fertig mit dir.«

Doch Hobbes eilte zielstrebig auf Art und Sam zu, die er beide in der Menge der Schaulustigen erspäht hatte.

»Seid ihr von allen guten Geistern verlassen? Was macht ihr denn hier?« fragte Hobbes streng und wandte sich dann an Art. »Bring Sam zurück in die Wohnung, schließe alle Fenster und verriegle die Tür. Laß niemanden herein. Hörst du, Art, wirklich niemanden. Hast du mich verstanden?«

Sein Bruder nickte mit betrübter Miene.

»Kannst du das behalten, Art?« hakte Hobbes nach.

Wieder nickte Art wortlos.

»Dann macht euch auf den Weg. Ich komme später nach.« Er war bereits im Begriff, zu Stanton zurückzukehren, als er Arts Stimme hörte: »Sag mal, Johnny, bist du böse auf mich?«

Der Detective blieb stehen und machte kehrt. Er schüttelte den Kopf und streichelte seinem Bruder zärtlich über die Wange: »Nein, Art. Das könnte ich niemals sein, das weißt du doch.«

Art strahlte über das ganze Gesicht.

Hobbes gab auch Sam noch einen aufmunternden Klaps. »Nun seht aber zu, daß ihr schnell nach Hause kommt.«

Hobbes schaute den beiden nach, bis sie den Eingang zum Haus sicher erreicht hatten. Erst dann drehte er sich um und ging zurück zu Stanton, zu dem sich mittlerweile auch Lou und Jonesy gesellt hatten.

Lou trug gerade auf übertriebene Weise eine Leidensmiene zur Schau. »Ich kann dir gar nicht sagen, wie es mir an die Nieren geht, die Götter stürzen zu sehen«, raunte Jonesy zu, der diese Bemerkung mit einem wütenden Blick quittierte und dann auf seinen Partner zuging.

»Diesmal sind es Buchstaben«, sagte Jonesy und bückte sich, um die Decke so weit von dem Toten zurückzuschlagen, daß dessen Brust sichtbar wurde: Die mit Filzstift geschriebenen Buchstaben »A-P-O« waren nicht zu übersehen.

*Das also war die Erklärung für das seltsame Verhalten, das der Mann im Auto an den Tag gelegt hatte,* dachte Hobbes.

»Ich habe Ihnen ja bereits gesagt, Lieutenant, daß es sich um so etwas wie Ritualmorde handelt«, wandte sich Jonesy an Stanton. »Wir haben es offensichtlich mit ein paar Verrückten zu tun, die Anfänger eines aramäischen Satans- und Wiederauferstehungskultes sind.«

»Ja«, sagte Stanton knapp. »So scheint es.«

»›A-P-O‹?« wiederholte Hobbes laut. »Hinter diesen Buchstaben muß sich irgendeine Botschaft verbergen.«

»Eine Botschaft? Von seiten des Killers?« fragte Stanton stirnrunzelnd. »Hobbes, vergiß bitte nicht, daß *du* diesmal der Killer gewesen bist.«

»Nur indirekt«, korrigierte der Detective seinen Vorgesetzten.

»Von wegen ›nur indirekt‹«, knurrte Stanton. »Diesmal kommst du mir nicht so einfach davon. Wir fahren jetzt zum Revier zurück, und dann erwarte ich plausible Erklärungen von dir.«

## 48

Hobbes fühlte sich noch immer benommen, als er seinen Wagen auf dem Parkplatz des Polizeireviers abstellte und beim Aussteigen ein ungemütlich kalter Regen auf ihn niederprasselte.

Da es bereits später Abend war, lagen das Gebäude und der lange Korridor leer und verlassen vor ihm. Er nickte nur kurz dem wachhabenden Beamten zu und machte sich dann auf den Weg zu seinem Dezernat.

Als er das Büro seines Vorgesetzten betrat, legte Stanton gerade den Telefonhörer auf. »Einer von den Jungs hat mit der Witwe des Lehrers gesprochen. Die beiden waren erst seit vier Monaten verheiratet, sie ist schwanger und er hatte gerade erst eine Gehaltserhöhung bekommen. So viel zu der Theorie, es könnte sich um einen gezielten Selbstmord handeln. Aber du hattest ja noch etwas Besseres auf Lager. Sagtest du nicht, du hättest den Mann erschossen, weil er dein Adreßbuch geklaut hatte?«

»Er hatte zwar mein Adreßbuch gestohlen, aber das war nicht der Grund, warum ich auf ihn feuerte«, erwiderte Hobbes matt. »Ich habe aus reiner Notwehr zurückgeschossen, weil er seine Waffe auf mich richtete.«

Beide starrten sich mehrere Sekunden lang schweigend in die Augen. Stanton konnte zwar nicht behaupten, das alles vorhergesehen zu haben, aber das hielt ihn nicht davon ab, auf die jüngsten Ereignisse ausgesprochen gereizt zu reagieren.

»Ich habe nur noch vier Dienstjahre vor mir«, zischte er. »Und ich werde meine Pension gewiß nicht wegen dir aufs Spiel setzen.«

Als es plötzlich an der Tür klopfte, erhob sich der Lieutenant, um selbst nachzusehen, wer es war. Als er die Tür öffnete, stand Lou vor ihm. Die beiden Männer flüsterten kurz miteinander, ohne daß Hobbes hätte verstehen können, worum es ging. Dann übergab Lou dem Lieutenant einen Gegenstand, bevor er sich verabschiedete.

»Kann ich jetzt Feierabend machen?« fragte er laut.

Stanton nickte und schloß die Tür wieder hinter ihm.

»Dein Kugelschreiber«, stellte er seufzend fest.

Hobbes betrachtete ihn schweigend.

»Sagtest du nicht, du hättest ihn verloren?« fragte Stanton.

Erneut erwiderte Hobbes nichts.

»Du hast doch gestern noch nach ihm gesucht, stimmt's?«

»Und wo wurde er gefunden?« fragte der Detective, der die Antwort bereits ahnte.

Stanton legte den Kugelschreiber, der in eine Plastiktüte verpackt war, die der Sicherstellung von Beweismitteln diente, auf seinen Schreibtisch. »In der Brusttasche des Lehrers«, erklärte Stanton. »Und die einzigen Fingerabdrücke, die sich auf dem Kugelschreiber befinden, stammen von dir.«

»Du bist also schon damit beschäftigt, Beweise gegen mich zu sammeln?« brauste Hobbes auf.

Stanton schüttelte nur widerwillig und verärgert den Kopf.

»Der Untersuchungsausschuß, der sich routinemäßig mit dem heutigen Schußwechsel beschäftigen wird, benötigt deine Dienstwaffe.«

Hobbes starrte ihn an, als könne er nicht glauben, daß diese Aufforderung ihm galt.

»Ich werde dafür sorgen, daß die Anhörung so schnell wie möglich erfolgen wird«, fügte Stanton hinzu.

Wieder nickte Hobbes nur.

Noch immer fixierte ihn der Lieutenant mit ernstem Blick. Dann holte er tief Luft. »Die hohen Bosse in der oberen Etage sind nun einmal nur zufrieden, wenn das, was in der Welt geschieht, Sinn macht und rational nachvollziehbar ist«, begann er müde. »Und wenn das einzige, was sinnvoll zu sein scheint, darin besteht, dich einzulochen, dann werde ich es tun müssen. Also zwing mich besser nicht dazu. Und jetzt verschwinde von hier.«

## 49

Es war schon weit nach Mitternacht, als Hobbes erschöpft Stantons Büro verließ. Das Gespräch mit dem Lieutenant war nur eines von vielen gewesen. Wie immer, wenn ein

Cop in einen Schußwechsel mit tödlichem Ausgang verwickelt war, hatte auch Hobbes sich routinemäßig den Fragen des Polizeipsychologen und der Beamten aus der Abteilung für innere Angelegenheiten stellen müssen. Daß ihn jedoch auch einige Mitarbeiter des stellvertretenden Polizeichefs und des Bürgermeisters verhört hatten, beunruhigte Hobbes weit mehr, da ein solches Verfahren keineswegs üblich war.

Als der Detective des Großraumbüros betrat, saß nur noch Jonesy an seinem Schreibtisch und qualmte einen seiner unvermeidlichen Glimmstengel. Hobbes betrachtete ihn nachdenklich. Sein Partner verkörperte wirklich den Inbegriff eines Cop: übernächtigt, mit einer Vorliebe für ungesunde Ernährung, übergewichtig, Anwärter auf einen Herzinfarkt, korrupt, und doch im Innersten seines Herzens unbestechlich – kurz und gut: ein Fels in der Brandung.

Aus den Augenwinkeln bemerkte Hobbes ein Lichtflackern. Es war der Fernseher, in dem gerade die Spätnachrichten liefen. Der Detective konnte unter der Überschrift ZEUGEN BESTÄTIGEN AUSSAGE DES POLIZISTEN ein Foto von sich bewundern.

Jonesy warf ihm einen kurzen Blick zu, als er das Gerät ausschaltete. Hobbes trat an den Schreibtisch seines Partners, nahm sich eine von dessen Zigaretten und führte sie an seine Lippen. Dann besann er sich jedoch eines Besseren und legte sie wieder zurück. Er hatte bereits vor vier Jahren mit dem Rauchen aufgehört. Warum sollte er jetzt zu seinen ohnehin schon gewaltigen Problemen noch unnötigerweise ein weiteres hinzufügen?

Hobbes holte aus einem Metallschrank einen der Plastikbeutel, in denen Beweisstücke aufbewahrt wurden. Dann zog er seine 9-mm-Automatik aus dem Halfter und entfernte das Magazin. Anschließend legte er seine Dienstwaffe in den Beutel, den er versiegelte und beschriftete.

Jonesy erhob sich von seinem Stuhl und ging zum Kaffeeautomaten hinüber, um kurz darauf mit zwei gefüllten Bechern zurückzukehren. Genießerisch schnupperte er an dem dampfenden Gebräu und stellte dann einen der Becher vor Hobbes ab.

Der Detective dankte ihm mit einem Nicken und öffnete die mittlere Schublade seines Schreibtisches, um darin das Magazin zu deponieren. Dabei fiel ihm das Foto seiner ehemaligen Frau in die Hände. Wenige Wochen, nachdem er von Marcy verlassen worden war, hatte er es dort verschlossen, davon überzeugt, daß die Trennung für alle die beste Lösung darstellte.

Das alles lag nun schon zwei Jahre zurück. Aber dennoch hatte er in der Zwischenzeit niemals ernstlich versucht, eine andere Frau zu finden. Hobbes fragte sich, ob er Gretta Milano nicht doch ähnlicher war, als er bisher gedacht hatte. Ging nicht auch er unbewußt jeder engeren Bindung an einen Menschen aus dem Weg, da er es vermeiden wollte, andere durch die beständigen Gefahren seines Berufes in Mitleidenschaft zu ziehen?

Vorsichtig legte er das Foto zurück in die Schublade. Gerade jetzt war er froh, Marcy in Sicherheit zu wissen, da der Alptraum, den er zur Zeit durchlebte, immer quälender und bedrohlicher zu werden schien. Daß Art und Sam in das Ganze verwickelt worden waren, war schon schlimm genug.

Jonesy sah zu ihm herüber. »Es war ein sauberer Schuß«, sagte er. »Der Mann war sofort tot.«

»Ich weiß«, sagte Hobbes. »Aber das macht es auch nicht besser.«

Sein Partner nickte, nahm einen Schluck von seinem Kaffee und verzog das Gesicht. »Wo kaufen die bloß derart schlechten Kaffee ein? Der reinste Dreck.«

Hobbes sagte nichts. Er war noch immer damit beschäftigt, den Kram aufzuräumen, der sich in vielen Dienstjahren in seiner Schublade angesammelt hatte: Visitenkarten, Dankes- und Beschwerdebriefe, vergilbte Eintrittskarten zu einem Spiel der letztjährigen Basketball-Playoffs, zu dem er Art und Sam eingeladen hatte, und eine Schachtel mit diversen Souvenirs, darunter eine Kugel, die seinen Schädel getroffen hätte, wenn sie nicht von einem Metallgeländer abgelenkt worden wäre.

Hobbes gab sich ganz seinen Erinnerungen und seiner Melancholie hin.

»Wenn du Lust hast zu reden, dann tu dir keinen Zwang an«, ließ sich Jonesy vernehmen, der ihm aufmunternd zunickte. Er hielt sehr viel von seinem Partner und litt mit ihm unter den merkwürdigen Ereignissen der letzten Tage. »Scheinbar haben wir es hier mit einem Fall zu tun, der in keinem Lehrbuch auftaucht.«

»Ja, da hast du recht«, bestätigte Hobbes und schaute seinem langjährigen Freund und Kollegen offen in die Augen. »Sag mal, Jonesy, worin besteht eigentlich deiner Meinung nach der Sinn des Lebens.«

»Der Sinn des Lebens?« Jonesy zog die Augenbrauen zusammen.

»Ja, der Sinn des Lebens.«

»Er besteht meiner Meinung nach darin, daß wir die bösen Jungen einfangen, die frei auf der Straße herumlaufen.«

»Diese Erklärung ist mir zu billig«, widersprach Hobbes.

Jonesy zuckte die Achseln und stieß eine Wolke von Zigarettenrauch aus, während er seinen Partner nachdenklich betrachtete, der es allem Anschein nach mit seiner Frage wirklich ernst meinte.

»Na ja, vergiß das Ganze einfach«, winkte Hobbes ab und schüttelte resignierend den Kopf.

»Aber warum denn?« widersprach Jonesy. »Schließlich ist es zwei Uhr früh, und du kannst um diese Zeit ruhig ganz offen so viel verrücktes Zeug sagen, wie dir durch den Sinn geht.«

»Na gut … wenn du meinst. Also, die entscheidende

Frage ist doch die, warum wir eigentlich existieren. Kannst du sie mir vielleicht beantworten? Und warum gibt es Vögel, Bäume, Wasser und alles anderes auf der Welt? Warum?«

Jonesy dachte zuerst daran, sich in den für Cops typischen Zynismus zu flüchten, besann sich dann jedoch eines Besseren. »Weil es einen Gott gibt, Hobbes.«

»Möglicherweise. Aber es fällt mir vor allem zur Zeit sehr schwer, zu glauben, wir seien Teil eines moralischen Experimentes, das von einem höheren Wesen geleitet wird. Stell dir das nur mal vor: ein Experiment mit fünf Milliarden Menschen! Falls es wirklich einen Gott gibt, dann wären wir doch nichts anderes als so etwas wie Ameisen für ihn. Und kümmern wir uns darum, ob das Leben der Ameisen moralischen Regeln folgt?«

»Sicher nicht«, bestätigte Jonesy.

»Aber wenn es keinen Gott gibt, der uns erschaffen hätte, wie kommen wir dann hierher? Um diese Frage zu beantworten, müssen wir an den Anfang allen Lebens zurückkehren, zum Beginn der Zeit, zum großen Urknall, oder wie immer du es nennen willst.«

»Okay, so weit kann ich dir folgen. Also zurück zum Anfang.«

»Schön. Dann habe ich die nächste Frage: Was geschah davor?«

»Davor?« wiederholte Jonesy irritiert. »Nichts. Schließlich reden wir über den Anfang von allem.«

»Nein, so einfach ist das nicht«, widersprach Hobbes. »Etwas, das so unermeßlich ist wie das Universum, kann unmöglich plötzlich aus einem Nichts heraus entstehen. *Jemand* oder *etwas* muß den Stein ins Rollen gebracht haben, verstehst du? Selbst wenn es einen Gott gibt, muß es auch jemanden geben, der Gott erschaffen hat.«

Jonesy schaute ihn zweifelnd an. »Ich versuche ja, dir zu folgen, aber dich gebe zu, daß es nicht ganz einfach ist.«

»Ich weiß«, gestand Hobbes seufzend. »Ich weiß.«

»Entscheidend ist doch vor allem die Frage, ob all das, was wir hier treiben, irgendeinen Sinn hat oder nur ...«, nahm Jonesy den Faden wieder auf.

»Und genau das ist es, was ich von dir wissen möchte«, unterbrach ihn Hobbes erregt. »Falls es wirklich für uns alle ein Ziel gibt, das es zu erreichen gilt, dann müßten wir es doch kennen?«

»Möglicherweise erfahren wir die Antwort darauf erst im Augenblick unseres Todes«, gab Jonesy zu bedenken und schnippte mit den Fingern. »Ein Herzinfarkt oder ein Schlaganfall, und alles ist vorbei. Vielleicht ist alles so angelegt, daß wir unsere Erkenntnis mit ins Grab nehmen sollen, damit wir sie hier nicht ausplaudern.«

Hobbes nickte. An Jonesys Erklärung konnte etwas dran sein. Die Antwort auf die Frage nach dem Sinn des menschlichen Lebens bedeutete ein Wissen, das sicherlich eine unerträgliche Bürde für einen Sterblichen darstellte.

»Meine Dolores sagt jedenfalls, daß wir auf Erden sind, um *eine* Aufgabe zu erfüllen«, riß Jonesy ihn aus seinen Gedanken.

»Nur eine Aufgabe? Und die wäre?«

»Das ist bei jedem etwas anderes. Dolores sagt, ihre bestünde darin, eine hervorragende Lasagne zu machen.«

Hobbes dachte nach. »Wirklich nur *eine* Aufgabe? Nicht etwa *zwei*?«

»Vielleicht auch zwei. Wer weiß das schon?« sagte Jonesy. »Es geht doch eigentlich nur darum, daß für jeden von uns einmal der Augenblick der Entscheidung kommt, an dem wir Farbe bekennen müssen und entweder den richtigen oder den falschen Weg wählen.«

Hobbes horchte auf und dachte nach. »Aber woher wissen wir, wann dieser Augenblick der Entscheidung gekommen ist?«

Plötzlich läutete das Telefon.

Die beiden Männer blickten sich stumm an und brachen dann in lautes Lachen aus.

»Mit einer so prompten Reaktion hätte ich gar nicht gerechnet«, grinste Hobbes und ließ seinen Blick zwischen Jonesy und dem Telefon hin und her wandern, bevor er den Hörer abnahm.

»Ja?« sagte er leise, erhielt jedoch keine Antwort. »Hallo?«

Er schüttelte müde den Kopf, da er befürchtete, es könne sich um einen weiteren der anonymen Anrufe des Dämons handeln. Er wollte bereits wieder auflegen, als er eine vertraute weibliche Stimme vernahm.

»John, sind Sie es? Hier ist Gretta. Ich … ich wollte mich nur erkundigen, ob Sie okay sind.«

»Nicht so ganz«, erwiderte Hobbes knapp und sah Jonesy an. »Ich rufe Sie später zurück, einverstanden?« Dann unterbrach er das Gespräch, da er auf keinen Fall Gretta Milanos Anonymität gefährden wollte.

Sein Partner musterte ihn fragend.

»Das war der Killer«, erklärte Hobbes mit todernstem Gesicht. »Wir müssen uns noch wegen des nächsten Mordes absprechen.«

Jonesy lachte.

Schließlich erhob sich Hobbes und legte die Plastiktüte mit seiner Dienstwaffe in eine Schublade, die er abschloß. »Ich fahre jetzt nach Hause.«

»Nimm dir das Wochenende frei«, sagte Jonesy lächelnd. »Ich werde die Stellung hier schon halten.«

Hobbes nickte und verließ das Büro, während ihm sein Partner besorgt nachblickte und sich wünschte, er könnte ihm irgendwo helfen.

Was verbarg Hobbes nur vor ihm? Wie konnten die Dinge plötzlich so außer Kontrolle geraten? Gab es wirklich keine höhere Gerechtigkeit? Spielte es denn gar keine Rolle, ob man ein aufrechter Mensch war, ein guter oder ein schlechter Cop?

## 50

Nachdem Hobbes seine Wohnung betreten hatte, verriegelte er sorgfältig die Tür und ging den Flur entlang ins Wohnzimmer, um dort zu kontrollieren, ob alle Fenster geschlossen waren. Dann warf er einen Blick in den Nachbarraum, in dem Art und Sam friedlich schliefen. Erst nachdem er auch alle anderen Räume und Fenster überprüft hatte, legte er seine Jacke ab und holte sich ein Bier aus dem Kühlschrank.

Obwohl er nichts Auffälliges entdeckt hatte, konnte Hobbes keine rechte innere Ruhe finden und schritt nervös auf und ab. Azazel war bereits einmal in das Leben seiner Familie eingedrungen, und der Detective zweifelte nicht darn, daß es dem Dämon auch ein zweites Mal gelingen würde, falls er es darauf anlegte.

Bei jedem anderen verzwickten Problem hätte er sich hingesetzt, die Lage in Ruhe analysiert, einen Plan entwickelt und diesen in die Tat umgesetzt. Aber in diesem Fall stand er mit dem Rücken an der Wand und fühlte sich absolut machtlos. Wie sollte man jemanden bekämpfen, den man nicht sehen konnte … der von jedem Menschen Besitz ergreifen konnte und aus reiner Willkür tötete … der allem Anschein nach zwar ein Ziel verfolgte, dabei aber einer Logik folgte, die nur ihm verständlich war?

Hobbes trat an den Schreibtisch in seinem Schlafzimmer, auf dem noch immer die Bücher aus Milanos Blockhaus ausgebreitet lagen. Er vertiefte sich erneut in die Darstellungen über Azazel, verzweifelt auf der Suche nach dem *einen* Hinweis, der ihm weiterhelfen würde.

In einem der Bücher wurde der Dämon als »Reiter auf einer Giftschlange«, als »Anführer der gefallenen Engel« und als »Geist in Menschengestalt« bezeichnet. In einem anderen war vom »Fürsten der Hölle« und vom »Verführer der Menschheit« die Rede, in einem dritten davon, daß Azazel »ein Sohn des Feuers« und die »rechte Hand Satans« sei.

Leise stöhnend, stellte Hobbes fest, daß ihn all diese blumigen Beschreibungen nicht weiterbrachten.

Dann stieß er auf einen Abschnitt, in dem Azazel als einer der Anführer der zweihundert gefallenen Engel – eines Drittels der himmlischen Heerscharen – charakterisiert wurde. Azazel sei es gewesen, der die Menschheit darin unterrichtet habe, Schwerter und Schilde anzufertigen. Und von ihm hätten die Frauen gelernt, ihre Körper mit Kleidern zu verhüllen. Dann jedoch sei Azazel der erste Stern gewesen, der vom Himmel gefallen sei.

*Dämonen, gefallene Engel, Geister in Menschengestalt – das alles ist doch nur blanker Unfug und hat nichts mit der Realität zu tun,* durchfuhr es Hobbes.

Und doch hatte er mit eigenen Augen Unglaubliches gesehen. Außerdem befand er sich zweifellos in der Hand eines Wesens, das sich übermenschlicher Kräfte bediente, daran konnte kein Zweifel bestehen.

Kopfschüttelnd zwang sich Hobbes dazu, erneut die Bücher zu studieren. *Benutze deinen Kopf,* sagte er zu sich selbst, *schließlich kannst du doch nicht einfach aufgeben.*

Wieder und wieder las er jeden Absatz über die Hierarchie der gefallenen Engel, der Geister in Menschengestalt …

Plötzlich klickte es bei ihm: Geister in Menschengestalt …?

Was hatte Gretta noch gesagt? War es nicht so, daß die ruchlosesten und widerwärtigsten der gefallenen Engel dazu verdammt worden waren, ihre äußere Gestalt zu verlieren, so daß sie nur überleben konnten, wenn sie von dem Körper eines Menschen Besitz ergriffen?

Gretta hatte auch gesagt, daß Gott die Fähigkeiten der Dämonen begrenzt und sie selbst sterblich gemacht habe. Aber wenn sie tatsächlich *sterblich* waren, dann bedeutete das doch … dann bedeutete das doch zwangsläufig, daß man sie auch *töten* konnte?

Hobbes schöpfte Hoffnung, mußte jedoch an den Lehrer denken, den er erschossen hatte. Obwohl der menschliche Wirt des Dämons gestorben war, existierte Azazel noch immer und war in den Körper des jungen Mädchens geschlüpft, das in der Nähe gestanden hatte.

Wenn Gretta recht hatte, dann mußte Azazel verwundbar sein. Aber wo lag bloß sein schwacher Punkt?

Fieberhaft setzte Hobbes seine Lektüre fort, um alles über die Eigenschaften der machtvollen Dämonen zu erfahren, die unter den Menschen ihr Unwesen trieben. Irgendwo mußte sich doch ein Hinweis darauf finden, auf welche Weise eine dieser teuflischen Kreaturen unschädlich zu machen war.

Dann stieß der Detective auf den folgenden Satz: »Außerhalb eines Körpers können Dämonen nur einen Atemzug lang überleben.«

Hobbes las den Satz wieder und wieder. Er spürte wie langsam, aber sicher seine alte Entschlußkraft in ihm wiedererwachte, die aus einem stetig wachsenden Gefühl der Macht gespeist wurde – der Macht des Wissens.

## 51

Am liebsten wäre Hobbes so schnell er konnte zu Gretta gefahren, um mit ihr alles unter vier Augen zu besprechen. Aber nach all dem, was geschehen war, durfte er es auf keinen Fall wagen, ihre Sicherheit leichtfertig aufs Spiel zu setzen, indem er Azazel den Weg zu ihrem Apartment zeigte. Also mußte er sich damit begnügen, sie anzurufen.

»Ich habe jemanden erschossen«, berichtete er ihr. »*Er*

hat mich dazu gezwungen, einen unschuldigen Mann zu töten.«

»Ich weiß«, sagte Gretta nur. »Ich habe in den Nachrichten davon erfahren. Es tut mir sehr leid.«

»Und nachdem ich den Mann erschossen hatte, schlüpfte Azazel in ein junges Mädchen, das zufällig in der Nähe stand.«

»Sind Sie sicher?« fragte Gretta.

»Absolut sicher. Ich habe mit eigenen Augen gesehen, wie er von der Leiche durch die Luft zu seinem neuen Opfer hinüberwechselte. Aber da ist noch etwas, das ich Ihnen mitteilen muß. In einem der Bücher Ihres Vaters stieß ich auf die folgende Stelle ...« – Er nahm den betreffenden Band zur Hand und zitierte wörtlich –« ... ›Außerhalb eines Körpers können Dämonen nur einen Atemzug lang überleben‹!«

»Davon habe ich schon einmal gehört«, erwiderte Gretta, »aber ich konnte mir nie einen Reim auf diese Aussage machen. Ich einem hebräischen Text fand ich allerdings kürzlich den Hinweis, daß ein Atemzug einem Dämon höchstens ermöglicht, fünfhundert Ellen zu überwinden.«

»Eine Elle – ist das nicht ein altes Längenmaß?« vergewisserte sich Hobbes.

»Ja. Die Entfernung von der Fingerspitze bis zum Ellbogen, ca. ein halber Meter. Der Dämon könnte insgesamt also ungefähr nur zweihundertfünfzig Meter überwinden.«

»Aha. Dann sind ja selbst solchen Kreaturen tatsächlich – wie Sie selbst einmal gesagt haben – gewisse Grenzen gesetzt.«

»Ja«, bestätigte Gretta. »Sie hören sich übrigens an, als hätten Sie so etwas wie eine Idee. John?«

»Möglicherweise«, gestand Hobbes knapp, der ihr keine Details anvertrauen wollte, um sie nicht in Gefahr zu bringen. Trotzdem spürte er das starke Verlangen, das Gespräch mit ihr fortzusetzen.

»Ich drücke Ihnen jedenfalls die Daumen«, sagte Gretta sanft. Auch sie schien den bescheidenen Luxus auszukosten, zumindest per Telefon Trost und Zuspruch eines Gleichgesinnten zu empfangen.

Schließlich beendete er schweren Herzens das Gespräch. »Ich werde mich morgen bei Ihnen melden, um mich zu vergewissern, daß Sie wohlauf sind.«

»Ich freue mich darauf. Gute Nacht, John.«

»Gute Nacht, Gretta.«

Trotz der beklemmenden Lage, in der beide steckten, zeichnete sich auf ihren Gesichtern ein leichtes Lächeln ab.

## 52

Hobbes wurde von strahlendem Sonnenschein und dem lauten Zwitschern der Vögel geweckt. Er fühlte sich tatsächlich besser und wurde plötzlich von dem Gedanken erfüllt, daß sich nach dem Aufstehen alles nur als ein böser Alptraum erweisen würde. Die Welt wäre wieder in Ordnung, und er selbst müßte wieder nur seinem Alltagsgeschäft nachgehen und ein paar simple Morde aufklären.

Aus dem Wohnzimmer drangen die unverwechselbaren Stimmen eines Zeichentrickfilms an sein Ohr. Allem Anschein nach saß Sam bereits vor dem Fernseher. Lächelnd erhob sich Hobbes von seinem Bett. Alles sah danach aus, als ob es ein ganz normaler Samstagmorgen werden würde.

Hobbes folgte der allmorgendlichen Routine, indem er in die Küche trat, den dortigen Fernseher anstellte und dann die Kaffeemaschine in Gang setzte. Anschließend nahm er eine Flasche Orangensaft aus dem Eisschrank und steckte dann seinen Kopf ins Wohnzimmer: »Morgen, Sam.«

Der Junge saß auf dem Fußboden und war so sehr in den Film vertieft, daß er seinen Onkel gar nicht gehört hatte.

»Guten Morgen, Sam«, wiederholte Hobbes, diesmal deutlich lauter.

»Oh! Hallo, Onkel John«, erwiderte der Junge und schaute kurz zu Hobbes auf, der bereits wieder auf dem Weg hinaus war.

»Sag mal, warst du das letzte Nacht?« rief ihm Sam nach.

»Was meinst du damit?« fragte Hobbes und kehrte zu seinem Neffen zurück.

»Während ich schlief, hat jemand irgendwas Lustiges mit mir angestellt und mich auf der Brust gekitzelt.«

»Das mußt du wohl geträumt haben«, kommentierte Hobbes grinsend und ging dann in Richtung Badezimmer. Deswegen verpaßte er den Bericht im Fernsehen, der sich mit der Schießerei am Vortag befaßte. Auffälligerweise war der Bericht als Meldung des Tages aufgemacht, da sich eine überraschende Wende in dem Fall abzuzeichnen schien. Es hatte sich nämlich ein sechzehnjähriges, schwarzhaariges Mädchen bei der Polizei gemeldet, deren Aussage sich wesentlich von denen der anderen Augenzeugen unterschied. Sie behauptete, daß keinesfalls der getötete Lehrer, sondern Hobbes den ersten Schuß abgefeuert hätte.

Hobbes trat jedoch nichtsahnend ins Bad. Ihm war auch entgangen, daß das Flurfenster, das er in der Nacht noch überprüft hatte, nun plötzlich offenstand.

Als erstes griff er nach seiner Zahnbürste und der Zahncreme und begann, sich die Zähne zu putzen, während er mit seiner Linken die Dusche anstellte. Dann streifte er sein T-Shirt und seine Shorts ab, prüfte die Temperatur des Wassers und wandte sich entspannt zum Waschbecken um, um sich den Mund auszuspülen. Danach richtete er sich auf und warf zum ersten Mal an diesem Morgen einen Blick in den Badezimmerspiegel.

Im gleichen Augenblick erstarrte er in namenlosem Entsetzen.

Im Spiegel waren deutlich drei große Buchstaben zu erkennen, die quer über die Brust des Detective geschrieben standen: »K-A-L«.

Blitzartig sprang Hobbes wieder in seine Shorts und jagte aus dem Badezimmer den Flur hinunter und bemerkte nun auch das offene Fenster, das allem Anschein nach aufgebrochen worden war. Als er an der Küche vorbeikam, fiel sein Blick eher beiläufig auf den Fernsehbildschirm, der immer noch das Gesicht der Sechzehnjährigen zeigte. Aber auch ohne sich die Zeit zu nehmen, ihre Aussage anzuhören, ahnte Hobbes, was sie den Reportern berichtete.

Er stürmte zurück in das Wohnzimmer und kniete neben Sam nieder, um hastig die Pyjama-Jacke des Jungen aufzuknöpfen.

Es war so, wie er befürchtet hatte: Auf Sams Brust prangte ein großes »Y« mit einem Fragezeichen dahinter.

Der Junge betrachtete es neugierig. »Warum hast du mir denn das da drauf geschrieben?« fragte er seinen Onkel lächelnd, da er die ganze Sache für einen Spaß hielt.

»Wo ist dein Vater?« fragte Hobbes, ohne zu antworten.

»Der liegt noch im Bett. Dad schläft heute wirklich sehr lange.«

Hobbes fuhr herum und starrte auf die Wanduhr: 9.30 Uhr. Im selben Augenblick sah er die Wahrheit so klar vor Augen wie die Zeiger der Uhr.

Um Sam nicht zu beunruhigen, verließ er ohne jedes Anzeichen von Hektik den Raum und ging zu dem Zimmer hinüber, in dem sein Bruder und sein Neffe gemeinsam schliefen.

Es war dunkel, da die Jalousien noch geschlossen waren. Dennoch konnte Hobbes erkennen, daß Art – mit dem Rücken zur Tür – auf der Seite lag.

Der Detective trat an das Bett heran und kniete nieder.

Vorsichtig betastete er den Hals seines Bruders, um dessen Puls zu fühlen. Doch wenn Hobbes tatsächlich noch ein Fünkchen Hoffnung gehegt haben sollte, dann erlosch es jetzt endgültig.

Sanft zog er die Decke vom Leichnam seines Bruders und stellte – wie erwartet – fest, daß auch auf Arts Brust Buchstaben standen: »P-S-E«.

Hobbes starrte auf die geheimnisvolle Botschaft und auf das Gesicht seines geliebten Bruders, dessen Wange er zärtlich streichelte – so, als wolle er ihm auf diese Weise zu verstehen geben, daß seine Zuneigung zu ihm auch den Tod überdauere. Vom Schmerz überwältigt senkte er weinend seinen Kopf auf die Brust.

Dabei fiel sein Blick auf die am Boden liegende Spritze, die das Licht eines einzelnen einfallenden Sonnenstrahls reflektierte.

Hobbes nahm sie vorsichtig auf, untersuchte sie näher und schnupperte an der Spritze der Injektionsnadel. Noch immer war die Spritze etwa zu einem Drittel mit Gift gefüllt. Damit also war seinem Bruder das Leben genommen worden. In diesem Augenblick keimte so etwas wie der Anfang einer noch vagen Idee in Hobbes auf, die schließlich zu tödlicher Entschlossenheit heranreifte.

Hobbes küßte die Stirn seines Bruders zum Abschied, warf einen letzten langen Blick auf den scheinbar friedlich Schlafenden und verließ dann das Zimmer, dessen Tür er leise schloß.

Als er in die Küche trat, war im Fernsehen gerade ein älterer Mann zu sehen, der ebenfalls erklärte, daß Hobbes als erster geschossen und dem Lehrer keine Chance gelassen habe.

Plötzlich läutete das Telefon.

Blitzartig riß Hobbes den Hörer von der Gabel, beinahe hoffend, es könne der Dämon sein, damit er die Chance erhielt, ihm seine Wut und seine Verachtung entgegenzuschleudern.

»Hallo?«

»Hast du schon die Nachrichten gesehen?« meldete sich eine freundliche Stimme. Es war Jonesy.

»Ich bin gerade dabei.«

»Es gibt leider noch mehr schlechte Nachrichten. Unser Freud Lou ist gerade auf dem Weg zu dir, um dich zu einem Verhör abzuholen.«

Im Hintergrund war Stantons Stimme zu hören.

»Ich muß jetzt Schluß machen«, sagte Jonesy eilig und legte auf.

Hobbes besann sich schnell. Er warf nur einen kurzen Blick auf Sam, der noch immer im Wohnzimmer vor dem Fernseher saß. Dann eilte er in den hinteren Teil der Wohnung.

## 53

Hobbes zog sich in Windeseile an und steckte nur das Allernötigste ein: sein Handy, seine private 38er, sein Notizbuch, einige von Milanos Büchern – und die Spritze, die er vorsichtig in ein Handtuch eingeschlagen hatte.

Dann betrat er nochmals das Zimmer, in dem sein ermordeter Bruder lag, und packte ebenso rasch eine Sporttasche mit Sams Kleidungsstücken, wobei er trotz aller Hektik weder ein zweites Paar Turnschuhe noch den Baseballhandschuh des Jungen vergaß. Einige Kleidungsstücke warf Hobbes sich jedoch nur über den Arm. Mit ihnen eilte er ins Wohnzimmer, wo Sam noch immer damit beschäftigt war, sich Zeichentrickfilme anzuschauen.

»Zieh das schnell an«, forderte Hobbes seinen Neffen auf.

»Warum denn?« fragte Sam unwillig, ohne sich von der Stelle zu rühren.

»Tu mir einfach den Gefallen und zieh dich an, ohne

lange Fragen zu stellen«, sagte der Detective ruhig, aber bestimmt.

Etwas in der Stimme seines Onkels signalisierte Sam, daß es besser war, der Aufforderung zu folgen. Offensichtlich war irgend etwas passiert.

Hobbes spähte vorsichtig aus dem Fenster, das nach vorne zur Straße hin zeigte. Er sah, wie Lou gerade in die Straße einbog und nach einem Parkplatz Ausschau hielt.

Hobbes machte auf dem Absatz kehrt und rannte aus dem Wohnzimmer durch den Flur ins Treppenhaus und dort hinab zur Haustür, die er vorsichtig öffnete und angelehnt ließ. Dann hetzte er ebenso schnell wieder zurück in die Wohnung.

In der Zwischenzeit hatte sich Sam fertig angezogen und knotete gerade seine Schuhe zu.

»Auf geht's!« raunte Hobbes ihm zu, packte die Tasche und führte den Jungen durch den Flur zu dem nach hinten gelegenen Schiebefenster, durch das man auf das Flachdach hinaussah.

»Was hast du vor, Onkel John?«

»Wir wollen jemandem einen Streich spielen«, sagte Hobbes und öffnete das Fenster, damit Sam hinausschlüpfen konnte.

»Wirklich?« fragte Sam neugierig, blickte aber zögernd zu der geschlossenen Tür des Schlafzimmers zurück. »Aber was ist mit Dad? Kommt er denn nicht mit uns?«

»Er ist müde und muß noch ein bißchen schlafen«, sagte Hobbes und half seinem Neffen hinaus, bevor er ihm nachfolgte.

Unterdessen stiegen Lou und sein ebenso blaßgesichtiger wie wortkarger Partner Harries aus ihrem Wagen und gingen auf das Haus zu.

»Manchmal ist es wirklich alles andere als ein Vergnügen, Cop zu sein, stimmt's?« fragte Lou, was in seltsamem Widerspruch zu seinem gehässigen Grinsen stand.

Er fuhr mit dem Finger über die Namensschilder, um den Klingelknopf für Hobbes' Wohnung zu finden, während Harris wortlos die nur angelehnte Tür aufschob und eintrat.

Hobbes und Sam überquerten das Dach, kletterten auf einen Geräteschuppen hinunter und sprangen von dort auf die dahinter liegende Nebenstraße. Nachdem Hobbes sich kurz vergewissert hatte, daß sie von niemandem beobachtet worden waren, spornte er Sam an, die Strecke bis zur Hauptstraße rennend zurückzulegen.

Der Junge war begeistert von dem ›Spiel‹. Eine solche spannende Flucht war ganz nach seinem Geschmack, wie Hobbes mit bitterem Lächeln feststellte.

Nachdem sie die Hauptstraße erreicht hatten, schraubten sie ihr Tempo auf eine Art schnelles Gehen herab, während der Detective immer wieder nach eventuellen Verfolgern Ausschau hielt.

Sie hatten gerade die Straße überquert und näherten sich der Treppe zur S-Bahn-Station, als Hobbes den untersetzten Mann im blauschwarzen Parka ausmachte. Kein Zweifel: Ohne zu rennen, doch stetigen Schrittes folgte er ihnen, die Augen starr auf sie gerichtet. Hobbes wußte sofort, mit wem er es zu tun hatte. Dieser zielstrebig voranschreitende Mann mit dem leeren Gesichtsausdruck war kein Polizist, sondern der Dämon – Azazel.

Hobbes packte Sam bei der Hand und lief mit ihm das letzte Stück der Straße entlang und sprang dann die Stufen zum Bahnsteig hinauf. Noch immer klebte der Mann an ihren Fersen, obwohl er auch jetzt seinen Schritt noch nicht beschleunigt hatte. Dennoch schien er ständig an Boden zu gewinnen und sich ihnen auf zermürbend unaufhaltsame Weise zu nähern.

Da gerade ein Zug hielt, beeilten sich Hobbes und Sam, ihn noch zu erreichen. Sie schlüpften in den letzten Waggon und stellten sich an dessen Heckfenster. Von dort aus spähte Hobbes nervös zurück.

Der Mann erklomm gerade die letzten Stufen der Treppe und schritt dann den Bahnsteig entlang ebenfalls auf den noch immer haltenden Zug zu.

Dann schlossen sich die automatischen Türen des Zuges.

Doch der Mann begann keineswegs zu laufen, sondern behielt weiterhin seinen stetigen, ausgreifenden Schritt bei, selbst dann noch, als der Zug bereits anfuhr und beschleunigte.

Verblüfft verfolgten Hobbes und Sam, wie der Mann auf die Gleise hinabsprang und dort ohne jedes Anzeichen von Ermüdung oder Entmutigung weiterging. So absurd sein Verhalten schien, so sehr schürte es doch auch Hobbes' Entsetzen. Schließlich vermittelte das sonderbare Verhalten des Mannes eine klare Botschaft: »Schau her. Ich muß mich nicht einmal beeilen, denn wohin du auch gehst, ich kann dich überall aufspüren, und werde dich zur Strecke bringen – wo und wann ich will!«

## 54

Hobbes und Sam fanden in der Mitte des Waggons zwei freie Plätze, auf die sie sich erschöpft fallen ließen. Zumindest für den Augenblick waren sie in Sicherheit, stellte Hobbes aufatmend fest und klopfte seinem Neffen ermutigend aufs Bein.

Sam fühlte sich nach wie vor großartig. Und er hatte auch nie daran gezweifelt, daß sie entkommen würden, wer immer auch hinter ihnen her sein mochte. Schließlich war er ja mit seinem geliebten Onkel John zusammen, und der war in seinen Augen unschlagbar, was den Umgang mit Verbrechern und sonstigen bösen Burschen anging.

Während sich der Junge seiner Fantasie hingab und

sich fragte, wie es wohl weitergehen mochte, blickte sich Hobbes unauffällig um, ob ihnen möglicherweise von irgendeiner Seite Gefahr drohte.

Schräg gegenüber saß eine kleine Frau mit slawischen Gesichtszügen, die ein lilafarbenes Halstuch trug. Als sich ihre und Hobbes Augen trafen, schaute sie rasch beiseite.

Der Blickkontakt hatte nur einen Sekundenbruchteil gedauert, aber der Detective glaubte, in den Augen der Frau wahrgenommen zu haben, daß sie ihn wiedererkannt hatte. Möglicherweise hatte sie ihn am Morgen in einer der Nachrichtensendungen gesehen.

Er schaute sich weiter um. Ansonsten schien niemand von ihm und Sam Notiz genommen zu haben, denn die übrigen Passagiere starrten gedankenverloren entweder aus dem Fenster oder vor sich ins Leere.

Dann fiel Hobbes' Blick auf eine Nonne, die neben der Frau mit dem Halstuch saß. Sie schien ihn auf eine Idee gebracht zu haben, denn er zuckte plötzlich sein Notizbuch und notierte die bisher unverständlichen Botschaften des mordenden Dämons in der Reihenfolge ihres Auftauchens:

18 – 2 – APO – KAL – Y – PSE

Das also war die Summe der Mitteilungen, die Azazel ihm hatte zukommen lassen: zuerst auf den Leichnamen von Muskavich und Noons, dann auf der Brust des Lehrers und schließlich auf seinem eigenen Körper sowie auf Sams und Arts.

APOKALYPSE – Mit dem Wort verband Hobbes nur eine vage Vorstellung, aber er mußte sich unbedingt Gewißheit verschaffen. Er gab Sam ein Zeichen, ihm zu folgen, und stand auf.

Sobald er und der Junge sich von ihren Plätzen erhoben, begann die Frau mit dem Halstuch aufgeregt, ihrer

Nachbarin etwas zuzuflüstern. Doch die Nonne musterte Hobbes nur kurz, wandte sich dann wieder ihrer Sitznachbarin zu und zuckte nur die Achseln. Sie schien jedenfalls keineswegs beunruhigt.

Hobbes raunte Sam zu, daß er sich bereithalten sollte, an der nächsten Haltestelle auszusteigen. Dann nahm er direkt gegenüber der Nonne Platz.

»Entschuldigen Sie bitte, Schwester. Dürfte ich Sie vielleicht um eine Auskunft bitten?«

Die Nonne sah ihn an, zeigte aber weder ein Lächeln noch sonst eine erkennbare Reaktion.

»Kennen Sie vielleicht das Wort ›Apokalypse‹? Ich meine, aus der Bibel?«

Der Zug fuhr mit quietschenden Bremsen in einen Bahnhof ein, in dem viele Leute wartend am Bahnsteig standen.

Als hätte Hobbes nicht mit ihr, sondern mit jemand anderem gesprochen, senkte die Nonne ihre Augen wieder auf die Erbauungsschrift, die sie in ihren Händen hielt.

Der Zug hielt und die Türen öffneten sich, woraufhin Dutzende von Menschen in den Waggon strömten.

Wieder sah Hobbes sich um. Diesmal hatte er den Eindruck, daß viele der Weiterfahrer ihn mißtrauisch beäugten. Vor allem schienen ihn die Blicke der slawischen Frau und der Nonne geradezu zu durchbohren.

Auch unter den einsteigenden Passagieren befand sich ein junger Bursche mit einem Rucksack, der ihn nachdenklich betrachtete, so als überlege er, wo er Hobbes' Gesicht schon einmal gesehen hatte.

Als das Warnsignal ertönte, von der Bahnsteigkante zurückzutreten, bedankte sich Hobbes bei der wenig hilfsbereiten Ordensfrau, schnappte Sams Hand und glitt mit ihm im Gefolge durch die sich gerade schließenden Türen auf den Bahnsteig hinaus.

Hobbes stieß einen Seufzer der Erleichterung aus, als der Zug aus dem Bahnhof fuhr. Dann wandten er und

Sam sich zu der Treppe um, die zur Straße hinunterführte. Doch plötzlich stockte dem Detective der Atem. Keine dreißig Meter von ihnen entfernt stand ein Bahnpolizist, der gerade Anstalten machte, auf sie zuzugehen.

Hobbes nahm erneut Sams Hand und zog ihn sanft in die Gegenrichtung. »Laß uns zügig gehen, aber nicht rennen«, wies er ihn an, während er sich Mühe gab, nicht zwischen den übrigen Passagieren aufzufallen.

Als er sich erneut umschaute, ging der Bahnpolizist noch immer in ihre Richtung. Aber er behielt nach wie vor normales Schrittempo bei, so daß es unmöglich war, mit letzter Sicherheit zu sagen, ob er ihnen folgte oder nur zufällig denselben Weg wählte.

Sie stiegen die Treppe zu dem mittleren Bahnsteig hinab und hielten sich dann links, um in einem Strom von Menschen unterzutauchen, der auf eine andere Treppe zustrebte.

Als sie an einem Kiosk vorbeikamen, nutzte Hobbes die Gelegenheit, sich erneut umzusehen. Diesmal entdeckte er einen anderen Bahnpolizisten, der direkt zu ihm und dem Jungen herübersah.

Erneut die Richtung zu wechseln, wäre in diesem Augenblick viel zu auffällig gewesen. Deshalb wandte er nur sein Gesicht ab und dirigierte Sam näher an den Kiosk heran, an dem eine ganze Gruppe von Menschen stand. Um sich dem Blick des Beamten zu entziehen, versuchte Hobbes, sich hinter einem großgewachsenen Mann zu verbergen, der gerade ein halbes Dutzend Magazine kaufen wollte.

»Was darf's sein?« fragte der Verkäufer, der auf einer dicken Zigarre herumkaute.

Ohne lange zu überlegen, nahm Hobbes ein Päckchen Zigaretten und schob eine Fünf-Dollar-Note über den Tresen.

»Der Rest ist für Sie«, sagte er zu dem Verkäufer, der sich bereits dem nächsten Kunden zuwandte.

Vorsichtig spähte Hobbes an dem großgewachsenen Mann vorbei und hielt Ausschau nach dem zweiten Bahnpolizisten, konnte ihn jedoch nirgendwo entdecken. Die Luft schien also rein zu sein. Mit Sam an der Hand schlug Hobbes den direkten Weg zum Ausgang ein.

»Sind Sie Detective Hobbes?«

Der Bahnpolizist war plötzlich aus dem Schatten eines Pfeilers getreten und stellte sich den beiden in den Weg.

Hobbes blieb keine Wahl. Eine Festnahme kam einem Todesurteil gleich und würde ihn daran hindern, seinen Plan in die Tat umzusetzen.

»Lauf, so schnell du kannst!« rief er Sam zu und stieß den Polizisten zu Boden.

Während die beiden den Gang entlang hetzten, rappelte sich der Beamte wieder auf und betätigte sein Funkgerät: »An alle Einheiten. Tätlicher Angriff auf einen Polizeibeamten. Gesucht wird Detective John Hobbes, männlicher Farbiger, ungefähr 1,90 Meter groß und fünfunddreißig Jahre alt. Bei ihm befindet sich ein etwa zehn Jahre alter Junge. Vorsicht: Der Gesuchte steht unter Mordverdacht.«

## 55

Hobbes und Sam rannten eine weitere Treppe hinunter, die sie direkt auf die Straße führte. Dort wandten sie sich auf dem breiten und lebhaft bevölkerten Bürgersteig nach rechts und spurteten weiter, wobei sie, so gut es ging, den Fußgängern auswichen.

Hobbes wußte, daß die nächste Querstraße unter der S-Bahn-Trasse hindurch zu einer Art Gemüsemarkt führte. Dort zwischen den Marktbuden und im Gewühl der Menschen hatten er und Sam eine gute Chance, unerkannt unterzutauchen.

Doch plötzlich rollte ein großer Truck aus einer Garageneinfahrt heraus und blieb quer auf dem Bürgersteig stehen, um sich in den Verkehr einzufädeln.

Was nun?

Entweder sie wichen auf die Straße aus und liefen unweigerlich Gefahr, gesehen zu werden. Oder ... sie schlüpften unter dem sich bereits rasch wieder schließenden Garagentor hindurch, um sich auf diese Weise zu verstecken. Kurzentschlossen tauchten sie unter dem schon gefährlich tief abgesenkten Tor durch und waren damit erst einmal vor den Blicken ihrer Verfolger sicher ...

Nur einen Augenblick später erreichten die beiden Bahnpolizisten den Fuß der Treppe, die von der S-Bahn-Station auf die Straße führte, und blickten suchend um sich. Doch sie konnten nirgendwo eine Spur von Hobbes oder Sam entdecken. In der Ferne hörte man allerdings schon sich nähernde Polizeisirenen. Die Verstärkung war also bereits unterwegs.

Stillgelegte S-Bahn-Stationen bilden heutzutage oft den letzten Zufluchtsort für eine ganze Anzahl von Obdachlosen, Drogenabhängigen, geistig Verwirrten und Leuten, die sich aus irgendeinem Grund vor der Polizei verstecken müssen. All diese Leidensgenossen sind mehr oder minder das Produkt einer verfehlten Regierungspolitik, die in den frühen 80er Jahren darauf setzte, den Staat von unbequemen Pflichten zu entbinden und diese lieber seinen schwächsten Bürgern aufzubürden.

In einen dieser geschlossenen Bahnhöfe, Ecke 30ste Straße und Corcoran, flüchteten nun auch Hobbes und sein Neffe. Hobbes führte Sam ganz zum Ende der weitläufigen Halle, um etwas Abstand zu den ungepflegten und übelriechenden Bewohnern des Bahnhofs zu halten, die sich um alte Ölfässer scharten, in denen sie wärmende Feuer entzündet hatten. So hockten sich die beiden neben einen größeren Würfel aus Beton, der irgendwelche elektrischen Installationen barg.

Eine Weile saßen sie schweigend nebeneinander. Hobbes war natürlich klar, daß er seinem Neffen eine Erklärung schuldig war, aber er wußte einfach nicht, wie er beginnen sollte.

Sam drängte seinen Onkel jedoch nicht, sondern vertraute geduldig darauf, daß dieser ihm schon zur rechten Zeit erklären würde, was dieses ganze Versteckspiel zu bedeuten hatte.

Hobbes fischte sein Notizbuch aus der Tasche und kritzelte etwas hinein, bevor er es wieder in seiner Tasche verstaute. Noch immer herrschte verlegenes Schweigen zwischen ihnen. Dann probierte Hobbes sein Mobiltelefon aus, das jedoch nicht funktionierte. Als er das Handy wieder in seine Jackentasche zurückschob, stieß er auf das Päckchen Zigaretten, das er am Kiosk gekauft hatte. Er zog es aus der Tasche und betrachtete es.

»Ich dachte, du hättest aufgehört zu rauchen«, bemerkte Sam. »Weil Rauchen ungesund ist.«

»Das ist es auch«, bestätigte Hobbes und packte die Zigaretten wieder weg. Wieder verfielen beide in tiefes Schweigen. Doch die Situation lastete immer schwerer auf Hobbes. Schließlich hielt er es nicht länger aus.

»Sam«, wandte er sich an seinen Neffen. »Weißt du eigentlich, was los ist?«

Sam schüttelte den Kopf.

»Die Polizei denkt, ich hätte was Schlimmes getan«, sagte Hobbes.

»Du gehörst doch selber zur Polizei«, erwiderte Sam ungläubig.

»Aber jetzt nicht mehr«, erklärte sein Onkel.

»Warum denken die denn, daß du ...?« Sam beendete den Satz nicht. Er versuchte zu verstehen, warum Hobbes plötzlich nicht mehr zur Polizei gehören sollte.

»Weil jemand dafür gesorgt hat, daß es so aussieht, als ob ich etwas Schlimmes angestellt habe«, setzte Hobbes zu einem erneuten Erklärungsversuch an.

Sam erwiderte zuerst gar nichts. »Ich habe sowas schon mal im Fernsehen gesehen«, sagte er dann zögernd.

Hobbes nickte nur stumm. Eine Weile lang herrschte wieder Stille, bevor Hobbes erneut das Wort ergriff.

»Ich muß noch über etwas anderes mit dir sprechen«, begann er.

Sam zuckte kaum merklich zusammen. Wenn ein Erwachsener so anfing, dann war meistens nichts Gutes zu erwarten.

»Es geht um deinen Vater«, fuhr Hobbes fort.

Sam starrte ihn an.

Hobbes senkte den Blick. Wie konnte er es dem Jungen nur beibringen?

»Er schläft in Wirklichkeit gar nicht, stimmt's?« fragte Sam.

»Ja, du hast recht«, bestätigte Hobbes.

Sam nickte verstehend, ohne irgendeine Gefühlsregung zu zeigen. Statt dessen starrte er nur wortlos zu den flackernden Feuerstellen hinüber. »Hat es ihm wohl wehgetan?« fragte er schließlich.

»Ganz sicher nicht«, beteuerte Hobbes.

Sam nickte erneut wortlos. Der Gedanke erleichterte ihn. Schweigend lauschte er einem vorbeidonnernden Zug. »Glaubst du …«, wandte er sich nach einer Weile an Hobbes, »… glaubst du, daß Dad in den Himmel kommt?«

»Nun, wenn irgend jemand in den Himmel kommt, dann ist es dein Vater«, versicherte Hobbes ihm voller Überzeugung.

Sam dachte einen Moment nach. »Das glaube ich auch«, sagte er dann.

Nach einer Weile wandte er sich erneut an Hobbes und fragte in der direkten Art, wie sie Kindern eigen ist: »Was wird denn jetzt aus mir? Was soll ich jetzt machen, wo Dad nicht mehr da ist? Wohin soll ich denn gehen?«

»Mach dir darüber keine Sorgen, Sam«, tröstete Hobbes ihn. »Du hast ja mich.«

Auf Sams Gesicht erschien der Anflug eines Lächelns, als er seine Hand in die seines Onkels schob.

»Du und ich, wir beide sind ein gutes Team, nicht wahr?«

Hobbes nickte, ebenfalls lächelnd. Doch dann mußte er unwillkürlich wegschauen, um sich nicht zu verraten.

Er hatte einen Plan. Und dieser Plan sah keineswegs vor, ihn zusammen mit Sam umzusetzen.

## 56

Sie blieben mehrere Stunden in ihrem Versteck, bis es sicher schien, daß die Luft wieder rein war. Dann erhoben sie sich und machten sich auf den Weg zu dem abgesenkten Gleis, das den einzigen nicht verbauten Zugang zu dem verlassenen Bahnhof darstellte. Dabei schlugen sie einen weiten Bogen um die anderen Ausgestoßenen und Verfolgten.

Das grelle Scheinwerferlicht eines herannahenden Zuges, der an ihnen vorbeiraste, ließ sie zurückweichen und vorsichtshalber Deckung suchen. Dann jedoch bewegten sie sich an den Gleisen entlang bis zur nächsten Station, die regulär in Betrieb war.

Hobbes beobachtete aus einiger Distanz den Bahnsteig und wartete einen Moment ab, bis sich beinahe keine Menschen mehr auf ihm befanden und keine Polizeipatrouille in Sicht war. Dann hastete er mit Sam, so schnell sie konnten, das letzte Stück an den Gleisen entlang auf die Treppenstufen am Ende des Bahnsteiges zu.

Von hier aus führte ein einziger Ausgang zur Straße hinaus. Als sie das obere Ende der Treppe erreicht hatten und vor der Ausgangstür standen, zögerte Hobbes für einen Moment und wies Sam an zurückzubleiben, bevor er vorsichtig die Tür aufstieß.

Direkt vor dem S-Bahn-Ausgang befand sich eine Baustelle. Straßenarbeiter, Baustellenabsperrungen, ein großer Kompressor und ein Zementmischer bildeten ein Gewirr, das nicht leicht zu durchdringen war. Schlimmer aber war, daß am Straßenrand jenseits der Baustelle ein Polizist den Verkehr regelte. Hobbes trat vorsichtig zurück. Es blieb ihnen nichts anderes übrig, als so lange im Bahnhof abzuwarten, bis der Polizist eine Pause einlegte oder Feierabend machte.

Es war bereits dunkel, als Hobbes und Sam schließlich die mit Bäumen gesäumte Straße erreichten, in der Gretta Milano wohnte. Sie nahmen nicht den Haupteingang, sondern schlichen einen Seitenweg entlang, von dem aus sie leise die Feuertreppe an der Rückseite des Gebäudes hinaufkletterten.

Hobbes spähte durch das Wohnzimmerfenster und erblickte Gretta, die, nur mit einem Bademantel bekleidet, gerade in die Küche ging, um sich eine Tasse Tee zu kochen. Er nahm allen Mut zusammen und klopfte an die Scheibe.

Erschrocken fuhr Gretta herum.

So leise wie möglich sprach Hobbes durch den schmalen Spalt des nur eine Handbreit geöffneten Schiebefensters. »Ich bin es, Hobbes«, raunte er ihr zu. »Ich habe schon versucht, Sie telefonisch zu erreichen, aber es war immer besetzt.«

Gretta atmete erleichtert auf. Sie kam zum Fenster, zögerte allerdings noch immer. War es auch wirklich Hobbes? Oder …?

»Es tut mir leid, wenn wir Ihnen Ungelegenheiten bereiten«, erklärte Hobbes. »Aber wir wußten nicht, wohin wir sonst hätten gehen sollen.«

Sie nickte nur stumm und zog den Gürtel ihres Bademantels fester, machte jedoch noch immer keine Anstalten, das Fenster zu öffnen.

Hobbes blieb Grettas innerer Kampf nicht verborgen. »Das ist mein Neffe Sam«, erklärte er ihr.

»Hallo, Sam«, begrüßte sie ihn.

Nach wie vor zögerte sie, das Fenster zu öffnen.

Hobbes steckte ihr durch die Fensteröffnung seine Hand entgegen, in der Absicht, ihr Vertrauen zu gewinnen. Ohne daß er es ahnen konnte, ließ diese Geste Gretta mit Schrecken an den gräßlichen grauhaarigen Mann zurückdenken, der in der Drehtür nach ihr gegriffen hatte. Schaudernd wich sie zurück.

Doch dann gab sie sich einen Ruck. Dieser Mann war wirklich Hobbes, und seine Geste war keine Drohung, sondern sollte ihr sagen: Vertraue mir. Ich bin kein Dämon.

Sie nahm all ihren Mut zusammen, schaute ihm direkt in die Augen, lächelte und reichte ihm schließlich ihre Hand. Als sich ihre Finger ineinander verschränkten, überkam sie das Gefühl, als ob sich im gleichen Moment auch ihre Schicksale miteinander verflochten – im Guten wie im Schlechten.

Die beiden heimlichen Besucher kletterten wieder die Feuertreppe hinab, gingen um das Haus herum und wurden von Gretta vorn durch die Eingangstür eingelassen.

Als Sam eintrat, kniete sie sich zu ihm hinunter und lächelte ihn freundlich an. »Ich bin Gretta«, sagte sie, »ich freue mich, dich kennenzulernen, Sam.«

Der Junge nahm sie genau in Augenschein und lächelte scheu zurück. »Du bist ja schon im Schlafanzug«, sagte er leise.

»Weißt du, ich habe nicht mehr mit Besuch gerechnet«, sagte sie lachend. »Aber ich freue mich natürlich trotzdem, daß du mit deinem Onkel gekommen bist«, fügte sie schnell hinzu.

Sam schaute sich mit unverhohlener Neugier um und

ging an ihr vorbei, um sich auch das Wohnzimmer anzusehen.

Hobbes nutzte die Gelegenheit und wandte sich mit gesenkter Stimme an Gretta. »Azazel hat auch auf seiner Brust eine Botschaft hinterlassen. Ich mußte schnell etwas unternehmen, damit Sam nicht das nächste Opfer wird.«

Sie nickte mitfühlend. »Die Sache mit Ihrem Bruder tut mir leid. Ich habe im Radio davon gehört.«

»Ja«, seufzte Hobbes. »Er hat niemals auch nur einer Fliege etwas zuleide getan und war völlig unbeteiligt.«

Er ging an Gretta vorbei und schaute vorsichtig durch das Fenster nach vorn auf die Straße. »Azazel und die halbe Stadt suchen uns«, sagte er, mehr zu sich selbst als zu ihr.

Gretta schaute ihn von der Seite an. »Genau wie damals bei meinem Vater«, stellte sie fest.

Hobbes wandte sich zu ihr um. »Hören Sie, wenn Sie lieber wollen, daß wir gehen, dann ...«

»Ist schon okay«, unterbrach sie ihn sanft. »Sie können selbstverständlich hier bleiben. Gretta hatte bereits den entscheidenden Schritt getan, als sie die beiden einließ. Jetzt gab es so oder so kein Zurück mehr.

»Danke. Der Junge kann auf der Couch schlafen. Und ich werde es mir auf dem Teppich bequem machen.«

## 57

Es hatte zu schneien begonnen. Die Luft war klar und frisch, und über allem lag eine reine, weiße Decke ausgebreitet, wodurch der Eindruck erweckt wurde, die Erde sei in den Zustand ihrer ursprünglichen Unschuld zurückversetzt worden.

Während er aus dem Wohnzimmerfenster nach draußen starrte, überdachte Hobbes wieder und wieder jeden

Schritt seines Plans und der wenigen Alternativen, die ihm noch offenstanden. Wie immer er auch vorgehen würde, die Chancen auf einen Erfolg sanken jedoch beträchtlich, falls der Schnee bald wieder wegschmelzen würde. Aber das setzte bereits voraus, daß er überhaupt den Mut haben würde, sein Vorhaben in die Tat umzusetzen: Ein Vorhaben, das den Anschein erwecken mußte, daß er den Verstand verloren und eine sinnlose Verzweiflungstat begangen hatte. Die wahren Zusammenhänge würde kein Mensch jemals durchschauen – bis auf Gretta.

Er wandte sich um und setzte sich neben Sam, der bereits tief und fest schlief. Gedankenverloren strich Hobbes dem Jungen zärtlich über das Haar und seine linke Wange.

Gretta trat aus der Küche, reichte Hobbes eine Tasse mit frischem Kaffee und setzte sich in einen Sessel neben ihn. Schweigend betrachteten beide mehrere Minuten lang das schlafende Kind. In dieser kurzen Zeit schwanden Hobbes' letzte Selbstzweifel, da er an Sams Lebensglück sowie an das von Sams einstigen Kindern und Kindeskindern dachte. Um seinet- und ihretwillen war Hobbes bereit, einen hohen Preis zu zahlen, auch wenn er Unmenschliches von ihm verlangte.

Hobbes stand auf und zog sein Notizbuch aus der Tasche, in das er sich die Summe der Einzelbotschaften des Dämons notiert hatte: APOKALYPSE 18,2. Er nahm eine von Grettas Bibeln zur Hand, die auf ihrem Schreibtisch lagen, und schlug das Inhaltsverzeichnis auf. Doch unter den neutestamentlichen Büchern und Briefen war das Wort *Apokalypse* nicht verzeichnet. Auch als Hobbes daraufhin im Alten Testament nachschlug, kam er zunächst nicht weiter. Im Sachregister stieß er jedoch auf den Hinweis, daß *Apokalypse* das griechische Wort für *Offenbarung* sei. Daraufhin schlug er das achtzehnte Kapitel in der »Offenbarung des Johannes« auf – des letzten Buches des

Neuen Testaments. Dort hieß es über den Untergang der Stadt Babylon:

»[...] Sie ist gefallen, sie ist gefallen, Babylon, die Große; sie wurde zur Behausung für Dämonen, zum Schlupfwinkel für jeglichen unreinen Geist und zum Schlupfwinkel für alles unreine und abscheuliche Gefieder.«

[Zitat aus: *Die Heilige Schrift* (Aschaffenburg: Paul Pattloch Verlag), S. 355]

Mit der Bibel in der Hand kehrte Hobbes zu Gretta zurück und las ihr die Zeilen halblaut vor.

Sie nickte. »Meine anonymen Vertrauten und ich gehen davon aus, daß die Dämonen ein großes Ziel anstreben: den Untergang der menschlichen Zivilisation.«

»Und für dieses Ziel steht das Bild der untergegangenen Stadt Babylon«, fügte Hobbes hinzu.

»Genauso ist es. Dabei verfolgen diese gräßlichen Kreaturen eine bestimmte Methode. Dieser Reese war zum Beispiel ein ebenso dankbarer Wirt für Azazel wie damals der Mörder, den mein Vater festgenommen und ins Gefängnis gebracht hatte: Beide waren absolut unmoralische und bestialische Serienkiller, die für einen Dämon geradezu ideale Voraussetzungen boten, möglichst viel Schaden und Schmerz zu verbreiten.«

»Das trifft für Reese in besonderem Maße zu«, bestätigte Hobbes. »Schließlich versuchte er durch seine Taten, den Unfrieden zwischen Arabern und Juden zu schüren.«

»Wir glauben außerdem, daß Reese dazu auserkoren worden war, für die ›Züchtung‹ von Nachkommen eingesetzt zu werden, um zu Beginn des neuen Jahrtausends seine Bösartigkeit in verfielfältigter Form auf die Menschheit loszulassen.«

»Durchaus vorstellbar, daß diese Ausgeburten des Teufels auch für die Kriege in unserer Welt verantwortlich sind, für die sogenannten ›ethnischen Säuberungsaktionen‹, für den Bürgerkrieg in Zaire, für verschiedene Seuchen und auch für AIDS«, dachte Hobbes laut nach. »Azazel und seine Kumpane sind wirklich außerordentlich erfolgreich«, fügte er sarkastisch hinzu.

»Und nur wir stehen ihnen im Weg«, sagte Gretta leise.

Hobbes starrte sie einen endlos scheinenden Augenblick lang an.

Er stieß einen unterdrückten Fluch aus, setzte sich dann aber wieder zu Gretta und dachte über das nach, was sie gesagt hatte, während seine Augen auf der Bibel ruhten. Dann zog er gedankenverloren das Päckchen Zigaretten aus der Hosentasche, mit dem er zunächst spielte, bevor er plötzlich innehielt, das Päckchen aufriß, einen der Glimmstengel herausschüttelte und ihn nachdenklich betrachtete.

Schließlich stand er auf, ging in die Küche und schenkte sich dort eine frische Tasse Kaffee ein. Nachdem er erneut einen Blick in sein Notizbuch geworfen hatte, verfiel er wieder in tiefes Grübeln. Wenn er seinen Plan wirklich in die Tat umsetzte, würde er einen Weg beschreiten, auf dem es – wohl oder übel – keine Umkehr gab.

Als er ins Wohnzimmer zurückkehrte, blickte Gretta ihn erwartungsvoll an, denn ihr war keineswegs entgangen, daß Hobbes offensichtlich einen schweren inneren Kampf mit sich ausfocht.

»Fassen wir einmal zusammen, was wir wissen«, begann er. »Dämonen können nur im Körper eines Lebewesens als Wirt existieren. Falls der Wirt stirbt, bleibt dem Dämon nur ein Atemzug, um einen neuen Wirt in Besitz zu nehmen.«

Gretta nickte. »Dabei kann der Dämon höchstens eine Distanz von zweihundertfünfzig Metern zurücklegen.«

Hobbes dachte kurz nach. »Azazel erwähnte mir gegenüber jedoch, daß ihm niemand gewachsen ist, wenn er sich als Geist bewegt.«

»Das könnte zutreffen«, bestätigte Gretta. »Es ist zwar

bekannt, daß bei willensstarken Menschen eine Berührung durch den Wirt des Dämons für ein Überwechseln oft nicht ausreicht. Bewegt sich der Dämon aber außerhalb eines Lebewesens und kämpft selbst um sein Überleben, dann ist es durchaus wahrscheinlich, daß er jedem menschlichen Gegner überlegen ist.«

Hobbes nickte grimmig. Wie viele tausend Jahre lang hatte Azazel wohl schon beweisen können, daß ihm kein Mensch gewachsen war? Wie viele Unschuldige waren ihm wohl schon zum Opfer gefallen?

Hobbes wußte nun, was er wissen mußte. Und sein Entschluß stand fest.

## 58

Er packte Sams Sachen aus und legte sie auf dem Wohnzimmertisch ab, wobei er durch die geöffnete Tür sehen konnte, daß Gretta in ihrem Bett lag und ebenfalls schlief.

Anschließend huschte Hobbes leise in die Küche, füllte sich eine Thermoskanne mit heißem Kaffee und legte sie in die leere Sporttasche, zusammen mit seinem Notizbuch, seiner 38er, Milanos Büchern und der in ein Handtuch eingeschlagenen Spritze. Das aufgerissene Zigarettenpäckchen steckte er in einer der Taschen seiner braunen Lederjacke. Dann trat er in Grettas Schlafzimmer.

Nachdenklich betrachtete Hobbes die Schlafende. Was für eine Ironie des Schicksals, das ihn nach Jahren der Einsamkeit mit dieser Frau zusammengeführt hatte, die ihm so schnell vertraut geworden war und die über alle Voraussetzungen verfügte, eine ideale Lebensgefährtin für einen Mann abzugeben. Aber durch die Macht der Umstände waren sie beide dazu verurteilt, auch weiterhin allein und von Furcht erfüllt ihre eigenen Wege zu gehen, so finster diese auch sein mochten.

Als er sich behutsam zu ihr auf die Bettkante setzte, öffnete sie die Augen und lächelte ihn an.

»Ich habe nur noch eine Bitte an dich«, sagte Hobbes nach längerem Schweigen, da es ihm plötzlich albern erschien, bei dem unpersönlichen ›Sie‹ zu bleiben. »Bitte versprich mir, daß ihr beide, du und Sam, heute noch von hier weggeht und irgendwo hinfahrt, wo ihr sicher seid.«

Sie nickte, ohne Fragen zu stellen.

»Wähle am besten einen Ort, wo euch niemand kennt.«

»Versprochen. Wir könnten zum Beispiel ...« Doch bevor Gretta den Satz beenden konnte, wurde sie von Hobbes unterbrochen.

»Sag es mir lieber nicht!« rief er warnend. »Was ich nicht weiß, kann *er* nicht ...« Er brach plötzlich ab.

Schweigend nahm Gretta seine Hand und umschloß sie zärtlich mit der ihren. Nach einer Weile legte sich Hobbes, mit dem Rücken zu ihr, auf das Bett, woraufhin sie sich von hinten an ihn kuschelte.

Er wollte sein Gesicht vor ihr verbergen, da er endlich einmal eine Gelegenheit brauchte, seinen Gefühlen freien Lauf zu lassen. Denn allzu schwer lastete auf ihm, was in den letzten Stunden geschehen war und was noch vor ihm lag.

»Ich habe Angst, Gretta«, gestand er leise. »Ich habe furchtbare Angst.«

Als der Morgen graute, hatte Hobbes zumindest ein paar Stunden erholsamen Schlafes genossen. Er stand leise auf, zog sich an, wusch sich das Gesicht und bereitete sich eine Tasse Kaffee. Dann ging er ins Wohnzimmer und setzte sich zu dem noch schlafenden Jungen auf die Couch.

Verschlafen begann Sam sich zu rühren, nachdem Hobbes seine Hand genommen hatte.

»Ich muß jetzt gehen, Sam«, sagte Hobbes, so sanft er konnte. »Du wirst noch eine Weile bei Gretta bleiben. Vielleicht auch für längere Zeit.«

Sam schaute über die Schulter seines Onkels, da Gretta unterdessen hereingekommen war und ihm ermutigend zulächelte.

»Da ist noch etwas, Sam«, fuhr Hobbes zögernd fort. »Was immer dir die Leute später vielleicht über mich erzählen werden und was immer ich tun mag, glaube mir bitte, daß ich nur dein Bestes will. Denn ich liebe dich mehr als alles andere auf der Welt.«

Der Junge schaute ihm verwundert in die Augen, ohne ein Wort zu erwidern. Trotz seines noch kindlichen Gemüts spürte er, daß dies ein wichtiger Augenblick in seinem Leben war, auch wenn er nicht wußte, wie er reagieren sollte. Wenn sein Onkel irgend etwas in die Wege geleitet hatte, dann würde es schon seine Richtigkeit damit haben. Außerdem war Sam zu dieser frühen Stunde und nach den Anstrengungen des vergangenen Tages noch immer hundemüde.

»Ich will jetzt noch ein bißchen schlafen«, sagte er zu Hobbes und schloß bereits wieder die Augen. »Und wenn ich wieder wach werde, ist alles so, wie es immer war.«

Dieser Satz brach Hobbes beinahe das Herz, denn er wußte nur zu gut, daß dies niemals mehr der Fall sein würde.

»Bist du sicher, daß du dich wirklich seiner annehmen willst?« wandte sich Hobbes an Gretta.

Sie nickte mit ernstem Gesicht. Auch sie hatte ihre Entscheidung unwiderruflich getroffen.

Hobbes erhob sich von der Couch und ging mit ihr in das Nachbarzimmer. Dort holte er sein Notizbuch aus der Sporttasche und reichte es ihr. »Vielleicht kann es dir eines Tages von Nutzen sein.«

Neugierig schlug Gretta es auf und überflog ein paar Seiten. Als sie erkannte, um was es sich handelte, nickte sie Hobbes zu. Die Zeit des Versteckspielens und der geheimnisvollen Telefonate mit Stockholm und Neu-Delhi war endgültig vorüber. Jetzt stand sie in vorderster Reihe und blickte dem Feind offen ins Auge.

»Ich bin zum Kampf bereit«, erklärte sie mit fester Stimme.

Hobbes nahm seine Tasche auf und wurde von ihr zur Wohnungstür begleitet. Nach einer innigen Umarmung trat Hobbes in das Treppenhaus, drehte sich jedoch noch einmal um und nahm Grettas Hand. Er ließ seinen Blick von ihrem ernsten, ebenso entschlossen wie furchtsam wirkenden Gesicht zu dem an der Wand hängenden Bildnis eines Engels wandern.

»Du weißt doch, daß Engel nicht immer Flügel haben müssen«, sagte er lächelnd.

Sie hob seine Hand an ihre Wange und schaute ihm lange in die Augen.

Schließlich zog er langsam seine Hand zurück. Dann stieg er die Treppe hinab, trat ins Freie und zog die Tür sorgsam hinter sich ins Schloß.

## 59

Hobbes fuhr in Grettas dunkelblauem Volvo auf der Schnellstraße stadtauswärts. Sorgfältig achtete er darauf, die Geschwindigkeitsbegrenzung einzuhalten und kein Fahrzeug zu überholen, das möglicherweise ein Polizeiauto sein konnte.

Hobbes blickte auf seine Armbanduhr und überschlug, wieviel Zeit er für die Strecke mindestens benötigen würde. Dann holte er sein Mobiltelefon aus der Tasche und tippte eine Nummer ein.

Am anderen Ende meldete sich eine vertraute Stimme. »Polizeirevier«.

»Hallo, Denise«, sagte Hobbes betont trocken. »Ist Jonesy zu sprechen?«

Ein kurzes Klicken in der Leitung, und er war mit seinem langjährigen Partner verbunden.

»Hallo, Hobbes.«

»Hallo, Jonesy.«

»Von wo rufst du an?«

»Auf diese Frage wirst du nicht ernsthaft eine Antwort von mir erwarten«, erwiderte Hobbes sarkastisch. »Wer hört denn sonst noch mit? Lou? Stanton? Ich grüße euch, Jungs!«

»Stell dich, Hobbes«, drängte Jonesy. »Gemeinsam werden wir die ganze Sache aufklären, glaub mir.«

Hobbes gab keine Antwort.

»Ich mache mir Sorgen um dich«, versuchte Jonesy erneut, seinen Freund und Kollegen zum Aufgeben zu bewegen. »Mensch, was kannst du denn alleine schon ausrichten, und wo willst du denn hin?«

»Nirgendwohin. Ich fahre einfach drauflos und suche mir ein Plätzchen, wo mich keiner findet. Dann werde ich irgendwo am Wasser sitzen und über alles nachdenken.«

*Du wirst dich jetzt sicherlich fragen: Was in aller Welt macht er nur? Redet er sich nicht um Kopf und Kragen? Er verrät doch viel zu viel! Ihm muß doch klar sein, daß ich, Azazel, jeden Polizisten heimsuchen würde, um herauszufinden, wo sich mein Gegenspieler aufhält?*

*Natürlich weiß Hobbes das alles. Genau das ist es ja, was er will. Aber er muß gut aufpassen, sehr gut aufpassen …*

Hobbes wechselte die Fahrspur, da er an der nächsten Ausfahrt auf die Interstate Richtung Norden abbiegen wollte. Das Mobiltelefon hielt er noch immer an sein Ohr gepreßt, während er auf die Uhr schaute.

»Du, Hobbes, ich muß dich was fragen«, meldete sich Jonesy erneut.

Hobbes blickte gewohnheitsmäßig in den Rückspiegel,

ohne daß er ernsthaft erwartet hätte, einen Verfolger auszumachen. Doch zwei Wagen hinter ihm befand sich ein Polizeiwagen.

»Na, dann mach schon«, sagte er kurz angebunden.

»Wir arbeiten doch nun schon eine ganze Weile zusammen, nicht wahr?«

Das Auto hinter Hobbes scherte aus und überholte, so daß der Streifenwagen nun unmittelbar hinter ihm war.

»Das kann man wohl sagen«, bestätigte Hobbes.

Die ersten Hinweisschilder für die Ausfahrt auf die Interstate wurden sichtbar. Ein Blick in den Rückspiegel zeigte Hobbes, daß der Streifenwagen hinter ihm dichter aufschloß.

»Gibt es vielleicht etwas, das du dir vom Herzen reden willst?«

Hobbes wußte nur zu gut, daß Jonesy zu der Taktik verpflichtet war, um ihn zu einem Geständnis zu bewegen.

»Allerdings«, erwiderte Hobbes und setzte den Blinker, als er der rechten Spur auf die Interstate folgte. Die beiden Polizisten blieben auch jetzt noch hinter ihm.

»Erinnerst du dich daran, worüber wir neulich abends geredet haben?« fuhr Hobbes fort. »Daß für jeden einmal der Augenblick der Entscheidung kommt, an dem man Farbe bekennen muß? Für mich ist dieser Augenblick gekommen.«

Plötzlich scherte der Streifenwagen hinter Hobbes aus und beschleunigte auf der linken Fahrspur zurück auf die Schnellstraße.

»Was immer du vorhast, Hobbes, paß auf dich auf«, sagte Jonesy, dessen ernste Besorgnis nicht zu überhören war. »Bis bald, okay?«

Hobbes hörte Jonesys Stimme deutlich die Zweifel an, daß sie beide sich jemals wiedersehen würden.

»Ja, bis bald«, bestätigte Hobbes dennoch und unterbrach dann die Verbindung.

Es hatte wieder zu schneien begonnen. Hobbes drehte die Heizung höher, stellte die Scheibenwischer an und holte die Thermoskanne aus der Tasche.

Zur gleichen Zeit legte Jonesy im Büro des Polizeireviers den Hörer zurück auf die Gabel und schaute zu Stanton hinüber, der selbstverständlich das ganze Gespräch mitgehört hatte.

Jonesy zuckte die Achseln, und auch der Lieutenant ließ ratlos die Schultern hängen und starrte zerknirscht auf den Boden. Insgeheim war Jonesy jedoch erleichtert, daß das Gespräch mit Hobbes keinerlei Aufschluß über dessen Aufenthaltsort ergeben hatte.

Zumindest ging Jonesy von dieser Annahme aus.

## 60

Irgendwann klärte sich der Himmel und es hörte auf, zu schneien. Hobbes stellte erleichtert fest, daß die Berghänge ringsum von einer dichten, weißen Decke verhüllt wurden, die Straße jedoch befahrbar geblieben war. Er kam allerdings nur recht langsam voran.

Daher stand bereits die blasse Mondsichel über den Bergkämmen, als er Grettas blauen Volvo über die letzten, besonders einsamen Meilen zum Blockhaus ihres Vaters steuerte. Als Hobbes endlich das verfallene Gebäude erspähte, bog er in die verschneite Zufahrt ab, auf der die Räder des Wagens nur mühevoll Halt fanden. Hobbes fuhr jedoch nicht bis zum Haus weiter, sondern parkte den Wagen etwa siebzig Meter entfernt im Schutz der Bäume.

Er stieg aus und holte dann seinen Revolver, die Thermoskanne sowie die in das Handtuch eingeschlagene Spritze aus der Sporttasche und verstaute alles in seiner Jacke. Dann schloß er den Wagen ab und trat ein paar

Schritte zur Seite, bevor er die Wagenschlüssel in hohem Bogen in die Dunkelheit hinein warf. Erst dann stapfte er durch den Schnee zu dem verlassenen Blockhaus.

*Du wirst dich wahrscheinlich fragen, was ich zu der Zeit unternahm? Nur Geduld, denn jetzt wurde die ganze Situation wirklich verzwickt.*
*Das abschließende Duell zwischen ihm und mir stand unmittelbar bevor. Und ich war mir zu dem Zeitpunkt völlig sicher, Hobbes völlig in der Hand zu haben. Schließlich hatte mein Plan bisher wie am Schnürchen geklappt.*
*Aber Hobbes dachte genau dasselbe!*

Als er die Eingangstür aufstieß und ins Innere des Hauses trat, war das erste, was er im Schein des Mondlichts wahrnehm, das Leuchtband, mit dem die Polizei die Umrisse von Milanos Leiche auf dem Küchenfußboden markiert hatte.

Hobbes machte sich sofort daran, ein paar der alten Holzmöbel zu zerschlagen und mit ihnen im Kamin ein Feuer zu entfachen. Als die Flammen lodernd emporzüngelten und den Raum nicht nur spürbar erwärmten, sondern auch in ein gespenstisches Licht tauchten, setzte sich Hobbes an das Fenster, von dem aus man den einzigen Zufahrtsweg zum Haus übersehen konnte, gönnte sich eine Tasse von dem Kaffee aus der Thermoskanne – und wartete.

Um der Gefahr vorzubeugen, in seinem einmal gefaßten Entschluß doch noch wankend zu werden, ließ er vor seinem geistigen Auge noch einmal Sams bisheriges Leben Revue passieren: vom Tag seiner Geburt über Arts Unfall bis hin zum Einzug der beiden bei ihm und den nachfolgenden, unbeschwerten Tagen seiner Kindheit.

Jetzt nur nicht schwach werden …

Plötzlich stachen die Lichtkegel der Scheinwerfer wie gleißende Dolche durch die Dunkelheit zwischen den Pinien und den Ahornbäumen. Dann bog der Wagen in die Zufahrt zum Haus und bewegte sich auf Hobbes zu.

## 61

Als der Wagen noch etwa hundert Meter entfernt war, erloschen zunächst die Scheinwerfer, und kurz darauf erstarb auch der Motor.

Daraufhin erhob sich Hobbes von seinem Platz, nahm seinen Revolver zur Hand und trat durch die Haustür hinaus auf die Veranda, auf der sich seine Silhouette deutlich gegen den Schein des im Hintergrund lodernden Kaminfeuers abhob.

Für das Augenpaar, das vorsichtig durch die dunklen Bäume spähte, bot der breitschultrige Hobbes einen unheimlichen Anblick. Denn der aufrecht und regungslos vor dem Blockhaus stehende Mann schien mit seinem Leben abgeschlossen zu haben und wirkte in seiner düsteren Entschlossenheit zu allem bereit.

»Komm heraus und zeige dich!« erschallte Hobbes' Stimme durch die klare Nachtluft. »Ich weiß, daß du da bist. Ich habe auf dich gewartet.«

Stille.

*»Innah yahdah-hahnah d'minnou aht!«* rief Hobbes. »Ich weiß, wer du bist!«

Das Augenpaar bewegte sich kaum merklich und mit schlangenähnlicher Lautlosigkeit seitwärts.

»Hast du noch nicht genug Unheil angerichtet?« war Hobbes' Stimme erneut zu hören.

Plötzlich tauchte auf der anderen Seite der Zufahrt ein

weiteres Augenpaar auf, das sich ebenfalls mit großer Vorsicht auf das Blockhaus zubewegte und auf Hobbes fixiert war.

Vor dem Widerschein der züngelnden Flammen stand Hobbes noch immer regungslos wie ein Fels in der Brandung.

»Du hast mich dazu gebracht, einen unschuldigen Mann zu töten!« rief er. »Du hast meinen Bruder ermordet! Was willst du noch? Hast du noch immer nicht genug *Spaß* gehabt?«

Beinahe unmerklich löste sich eine Gestalt aus dem Schatten einer Pinie und trat in Hobbes' Sichtfeld. Es war Stanton, der die Hände in seine Manteltaschen vergraben hatte.

»Was redest du da, Hobbes?« fragte er verwundert. »Ich habe mit all dem, was du da behauptest, nichts zu tun. Ich bin nur gekommen, um dich zurück in die Stadt und aufs Revier zu bringen.«

Hobbes ließ den langsam näher kommenden Lieutenant keine Sekunde lang aus den Augen. »Dann bist du es also«, knurrte er leise.

»Ja, ich bin es«, erwiderte Stanton mit einem Blick, der eine erstaunte Frage zu beinhalten schien: *Wen hast du denn erwartet? Michael Jordan vielleicht?*

»Wirf deine Waffe weg! Ich weiß, daß du eine bei dir hast.«

»Und wenn ich's nicht tue?« fragte Hobbes. »Willst du mich dann erschießen? Das dürfte dir doch kaum Spaß bereiten.«

Stanton blieb mit einem ebenso verzweifelten wie ratlosen Ausdruck auf dem Gesicht stehen. »Was soll der Quatsch, Hobbes? Willst du mich wirklich zwingen, dich abzuknallen? Nun wirf endlich deine verdammte Knarre weg.«

Dieser Ton hörte sich wirklich nach dem echten Stanton an, dachte Hobbes überrascht und überlegte verunsichert, wie er sich verhalten sollte.

»Tu, was er sagt, Hobbes!« erklang plötzlich eine andere Stimme links vom Haus.

Hobbes wirbelte herum.

Mit langsamen Schritten näherte sich durch den Schnee hindurch eine mächtige Gestalt. Hobbes stöhnte leise auf, und seine Entschlossenheit drohte ihn endgültig zu verlassen.

»Jonesy?« fragte er beinahe unhörbar.

## 62

Verzweifelt blickte er von einem zum anderen. In wem von den beiden verbarg sich Azazel? Dann schoß ihm ein weiterer zermürbender Gedanke durch den Kopf.

»Wer ist noch da draußen? Lou? Tiffany?«

»Niemand. Nur wir beide«, sagte Stanton.

»Die Waffe, Hobbes!« verlangte Jonesy mit sanfter Stimme.

Die beiden Polizisten standen etwa zwanzig Meter voneinander entfernt und machten den Eindruck, als seien sie tatsächlich Herr ihrer selbst. Sollte sich Hobbes doch getäuscht haben? War ihm einfach die Fantasie durchgegangen, weil er zu viel von diesem ganzen Zeugs über Dämonen und deren Pläne, die menschliche Zivilisation zu zerstören, gelesen hatte?

»Hör mal, Jonesy«, begann Hobbes. »Du mußt mir glauben: Ich habe weder die anderen noch meinen Bruder getötet.«

»Ich glaube dir«, erwiderte sein langjähriger Partner, der keine zehn Meter von ihm entfernt zitternd im Schnee stand.

»Wir *beide* glauben dir, daß du unschuldig bist«, fügte

Stanton hinzu. »Aber wir müssen dich dennoch zurück aufs Revier bringen.«

Wieder befand sich Hobbes in der Sackgasse und war so klug wie zuvor. Muskavich, Noons, der Mann, der Gretta angegriffen hatte, der Lehrer, der auf offener Straße auf ihn geschossen hatte, sein eigener Bruder, die Botschaften, die der Mörder nicht nur auf den Leichen, sondern auch auf Hobbes und sogar Sam hinterlassen hatte: Nein, das alles konnte nicht nur Einbildung gewesen sein.

Angesichts der vielen Toten ... der Gefahr, in der Sam und Gretta schwebten ... seines eigenen zerstörten Lebens konnte es kein Zurück mehr geben. Er mußte zu Ende bringen, was er begonnen hatte.

»Stan?« rief Jonesy plötzlich dem Lieutenant zu.

»Was ist?«

»Ich glaube, ich kann das nicht«, sagte Jonesy ruhig.

»Was zum Teufel meinst du damit?« knurrte Stanton ungehalten.

»Warum tun wir nicht einfach so, als ob Hobbes plötzlich in den Wald hineingelaufen und uns dort in der Dunkelheit entkommen ist?« schlug Jonesy vor. »Wir versenken sein Auto im See, und das war's. Keiner wird jemals eine Spur von ihm finden.«

Jonesy war unwillkürlich näher auf Stanton zugegangen. Seine Waffe deutete jedoch noch immer eher in Hobbes' Richtung.

Stanton warf Jonesy einen wütenden Blick zu. »Das will ich überhört haben. Wir *werden* den verdammten Hundesohn zurückbringen. Schließlich sind wir deswegen hierhergekommen. Falls Hobbes tatsächlich schuldig ist, muß er dafür büßen. Ist er es nicht, um so besser. Aber es ist nicht unser Job, darüber zu entscheiden.«

Stanton wandte sich wieder Hobbes zu. »Und nun wirf die Waffe weg.«

Hobbes blickte noch immer von einem zum anderen, um herauszufinden, wer von den beiden sich verstellte.

Jonesy sah ihn mit einem traurigen Ausdruck im Gesicht an. »Warum läßt du nicht endlich die gottverdammte Waffe fallen?« fragte er sanft.

Noch immer suchte Hobbes fieberhaft nach einem Ausweg aus dem Dilemma. Immerhin mußte er auch die Möglichkeit einkalkulieren, daß Azazel weder von dem einen noch von dem anderen Besitz ergriffen hatte. Was blieb ihm in diesem Fall zu tun übrig?

Jonesy war nun auch ihm immer nähergekommen, seine Dienstwaffe mittlerweile – absichtlich oder unabsichtlich? – auf Hobbes gerichtet.

Er hatte keine Chance davonzulaufen. Deshalb ließ Hobbes – nach langem Zögern – seine Waffe zu Boden fallen.

Jonesy war bereits im Begriff, näher auf ihn zuzutreten; blieb dann jedoch kopfschüttelnd stehen und wandte sich an Stanton.

»Tut mir wirklich leid, Stan«, sagte er zu dem Lieutenant. »Wenn man so lange wie wir beide bei der Polizei gewesen ist, dann glaubt man, bereits alles gesehen zu haben, stimmt's? Aber das ist nicht wahr. Das Leben hält immer noch eine Menge Überraschungen bereit.«

Mit diesen Worten hob Jonesy seine Automatik und schoß den völlig ahnungslosen Stanton in den Kopf.

»Manchmal handelt es sich dabei sogar um eine besonders große Überraschung«, fügte Jonesy grinsend hinzu.

## 63

Wie gebannt starrte Hobbes auf Jonesy und wich entsetzt zurück: »Azazel!«

»Hey, ich bin doch dein *Partner*, Hobbes«, rief Jonesy mit der für ihn typischen Herzlichkeit und schwenkte seine Waffe durch die Luft, ohne sie dabei gezielt auf Hobbes zu richten. »Du bist frei. Sieh also zu, daß du Land gewinnst, und hau ab.«

Hobbes warf einen kurzen Blick in Richtung Wald, konzentrierte sich aber sofort wieder auf Jonesy, während er sich rückwärtsgehend vorsichtig dem Haus näherte. Konnte er tatsächlich riskieren, Jonesy/Azazel den Rükken zuzukehren, ohne fürchten zu müssen, einen Schuß in den Rücken abzubekommen?

»Denk nach, Hobbes«, wandte sich Jonesy erneut an ihn und lächelte. Dann hob er seine Pistole und feuerte einen Schuß ab, der zwischen Hobbes' Füßen einschlug.

Als Hobbes nach hinten hechtete, schoß Jonesy erneut. Diesmal schlug die Kugel neben Hobbes' Kopf in die Stirnwand des Blockhauses ein.

Während Hobbes unverletzt ins Innere des Hauses stürzte, begann Jonesy, laut zu lachen.

»Siehst du«, rief die Stimme, die aus Hobbes' langjährigem Gefährten sprach, »jetzt ist auch Jonesy am Ende. Schließlich hat er gerade seinen Boß erschossen. Du und er, ihr habt beide keine Chance mehr. Einem nach dem anderen habe ich euch in die Suppe gespuckt, stimmt's? Und ihr müßt sie nun auslöffeln.«

Jonesy schlenderte außen am Haus entlang, wobei er gelegentlich einen Blick durch die Fenster warf, an denen er vorbeikam. Er machte sich jedoch keinesfalls die Mühe, besondere Vorsicht walten zu lassen. Offenbar hegte er keinerlei Befürchtung, von Hobbes erschossen oder auf andere Weise angegriffen zu werden. Statt dessen begann er zu singen: »Time … is on my Side … Yes it is …«

Jonesy setzte seinen Rundgang um das Haus fort. »Komm schon, Hobbes. Was soll jetzt noch das Versteckspielen? Laß es uns zu Ende bringen, denn entkommen kannst du mir ohnehin nicht mehr. Ich werde dich so oder so töten und damit das letzte traurige Kapitel im Leben eines in Ungnade gefallenen Helden zu Ende schreiben. Und dann bist du auch nicht mehr als ein weiteres

Stück menschlicher Müll, der schon morgen in Vergessenheit geraten sein wird.«

Er hatte wieder den vorderen Eingang erreicht. »Von mir aus können wir auch die andere Variante durchspielen«, rief er beinahe fröhlich. »Falls es dir nämlich gelingen sollte, mich zu töten, werde ich anschließend von dir Besitz ergreifen. Und bevor du dann in der Gaskammer geräuchert werden wirst, werde ich dir noch zwanzig weitere Morde angehängt haben. Wer weiß, vielleicht wirst du auch noch deinen eigenen Neffen umbringen!« Er schüttelte sich vor Lachen. »Oder wie wär's mit dem Flittchen, das mir nur um Haaresbreite in der Drehtür entkommen ist?«

Jonesy alias Azazel schien es zu genießen, in Gedanken die verschiedenen Möglichkeiten durchzuspielen.

»Also, Hobbes! Wie spielen wir nun weiter? Wer von uns beißt als erster ins Gras? Ich kann mich einfach nicht entscheiden, was wohl mehr Spaß macht.«

Er stand jetzt unmittelbar vor der Tür. »Ob du dir überhaupt vorstellen kannst, was für ein Spaß das ist?« Wieder stieß er sein hämisches Lachen aus. »Bald, sehr bald, wirst du es wissen«, verkündete er unheilvoll.

Wie in Zeitlupe hob er die Waffe Millimeter um Millimeter an. »Bisher hast du mich nur als *äußere* Bedrohung kennengelernt. Richtig interessant wird es erst, wenn ich in deinem *Inneren* meine Späße treibe ... wenn *ich du* werde.«

Er grinste breit, richtete den Lauf der Waffe gegen seine Schläfe und begann, den Abzugsfinger zu krümmen.

Mit einem Satz hechtete Hobbes aus dem Inneren des Blockhauses und stieß Jonesy zu Boden.

Es war eine absurde Situation: Während beide im Schnee miteinander rangen, versuchte Jonesy noch immer, die Waffe nicht gegen Hobbes, sondern gegen sich selbst abzufeuern. Hobbes tat unter Aufbietung aller Reserven sein Bestes, Jonesy daran zu hindern, und es gelang ihm tatsächlich, dessen Hand mit der Automatik herunterzudrücken.

Plötzlich löste sich ein Schuß.

Wiederum laut lachend, machte sich Jonesy von Hobbes frei und rollte sich auf die Seite. Gleichzeitig bemühte sich Hobbes, taumelnd auf die Beine zu kommen und sich aufzurichten. Für einen außenstehenden Beobachter wäre es zu diesem Zeitpunkt unmöglich gewesen festzustellen, wer von den beiden die Kugel abbekommen hatte.

Eine Hand auf seine Brust gepreßt, gelang es Jonesy, eine halb sitzende Position einzunehmen.

»Du hast mich ganz schön erwischt, Hobbes«, gestand er nur mit Mühe, begleitet von einem schmerzerstickten Lachen.

Hobbes stand wieder aufrecht und schleppte sich zu der Treppe zurück, die auf die Veranda des Hauses hinaufführte. Erschöpft ließ er sich auf die Stufen sinken und legte die Waffe neben sich ab.

Jonesy lehnte sich stöhnend mit dem Rücken gegen einen Baum. »Eines mußt du mir aber noch verraten, Hobbes«, stieß er röchelnd hervor. »Warum hast du so großen Wert darauf gelegt, daß ich mich nicht selbst umbringe? Das macht doch keinen Sinn.«

## 64

»Ich wollte nicht, daß du dich so schnell aus der Affäre ziehst, weil ich noch etwas Zeit brauche«, gestand Hobbes mit einem bitteren Lächeln auf den Lippen, denn zum ersten Mal hatte er die besseren Karten in der Hand.

»Zeit wofür?« krächzte Azazel mit kehliger Stimme.

»Ich habe mir da etwas überlegt«, erklärte Hobbes ruhig, während er eine Zigarette aus seiner Manteltasche zog. »Fünfhundert Ellen, also ungefähr zweihundertfünfzig Meter ... das ist eine ganz schöne Strecke. Falls du sofort abgetreten wärst, hätte ich wahrscheinlich nicht genügend Zeit gehabt, weit genug von dir wegzukommen.«

»Ohhh«, knurrte Azazel alias Jonesy ungläubig. »Du glaubst allen Ernstes, du könntest *mich* aufs Kreuz legen?« Er hustete Blut.

Hobbes Lächeln wurde ein wenig breiter. »Man sollte sich seiner Sache nie zu sicher sein«, stellte er nüchtern fest, »denn man kann nie wissen.« Er zündete sich die Zigarette an.

»Aber jetzt bin ich an der Reihe, dir einmal eine Frage zu stellen«, fuhr Hobbes fort. »Was glaubst du: Warum ist Milano damals hierher bis ans Ende der Welt gefahren?«

»Um hier zu sterben. Was hätte dieser Scheißkerl sonst vorhaben können?« röchelte der von dem Dämon entseelte Jonesy.

»Das will ich dir sagen. Ich glaube, Milano hatte dasselbe vor, was ich jetzt gerade tue, nur daß er seinen Plan nicht in die Tat umsetzen konnte.«

»Was für einen Plan?«

»Komm schon, Azazel, sieh dich um«, forderte Hobbes voller Sarkasmus. »An diesem wunderschönen Ort sind Jonesy und ich in weitem Umkreis die einzigen menschlichen Wesen.«

Hobbes nahm einen tiefen Zug aus seiner Zigarette.

»Was soll das?« wunderte sich der Dämon. »Du rauchst doch schon lange nicht mehr?«

»Eigentlich hast du recht«, bestätigte Hobbes. »Und weißt du, warum ich vor Jahren damit aufgehört habe?«

Jonesy begann zu zittern. Es ging zusehends mit ihm zu Ende.

»Weil Rauchen ungesund ist und leicht zum Tode führen kann«, fuhr Hobbes fort.

Jonesys alias Azazels Miene verdüsterte sich, da er allem Anschein nach langsam zu verstehen begann.

»Vor allem dann, wenn man vergiftete Zigaretten raucht.«

»Quatsch!« krächzte Azazel, der plötzlich keineswegs mehr amüsiert und zu Scherzen aufgelegt wirkte. Zudem hinderten ihn die körperlichen Qualen seines Wirtes am Weitersprechen.

»Dasselbe Gift, das du verwendet hast, um meinen Bruder zu töten«, fügte Hobbes hinzu.

»Du verdammter Hundesohn!« spie ihm der Dämon entgegen.

»Ist es nicht romantisch«, höhnte Hobbes in ironischem Triumph, »daß wir beide gemeinsam sterben, Azazel? Du und ich, hier ... mitten in der Wildnis?«

Hobbes begann, leise zu singen: »Time ... is on my Side ... Yes it is ... yes it is ...«

»Verflucht seist du mieses menschliches Stück Dreck!« heulte Azazel auf.

Es war alles gesagt. Da er und der Dämon am Ende ihres Weges angekommen waren, nahm Hobbes die neben ihm liegende Pistole in die Hand, stand auf und stellte sich vor die von Azazel beherrschten, sterblichen Überreste seines ehemaligen Partners.

»Verzeih mir, Jonesy«, murmelte Hobbes, hob die Waffe und feuerte. Er schoß nur einmal, aber die Kugel zerschmetterte Jonesys Schädel, der sofort tot war.

Als Hobbes auf seinen leblosen Freund herabstarrte, schlug seine Stimmung um. Statt Triumph empfand er nur noch Trauer ... Trauer um Jonesy und all die anderen Toten ... und Trauer um die verlorene Chance, mit Gretta ein neues Leben beginnen zu können.

Langsam hob Hobbes den Kopf und schaute sich um. Er wußte, daß es nur noch Sekunden dauern konnte, bis der Dämon sich seiner bemächtigen würde. Also wartete er voll grimmiger Entschlossenheit auf Azazel – und auf das Eintreten seines tödlichen Schicksals, das er sich selbst bestimmt hatte.

## 65

Hobbes schloß die Augen. Kalter Schweiß trat ihm auf die Stirn. Der unsichtbare Kampf hatte begonnen.

Der seines Wirtes beraubte Dämon kämpfte voller Verzweiflung um seine Existenz und mobilisierte alle seine übermenschlichen Kräfte.

Hobbes atmete immer schwerer, und sein verzerrtes Gesicht spiegelte seinen eisernen Willen, sich gegen den teuflischen Eindringling zur Wehr zu setzen.

Er nahm noch einen weiteren, tiefen Zug an der vergifteten Zigarette. Doch plötzlich veränderten sich sein Gesichtsausdruck und sein Verhalten völlig.

Voller Wut und Ekel schleuderte er die Zigarette in hohem Bogen von sich und fletschte die Zähne vor unbändiger Mordlust.

Hobbes war untergegangen und hatte sich der Übermacht Azazels beugen müssen.

Taumelnd entfernte er sich von den am Boden liegenden Leichen Jonesys und Stantons und schaute sich, von Panik erfüllt, um. Endlich erspähten seine Augen den am Waldrand geparkten blauen Volvo.

Hektisch durchwühlte er die Jackentaschen nach den Autoschlüsseln, wurde jedoch von einer jähen Schmerzattacke in die Knie gezwungen.

Nachdem er sich mühsam wieder aufgerappelt hatte, erinnerte er sich und stieß ein paar wüste Flüche in Richtung des Wagens und des Waldrandes aus, in dessen Richtung Hobbes die Schlüssel vorsorglich geworfen hatte.

Schwankend setzte er einen Fuß vor den anderen, um die rutschige und vereiste Strecke zum Auto hinter sich zu bringen. Als ihm die Beine ihren Dienst versagten, sank er auf die Knie und schleppte sich so immer weiter durch den Schnee.

Die Augen vor Angst und Verzweiflung weit aufgerissen, stürzte er sich kopfüber in ein paar Büsche, die aus dem Stamm einer umgestürzten Pinie herauswucherten. Blind mit den Händen um sich tastend, zerwühlte er den Schnee, um die Schlüssel zu finden, die sich ungefähr an dieser Stelle befinden mußten.

»Verflucht, verflucht, verflucht ...«, heulte der Dämon mit immer schwächer werdender Stimme.

Kein Zweifel: Hobbes ... alias Azazel war dem Tode nahe.

Seine Bewegungen wurden immer hektischer und unkontrollierter. Zudem mußte er qualvoll um jeden ihn am Leben haltenden Atemzug ringen.

Mit einem Mal sah er sie – die Schlüssel.

Angespornt von neuer Hoffnung, reckte er seine Hand nach ihnen, bekam sie tatsächlich zu fassen und umklammerte sie, als wolle er sie bis zum Ende aller Zeiten nicht mehr loslassen.

Dann kämpfte er darum, seinen Atem zu beruhigen, aber es gelang ihm nicht. Auch sein Versuch, wieder auf die Beine zu kommen, scheiterte. Ermattet sank er zurück in den Schnee.

*Wie ich schon am Anfang sagte: John Hobbes hatte mich ausgetrickst ... und fertiggemacht.*

Hinter der verrenkt am Boden kauernden Gestalt zeichnete sich der Umriß des zwischen den Bäumen geparkten Wagens ab. Stöhnend warf er einen sehnsuchtsvollen Blick dorthin und unternahm einen allerletzten, entschlossenen Versuch, sich hochzustemmen.

Vergebens.

Seine letzten Energiereserven waren aufgezehrt und er stürzte rücklings nach Luft hechelnd wieder zurück auf den Boden. Seine ansonsten wohlgeschnittenen Gesichtszüge waren vor Schmerz zu einer Grimasse verzerrt.

*Hobbes hatte wirklich an alles gedacht:*
*Er hatte Gretta gebeten, Sam an einen sicheren Ort zu bringen – einen Ort, den er nicht kannte. Er hatte mein Gift verwendet, und er hatte mich an einen Ort gelockt, an dem es weit und breit kein menschliches Wesen gab.*
*Er hatte sogar daran gedacht, die Autoschlüssel wegzuwerfen, damit ich nicht schnell mit dem Wagen davonfahren konnte.*

Abgesehen von Hobbes' rasselndem, nur noch stoßweise einsetzendem Atem senkte sich eine tiefe Stille über den verlassenen Ort.

Reglos lag er am Boden.

Nur sein rechtes Bein zuckte noch. Aber auch dieses Lebenszeichen ließ immer mehr nach.

*Kannst du dir eigentlich vorstellen, was man fühlt, wenn man bereits Tausende von Jahren existiert hat und plötzlich den Tod vor sich sieht? Nur weil so ein verfluchter, selbstgerechter Cop den einsamen Entschluß gefaßt hat, die verdammte Welt vor dem Bösen zu retten?*

Hobbes' Augenlider begannen zu zittern. Das letzte Quentchen Leben wich aus ihm.

*Es ist wahr: Auch ein Dämon kann sterben.*
*Aber das heißt noch lange nicht, daß deswegen der Kampf schon vorbei ist. Ganz sicher nicht!*

Hobbes war tot.

Der See und das einstmals wunderschöne Blockhaus wurden still und einsam vom Mondlicht beschienen.

Dann erhob sich eine Windböe, die Hobbes' sterbliche Überreste sowie die von Jonesy und Stanton mit einem weißen Leichentuch aus Schnee bedeckte.

Als schließlich auch der Wind wieder erstarb, rührte sich gar nichts mehr an diesem schaurigen Ort.

Hobbes hatte tatsächlich gewonnen. Indem er sich selbst opferte, hatte er auch Azazel niedergerungen: einen der verruchtesten, hinterhältigsten und gefährlichsten Dämonen, der jemals auf Gottes Boden sein Unwesen getrieben hatte.

*Tot.*
*Und doch bin ich es gewesen, der dir diese ganze Geschichte erzählt hat. Ich, Azazel – die Summe aller Menschen, die ich jemals unterjocht habe.*
*Ich – das Opfer eines brillanten Planes von Hobbes, der mich mit in seinen Tod gerissen hatte.*
*Aber wie ist es dann möglich, daß ich dir diese Geschichte erzählen konnte?*

Plötzlich bewegte sich etwas im Schatten des Blockhauses. Oder handelte es sich bloß um eine Täuschung, die durch die Flammen des Kaminfeuers hervorgerufen worden war?

Nein. Es war ein Tier – eine Katze.

*Eine Katze ist ein wahrhaft wundervolles Tier.*
*Vielleicht dämmert dir jetzt, warum Katzen oftmals in Verwünschungen oder Flüchen erwähnt und von Hexen gehalten werden?*
*Der Grund ist ganz einfach: Katzen sind die Tiere, die optimal dazu geeignet sind, dem Bösen Unterschlupf zu gewähren.*

Die Katze trat aus dem Schatten des Hauses hervor, lief an den Leichen von Stanton und Jonesy vorbei und tappste auf possierliche Weise in Richtung des Schneefeldes vor dem Waldrand, an dem Grettas Wagen geparkt war.

*Was schaust du so ungläubig? Hast du etwa schon vergessen, was ich am Anfang sagte?*

Wie alle Katzen, so bewegte sich auch diese ausgesprochen graziös und selbstbewußt.

*Erinnere dich: Am Anfang habe ich nur gesagt, daß es mich ›um Haaresbreite‹ erwischt hätte.*

Die graue Katze lief geradewegs auf die am Boden ausgestreckte Leiche von Hobbes zu und umrundete sie mehrmals, bevor sie sich schließlich zielstrebig auf den Weg zur Hauptstraße machte.

*Aber ja, ich habe noch vor, viele Spiele zu spielen. Auf mich wartet noch eine ganze Welt, die es zu erobern und in Schrecken zu versetzen gilt.*
*Keine Sorge, du wirst von mir noch einiges zu hören, zu sehen und zu spüren bekommen.*
*Sind das nicht wahrhaft schöne Aussichten, mein Freund?*

Die Katze verschwand in der Nacht.

In dem übernatürlich gleißenden Mondlicht erstarrten das Blockhaus, die Lichtung und der Wald wie auf einem Foto zu einer leblosen Momentaufnahme. Es war nicht mehr zu sagen, was an der Szenerie von fester, gegenständlicher Substanz war und was nur leere Form, ein flüchtiges Spiel von Licht und Schatten.

*Schau dich einmal um, wenn du das nächste Mal eine belebte Straße entlanggehst.*
*Du wirst viele hundert Leute sehen, die ständig in Bewegung sind: einige von ihnen lässig schlendernd, andere in Eile, diese laut lachend, jene schweigend in Gedanken versunken.*

*Vielleicht wirst du dabei auch verfolgen können, daß viele von ihnen – ohne daß sie es überhaupt bewußt zur Kenntnis nehmen – sich gegenseitig kurz berühren.*
*Dann denke an mich, denn ich werde dort sein.*
*Und wer weiß? Vielleicht besuche ich auch dich einmal …*